U0901667

网眼

何也／著

中国华侨出版社
·北京·

图书在版编目（CIP）数据

漳州作家丛书 / 陈燕松主编 .—北京：中国华侨出版社，2018. 10
ISBN 978-7-5113-7767-8

Ⅰ . ①漳… Ⅱ . ①陈… Ⅲ . ①中国文学—当代文学—作品综合集 Ⅳ . ① I217.1

中国版本图书馆 CIP 数据核字（2018）第 216910 号

漳州作家丛书：网眼

主　　编 / 陈燕松
著　　者 / 何　也
责任编辑 / 高文喆　姜薇薇
责任校对 / 孙　丽
经　　销 / 新华书店
开　　本 / 670 毫米 ×960 毫米　1/16　印张 /324　字数 /4281 千字
印　　刷 / 三河市华润印刷有限公司
版　　次 / 2018 年 11 月第 1 版　2020 年 2 月第 2 次印刷
书　　号 / ISBN 978-7-5113-7767-8
定　　价 / 980.00 元（全 24 册）

中国华侨出版社　北京市朝阳区西坝河东里 77 号楼底商 5 号　邮编：100028
法律顾问：陈鹰律师事务所
编辑部：（010）64443056　　64443979
发行部：（010）64443051　　传真：（010）64439708
网　址：www.oveaschin.com
E-mail：oveaschin@sina.com

《漳州作家丛书》总序

漳州是中国历史文化名城，历史悠久，文化深厚。在文化的星空，群星璀璨，先后涌现出黄道周、林语堂、许地山、杨骚等文化名人，令我们引以为傲。

四十年改革开放，四十年风雨兼程。漳州土地，生机盎然，文学创作也迎来繁荣发展的春天。应是春风吹拂，应是文脉相承，一支包括了老、中、青三代作家的队伍正在悄然形成。2004年，漳州市委宣传部、漳州市文联编辑出版了第一套《漳州作家丛书》，有十二人，十二本。时隔十多年，在祖国改革开放四十周年的今天，漳州市委宣传部、漳州市文联再次编辑出版第二套《漳州作家丛书》，展现活跃在省内外文坛的二十四位当代作家的创作风采。十二到二十四，这不仅是作家作品数量的增加，更是漳州文学创作水平质的飞跃。

《漳州作家丛书》的出版，旨在展现漳州作家的创作成果和创造实力。以期让更多的人，通过这套丛书，了解漳州，关注漳州，热爱漳州。同时，我们也希望，通过这套丛书的出版，能够激发漳州作家深入生活，体验人生，潜心于文学创作，用更好的作品回馈家乡，回馈人民，回馈时代。

《漳州作家丛书》编委会

2018年10月1日

目 / 录

在大地上

鼍园

大概已经没有人记得，田福的爹田大究竟是何时携带家眷到双纳寨来的了。双纳寨是个两姓村庄。东住陆姓，不管三七二十一，称双纳寨为陆家寨；西住祈姓，也不管三七二十一，称双纳寨为祈家寨。祈家寨人称陆家寨为东边的，陆家寨人称祈家寨为西边的。东边西边，无论是田地、财力物力，或是乡彦才俊都不相上下，平时互不侵犯、和睦相处，只是不晓得为什么，双方嫁娶往来却很少很少。

当然，历史上的矛盾也不可能丁点儿不见，但都被热衷和平的东西两寨人齐心协力排除于萌芽状态。比如大前年陆家寨有人在交界处一个叫鼍园的地方砌了一间小屋，隔几天吧，祈家寨便也有人在鼍园相向建了一间。对峙的味道十分明显，双方都感到不可等闲看待这件事了。于是某天，在这个只有几亩地的鼍园不约而同地出现了两个人。一个是陆家寨的族长陆丁一，一个是祈家寨的族长祈玉祥。两个族长都穿着丝绸长衫，陆丁一礼帽皮鞋，祈玉祥怀表拐杖。双方没有交谈，面对两间小屋，目光到处，就像看待孽障似的。

临离开时，才听见一个说："砸了？"

另一个答道："砸了。"

第二天一早，东西两寨人便看不到交界处鼍园的房屋了。西边的那间砸得彻底些，只剩下左右两面墙；东边的挑翻了屋盖，拆了前墙，因有人闪了腰，也就作罢收工了。房主陆广元和祈红四奔过来见了，一个抱头蹲在地上说："三年的血汗钱全泡汤了。"另一个则打了自己的嘴巴骂道："半辈子的积蓄打水漂了。"接着几乎是异口同声地自问："可你又有什么办法？”

当然没有办法。众愿所趋，胳膊哪拗得过大腿。两人只好一个往东一个往西，回家去了。

田福的爹田大是个拖家带口游走四方的铁匠。某一天田大带着老婆范小宝和儿子田福来到双纳寨，在东西交界处鼍园这个地方，他望着那间没有屋盖、只残存三面墙的小屋停了脚步，说:“就在这儿歇脚吧。”

田大给三面墙披上一张稀稀拉拉的茅草屋盖，让一家人住了进去。在门口支起铁砧，生了炉火，东西两寨便陆续有人送活计来了。老婆范小宝抡大锤打下手，十二岁的儿子田福拉风箱，一家人都派上用场的铁匠活便叮叮当当地响了。只是不上2000人口的双纳寨所要打造的铁器毕竟有限，十天八天后，眼见零星的活计也行之将尽，老婆范小宝就成天里唠唠叨叨地催着走人了。

于是田大挑了铁砧炉具，范小宝挑了日常用品，田福抱了草席，又缓缓地朝某个方向移动，往别处去了。

人走了，那张茅草屋盖便被几阵风刮翻，随风飘散了。

一家人来了又走了，并没有谁去特别留意。但是半个月后，这家人就像茫然地走完了万水千山似的，再次回到这个东西寨的交界处鼍园歇下脚来。田大依旧给三面墙披上一张稀稀拉拉的茅草屋盖。儿子田福带回了一株榕树苗，栽在对面只留下两面墙的小屋中间，每一天都屁颠着为它浇上几勺水。

这一次回到鼍园，老婆范小宝显然并不乐意。双纳寨祈、陆两姓经常有人看见她叉着腰在骂街；经常跟丈夫田大厮打成一团，在地上摔滚；经常手持扁担，穷凶极恶地追打丈夫田大。此等现象恐怕由来已久，儿子田福见怪不怪，每逢这种时候总是若其无事照样玩他的。后来便谁都晓得了，原来胖铁匠田大是一个懒得动弹、嗜睡成性的男人，是一个只要有得睡，甚至不吃不喝也能雷打不动烂睡的男人。相反老婆范小宝却是个脾气躁烈的血性女人，当老婆常常还在上气接不上下气时，当丈夫的早已鼾声如雷、烂睡如泥了。

看来在鼍园这块只有几亩面积的地皮上，差不多是胖铁匠田大能睡得最惬意的地方了。老婆范小宝吵着要离开这个让一家人饿一顿饱一顿的鼍园，田大充耳不闻，用睡来表现他的固执和坚忍。在这种情况下，男人似乎是一成不变的。女人就不同了。女人处心积虑不肯罢休，处处跟丈夫作对。

然而一家人归根结底必须活着。

不知道是谁送的菜苗，范小宝争吵之余，也时不时地在周围种了些蔬菜、番薯和芋头。平时只有等到活计，田大才睁开他的眼睛，生上炉火。田福抓了一只蚂蚁放在拉把上，再缓缓地推拉风箱，让那只蚂蚁在慌乱中蒙了方向，两头来回奔走个不停。范小宝则光着膀子，上身仅穿一件遮不住肚皮的小汗衫，抡动大锤时，随着不停地压下身腰，她的屁股一撅一撅的。

这个女人要不得的啊！发自双纳寨男人嘴巴上或心头上的感叹，是很容易引起屋里人警惕的。无形之中，男人隐隐约约的愿望就受到限制，再送铁件到鼍园来的，便都是些带挑剔目光的女人了。这样一来，鼍园一家子打造一件铁器所得到的工钱，便常常是斤米升粟，半小筐番薯芋头，几把青菜或一小块猪肉了。

在双纳寨人的目光中，很明显鼍园铁匠一家的日子是无以为继的。可同时也渐渐看得出，这家人是赖在鼍园那儿不想挪窝的了；较之初来乍到时，那个范小宝也不怎么吵闹了。

田福栽下的那株榕树业已长高，树梢差不多要蹿过残留的墙头了。

大概只有睡得阴阳不分的田大，才觉察不到鼍园没有点灯的夜晚是多么地漫长吧。当田福被一泡尿憋得似睡非睡的时候，他的脚板被一颗石子砸了一下。最先灌进他耳朵的是他爹的鼾声，其次是他有点畏光的眼睛看见屋子外面被后夜月照了个亮堂的大地。田福眯瞪着，摇摇晃晃地走出小屋，去对面尿那株榕树。开始时田福激灵了一下，尿完了他又激灵了一下，似乎一泡尿便把田福的身杆子给尿虚了。

田福回小屋时，他糊里糊涂的脑袋显得挺沉重的，身子却轻得要飘起来。他爹田大响亮的鼾声充满了小屋。田福踉跄着感到自己踩空了一脚，懵懂里闪过一个念头：“莫不是妈也撒尿去了？”但是这个念头并不怎么明确，田福就又一头栽进了梦乡。

田福渐渐长大了。他发现一家之主是他妈而不是他爹。有时候田福也会留意一回家里的米袋子。米袋子里的大米总是少得可怜，但是真正断顿的时候却不多。有时候米袋子快空瘪了，但是只要等他一觉睡醒，他就发现米袋子又奇迹般地鼓了起来。

当田福开始不自觉地留意某一件事的时候，双纳寨地面上出了一件人命案：祈家寨的祈红四被人勒死在距离鼍园不足二百步远的小河边上。

按说出了这种事，鼍园的铁匠一家是难辞其咎的。但是朝西边祈家寨方向走去的那串脚印似乎为胖铁匠田大解脱了不少干系。那串脚印一直走到村口的石路才消失。田大杀了人干吗还要往祈家寨的方向走？再说田大也穿不起那种结实精致的布鞋吧？族长祈玉祥神情沉重，他认真听取了众人的意见，再次望了一眼东边的陆家寨，望了一眼那串脚印，然后蹲下来翻开死者的衣摆，这时候众人发现原来勒在祈红四脖子上的竟是他自己扎裤子的腰带。族长祈玉祥说：“抬回去，先抬回去再说吧。”

尸体就停放在祠堂门外，族长祈玉祥招来了族里较有名望的众多男性，并用拐棍撩开死者的裤裆，死者腹股沟那儿的几点污渍便暴露在众人的眼皮底下。这样一来众人的心情也就复杂多了。

果真祈红四行为不端的话，那他就死有余辜了。

那么这个妖惑他的女人到底是谁呢？像不像是东边的？

有人猜测说：会不会就是鼍园铁匠的女人范小宝？这个女人平时那样惹眼，那种撒野的做派，这个女人要不得的。

族长祈玉祥的考虑当然要比一般族人高出一筹。他叹了一口气说：“要是红四弟果真做了见不得人的事，不管是私人恩怨，还是依照族规乡约，或者报官绳之以法，便横竖都是个死。要我说这个女人是范小宝的可能性应该很小才对，红四弟人高马大，单凭一个女人勒死不了他的；如若是胖铁匠田大所为吧，此人力大没错，但他身体肥胖行动缓慢，再说只要范小宝在场，他是打骨子里怵这个女人的，红四弟能把她勾引到小河边成全好事，即使这个女人不向着红四弟，也不至于袖手旁观让丈夫对红四弟下这毒手吧？”族长祈玉祥接着说：“如果报官查个水落石出，这女人要是东边的呢，到时候东西两边便只好刀棒相见了，那死的就不是一个人了；惊动了官府，那就只有坐牢的坐牢，抵命的抵命，一个也逃脱不了；事若至此，那百来年的睦邻友好必将毁于一旦，结下了这番冤仇，也就不知道要连累多少代后人！”看得出族长祈玉祥还有一层更深的忧虑，果然听见他接着往下说：“万一查来查去，查出这个女人是自家族里的呢，到时候我们怎么办？这个面子我们丢得起吗？！”

族长的话，一时间使得族人们个个噤声。

族长祈玉祥说：“今天我把众人召集在一起，就是要为红四弟这件事商量个万全之策。大伙不妨议一议：红四弟的死因到底查不查？若要查，怎么个查法？到底报不报官？报了官若是出现了种种意想不到的后果，到时候我们祈家寨如何应付？”

族人们面面相觑，谁也不晓得怎样开口才好。

午后，从祈家寨终于放出消息说，原来昨夜祈红四是到当陵镇上喝醉了酒，回来的路上不小心摔死的。

隔天，祈家寨便草草地把祈红四出葬了。

过了许多天，也不见祈家寨人有任何动静。看来关于祈红四的死，祈家寨人已经不了了之了。

那一天大清早，听见祈家寨人的叫嚷，田福也跑到小河边上，看到了祈红四被人勒死的惨象。也就是从那一天开始，老大不小的田福得了一个夜半尿床的恶习。如果晚饭只吃青菜清汤，半夜的时候就会把田福尿得惨不堪言，饥肠辘辘的田福就会像野兽一样，神不知鬼不觉地寻到野外去，扒番薯摘瓜果豆角，把肚子填个满当后才摸回小屋再续梦乡。

双纳寨东西两姓的交界处，也就是鼍园周围，尽管番薯瓜果豆角天天被盗，可谁也不想半夜到那个是非之地去加以追究。田福也只是填饱为止，从不糟蹋浪费。

深夜于野外跌跌撞撞寻找食物的田福，似乎全凭本能办事，即使天黑不见五指，他也能搜罗各处饱餐一顿。只是到了白天，田福便什么也记不得了。初秋某天的午夜，业已果腹的田福正要往回走的时候，黑暗中他听见一男一女在说话的声音。当时野外甚为凉快，摇晃着蒙胧睡意的田福，他的脚步有点儿不听使唤，但扭一扭身子他还是停了下来。

……

——族长爷，到底想怎么样你说吧！

那个男人嘿嘿地笑了笑，说：我晓得是人模狗样的祈玉祥把事儿搞砸了，都快三个月不敢探出头来了。这不，你一家子就时不时地要断顿了！

——断顿了，你姓陆的带大米来了吗？

——夜里我只想知道祈红四是怎么的就给人家整治死了。至于大米嘛，我倒是带了一大口袋。

——姓陆的，你想要我就要吧。可你别想让我把一颗心也掏给你！

男人笑道：其实你不说我也是心知肚明的。祈玉祥这只小猴子糊弄得了祈家寨人，他还蒙得过我！有一天夜里祈玉祥前来会你，这个魔怔了心窍的家伙，身后被人猫腥上了也不知道。隔几夜就又有人往你家的草盖小屋扔石子了，你到小河边一看却不是同一个人，可人家毕竟也带了小半袋米粮吧。只是不巧得很，你两个正在好事，便被小猴子祈玉祥撞了个正着。那人只好从你的身上滚跌下来，跪地求饶说：族长爷你行行好，以后我再也不敢了！祈玉祥咬牙切齿说：你这个祈家寨的败类，我定要好好依照族规严惩你，让你没脸再活在世上！祈玉祥到底把话说绝了，那人也就豁出去了：族长爷，实话告诉你吧，我不声不响地在你身后都跟了好几个夜晚了！祈玉祥一听便转了口气笑道：红四弟你别当真，跟你开个玩笑罢了，你我都是男人，还不就是为了一个女人！祈红四说：这么说族长爷你宽恕我了？祈玉祥说：行，宽恕你了。不过你居然敢跟我老人家争吃点心，总得有个小小的处罚才成吧？这样好了，你把腰带缠在脖子上，用手拎着裤头走回去吧。祈红四遵照族长爷的话做了，没想他刚把腰带缠上脖子，祈玉祥便扑了上去，狠命将腰带拧紧了。祈红四死了。祈玉祥便要你挑着有草皮的地方走回你家的草盖小屋，以免留下什么痕迹。祈玉祥却大大方方地走出了一串脚印，反正他知道自己有的是一肚子坏水和满脑子瞒天过海的功夫……

女人听后不再说话，转身走开了。

——喂，你站住！你难道连一口袋大米也不想要了？

田福还是听到了女人走开的脚步声。

男人说：这袋大米我就放在这儿了，要不要由你吧！

……

蓝唇

田福等说话的男人走远了，才不声不响地把那袋大米扛回草盖小屋。

此后的几天，范小宝每顿都大手大脚煮干饭，让田福的肚子饱胀得透不过气来。吃空那袋大米的第二天，正好是当陵镇圩日。范小宝对儿子说：“田福，你跟人家到镇上为爹妈挣些吃的回来吧，挣不到吃的你就用不着回来了！”

范小宝把儿子赶打出门，意在让他去乞讨些饭食米粮，以求活命。田福听不懂妈的话，跟着赶圩的三五个人群到当陵镇上去了。第一次离开爹娘的田福，见圩集上如潮的人流，一个个都像要寻找个对手争吵打架似的。田福心里躁急，却也不见慌张，他走着走着，便把双纳寨有些面熟的人全跟丢了。丢就丢了，田福也犯不着放在心上。对于田福而言，圩集上挺有趣的。田福于夜间搜寻的番薯瓜果豆角，田福很少吃到的面制品、豆腐豆浆，或各种吃的用的，不是店便是摊，花样还真的不少，看得田福的一双眼睛好累。只是这儿那儿，处处有人看守着，田福没有钱，便都动不得手。不过凭田福夜间扒食的本事，不久后他的手上便有了一条青瓜、半个馒头和一小把豆角。等他想起来该把自己手中这些吃的带回家给爹妈时，圩集早已散市，店街上一下子零落下来。田福也辨别不清方向，见到前头有人走，他也就跟着去了。

田福的肚子饿得不行了，但他还是拨扭着双腿跟着那人不停地走。前头那人心生疑惑，便停下脚步问道：“小家伙，你是干什么的？”田福告诉那人他要回家。那人说：“我走的方向是回坎上，你回哪儿？”田福咯噔半天也想不出双纳寨的地名。那人只想甩掉尾巴，于是对田福说：“小家伙，你跟着我走错路了。”接着随意指了个方向说：“你还是走大路吧，过会儿再打听个人，说不定就能把家找到了。”

田福离开那人往大路走。这样田福就成了孤零零的一个人了。田福走着走着天黑了下来。还好在田福的心目中，夜间的野外跟双纳寨地面差异并不太大，只不过他怎么也找不到鼍园的草盖小屋了。田福很快把手里的东西吃完了，过后他又随便找一个避风的角落睡了下来。

天亮后，田福往大路继续走。走完一个白天，他又依样画葫芦过了一个夜晚。不用说天一亮田福就接着上路了。等到田福的眼前轰然一个开阔，他已走到一个大集镇——东城地面上了。

让田福感到惊惧的是东城的人多，花花绿绿的东西多，挤在一起的大房子多。

田福流着口水，晃悠了数十条大街小巷，捡了不少脏东西吃。天快黑的时候，田福来到一个叫“三角街”的地段。这地方有一家铁匠铺，紧挨着铁匠铺的是一座小四合院，小四合院旁边是一间面包房，前面还有一口老见人打水的水井。

小四合院住着一个名叫蓝彩萍的老太婆，这老太婆是一个平时喜欢挥舞菜刀或拐杖、歇斯底里骂街的孤寡老人，是一个街头巷尾都害怕招惹的角色。左邻右舍早把她的芳名给忘了，老老少少都管她叫蓝婆；因为她姓蓝，又管叫这座已经黑不溜秋的小四合院为“蓝厝”。厝，闽南话即房子的意思。据说她只有一个女儿，但不幸新潮得很，到远方读了书，接着又风风火火参加革命去了。

夜里，田福便圪蹴在蓝厝的廊台上。那儿避风，而且被主人打扫得干干净净。因为不习惯夜间周围的灯光，田福推迟好几个钟头才入睡，所以这一夜田福尿“床”已接近于次日凌晨。蓝婆大早开门，见廊台上黑狗模样蜷缩着一个乞丐，霎时怒气冲冲都地，返身抓了拐杖，一边挥舞一边大声叫嚷：“哪儿来的狗贼这等放肆，再不滚，当心老娘劈死你！”田福吃不住痛躲闪拐杖，蓝婆见这孩子的尿都让她给打出来了，便住了手：“还不快滚，你等人收尸呀？！”

田福抱头鼠窜，到菜市捡吃的去了。整一个白天不见人影，只是天一黑田福又晃晃悠悠地回到蓝厝的廊台上歇夜。隔天大早又被蓝婆撞见，这一次就连田福身下的一摊尿也解不了他的围了，只有任凭蓝婆的杖击。蓝婆起大早，不过是为了蓄积一夜的井水满当容易取到，等她既骂且打累了停歇下来，井边已经挤满了忙着取水的人了。蓝婆见状，怒气便非同小可：“你这个遭砍杀的，今天你要不把老娘的水缸打满水，我就拆下你这把瘦骨头当鼓槌使，也难解老娘的心头之恨！”

田福忍着痛，一桶又一桶为蓝婆的水缸提水。铁匠铺的改三伸直腰打呵欠，对蓝婆说：“蓝婆，你老什么时候捡了这么一个乖巧儿子？”蓝婆脸色铁青，举着拐杖骂道：“风头改三，你别嘴巴抹屎，告诉你老娘我就是绝后了，也用不着捡癞头乞丐当儿子！”面包阿惠笑道：“蓝婆，刚才我打听过了，这孩子叫田福。他不是你老捡来的儿子，那便是你老雇的短工了，不知道打满一缸水你老付给他多少钱？”蓝婆一听，气得扔了拐杖，眨眼间在她手上挥舞的已是一把明晃晃的菜刀：“面包阿惠你这个贼婆娘，成心招惹老娘一刀砍了你哇？老娘才不管这孩子叫田福田祸，他睡了我家的廊台，老娘还没有收租金呢，用得着再付他工钱吗？！”面包阿惠脸上堆的依旧是笑：“蓝婆啊，就算改三和我说的都不对，你老总该买一个面包给这个可怜的孩子垫垫肚子吧？”

说话的此刻，提着桶的田福刚好把一口水缸灌满。蓝婆手持菜刀奔向面包房，面包阿惠猝不及防几步跳开去，原来蓝婆不过虚晃一枪罢了，她从货架上抓了个面包便往回走，塞进田福的手里说：“好孩子放胆吃吧，这可是面包阿惠客气要赏你的！”

面包阿惠打着自己的嘴巴骂道：“我的妈呀，瞧我这张抹屎的嘴巴，打大早就亏了一个面包，这生意还能做吗？”

蓝婆收了拐杖菜刀，叉着腰，虽然气力不济，却还是一派凛凛不可侵犯的样子。铁匠铺的改三幸灾乐地地祸说：“面包阿惠这回你晓得了吧，吃亏就在嘴上，古训哪！”面包阿惠翻了白眼，反唇相讥说：“风头改三你得意什么，改天蓝婆让你给打一条铁皮内裤，看你不从裆底下爬过去求饶才怪哩！”

这一天大早，蓝婆晃悠着瘦小的身影，兴致勃勃地一边做饭一边面包房和铁匠铺干嘴仗，三角街热闹得好似编排了一场歌仔戏。田福啃着面包，早已溜远了。

第三天大早开门，蓝婆一双眼睛首先寻找的便是睡在廊台上的那个小鬼头。只可惜廊台上空荡荡的，连个人影也见不到。蓝婆跺了一脚，她举臂一挥拐杖还是破空而下："好个小鬼头，你叫田福对吧？今天要是让老娘再次见到你，可就有你苦头吃的了！"

骂完了，蓝婆便憋足劲去打水，生火做早饭。这时候她听见山口那个驾着黄牛破车的石树根从门口经过，朝她喊道："蓝婆，按老规矩明天给你拉车干柴来，你要的话，到时候可别再争吵价钱噢！"

蓝婆提起小脚蹦出门外，冲着驾黄牛破车的人说："臭疤树根，拉就拉好了，按什么屁规矩，老娘连公牛都劁过，还怕你这只没毛的草鸡老大？省你条筋吧，早着呢！"

隔天田福又出现在蓝厝门旁的廊台上，着实让蓝婆意外了一下。蓝婆看见田福还睡着，可身下仍旧湿了一大片。蓝婆就一脚把田福踢醒了，骂道："你这个不争气的小鬼头，老娘还没有动手呢，你就吓尿了！"

田福很不情愿地用手揉开自己的眼睛。蓝婆子说："你叫田福对吧？今天你福气了，替老娘打水去吧，待会儿阿惠的面包就有你吃的！"

果然田福还没有把一缸水提满，蓝婆便扭捏着小脚去了面包房，在面包阿惠的掌心上响亮地压上一张纸票："谁稀罕便宜你了？买两个，付你三个的价钱！"面包阿惠笑道："还没有见过蓝婆这样大方花钱呢，莫不是心疼你那个瘦巴儿子了？"蓝婆并不恼火，但她使惯了的凶吓口气却一下子没能改变过来："贼婆娘你别煮熟的鸭子只顾嘴板硬！"说罢取走两个面包回蓝厝去了。面包阿惠望着她的冷背，翻了翻白眼对铁匠铺的改三说："风头改三你别目中无人，瞧你还指望一颗烂钉能打出一把斧头来呢！"改三说："瞧你面包阿惠嚣张的，哪天人家的小弟蓝猎虎来了，把你的面包摊子鼓捣个稀烂，到时你要叫屈恐怕就来不及了！"

不管怎么说，提到人家的小弟蓝猎虎，面包阿惠活泛的脸色立马变僵硬了。

这天早晨，田福在蓝厝里吃了一个面包和一碗粥。当他咽下最后一口的时候，山口那个驾黄牛破车的石树根便在门外叫嚷开了："蓝婆，六十小捆干柴，卸车啦！"蓝婆把自己没吃完的半个面包塞给田福，说："田福，又有活干了，快，帮老娘搬柴去！"

从井台到蓝厝小院不过五六丈地，小脚蓝婆抱一小捆干柴也得停好几歇才能搬到，这样一来搬柴的任务基本落在田福的身上。别看田福就像没有睡醒似的，可他搬起干柴来，一趟不拉，反而挺见能耐的。蓝婆抱了几捆，便气喘吁吁的。等她心情落定，柴捆已经搬完，田福也不见了。

入夜时分，等田福一出现，蓝婆便一把将他揪进了蓝厝，一大木盆温水早已等在那儿了："快进去清洗一番，闻到你身上像牲口一样的味道，老娘我就想作呕！"田福站在院子上，蓝婆一手拿水勺自头而下不停地淋水，一手拿板刷到处刷洗，嘴上的臭骂更是一时半刻不肯停歇："分明老天作孽嘛，这小泥猴自出娘胎就没有洗过澡，也不知道当爹妈的到底是干什么吃的?！"

说到这儿，蓝婆便莫名其妙地停下一应动作，说："对了，田福你还没有告诉我你家在什么地方呢。"

——我家在鼍园。

蓝婆说："叫什么'鼍园'，老娘根本就不知道有这种地方，你爹妈呢，你爹妈叫什么名字?"

——我爹叫田大，我妈叫小宝。

田福的记忆似乎就这么多，接下来再也问不出丁点儿名堂了。蓝婆叹了一口气说："狗贼田福，想不到你还是个没有来由的孩子呢！"

田福身上唯一的一件小衫和一条裤子，已被泥垢冻结得厚如树皮，发出一种类似死兽的味道。一经剥脱下来，就像几片擦洗地板的拖布了。蓝婆翻箱倒柜，找出女儿小时候穿过的棉织条纹衣服要田福穿上。衣服上身，蓝婆又命令田福前后左右转圈圈让她欣赏，说："是有点模样了！"无奈田福并不懂得领情，脸上的表情依旧是木着的。蓝婆火了，随即骂兴又起："田福你这个不知好歹的，你替老娘干了半天活，老娘又是给你吃的又是给你穿的，让你占尽了便宜，你要滚蛋就趁早好了！"

没有想到田福不识抬举，说一声滚蛋就真的滚蛋了。

不过田福并没有滚远，夜里他照样睡蓝厝屋檐下的廊台，后半夜照样放肆地尿“床”。

虽然尿了裤子，但经刷洗后再穿上一身干净衣服，田福显得清爽多了。在此期间田福在三角街的处境有所好转。只要田福在场，面包阿惠便时不时地要田福打几桶水，或支使这支使那；不小心掉在地上的面包，面包阿惠捡起来象征性地吹拍一下尘土，这个面包就是田福的了。铁匠改三淬火用的水，也经常由田福打；有时候铁匠改三的徒弟要拉屎撒尿，便让田福去顶替他拉风箱。这样铁匠改三的烤红薯或芋头，也时常有田福一个半个的。

田福活得滋润多了，但他自己一点儿也没有意识到。田福永远是一副无知无欲的样子，对什么也不热衷，对什么也不感兴趣。就像蓝婆说的，喂只狗也懂得朝主人摇尾巴，给了田福吃喝就算是白糟蹋了。

然而夜晚一到，田福的行动便本能地听凭肠胃的召唤。这种习惯在很长一段时间里都没有改变。

值得一提的是，田福穿上那套棉织条纹衣服的第三天，一支军队开进了东城，穿黄绿色军装的大兵们一下子充塞大街小巷，又霎时间被集中到郊外去。这是老百姓很少见到的纪律严明、对地方秋毫无犯的一支军队。田福漫不经心地在大街上转来转去，不像别的孩子那样兴奋地浪跳脚去尾随、夜里做各种各样的美梦。在公园的大榕树下，田福看见一个肤色黧黑、宽脸庞的军官激情饱满地做演讲，底下站着不少衣衫破烂的东城百姓。田福并没有挤进去，他只是在那儿站一站。可就在这时候，突然有个大兵在田福的面前蹲了下来，问道：“这位小朋友，你身上这套衣服是从哪儿来的？”

原来这个大兵是女的，还懂得说东城话。田福老老实实答道：蓝婆给我穿上的。

——三角街的蓝婆，对吗？

田福似有似无地朝女大兵点了点头。女大兵站起身，拉住田福的手说：“小朋友，带我去三角街好吗？”

这个女大兵身材高挑，齐肩短发，腰间别着一把手枪，英姿飒爽没得说的。一路上引起不少东城人的好奇和啧啧惊叹。铁匠改三和面包阿惠见了，都十分讶异：“田福，你到底在搞什么名堂嘛！”

田福也不搭理，把女大兵带到蓝厝。女大兵一进门便大声叫道：“妈，我回来了！”

正在手忙脚乱收藏财物的蓝婆，见大兵从天而降，不禁吓了一大跳，看见大兵是个女的，还叫了一声妈，那张皱成一团的老脸这才舒松开来：“小凤啊，原来是你回来了！”

女大兵说：“妈，我不叫小凤了，我改名叫蓝斌，文武斌的斌。”

蓝婆说：“什么乱七八糟的，老娘给你取的名字，怎么说改就改了？我真担心哪天你把女的也改成男的了！”

女大兵说：“妈你这是封建意识——算了，反正我也不想跟你吵了。”

蓝婆这才问道：“好女儿，你这一身打扮是怎么回事？”

女大兵说：“妈，我参加红军了。这一次我是随大军路过东城的，很快就又要开拔了。”

这话让蓝婆难以置信：“你刚踏进门来，怎么就又要走了？”女大兵说：“这有什么好奇怪的，革命军队就是要有铁的纪律。我擅自离开一会儿，说不定回去就要接受批评了。”

蓝婆可怜巴巴的：“这么说你还是想丢下老娘不管，又要走了？”

女大兵说：“妈，这可不一样。等革命取得全面胜利，说不定我就回来了，不回来也会把你接出去享享福。”

蓝婆眨了眨眼，泪水流了下来：“你想走就趁早滚蛋，权当老娘没有你这个女儿好了！把你养得这么大，还不如睡廊台的田福来得真切呢！”

女大兵第二次注意到穿她小时候衣服的田福。女大兵说：“妈，我告诉你，你可千万不要雇长工，桥南两间店面的租金也算了，别收。这些都是地地道道的剥削行为。等革命胜利后，新政府会为穷苦老百姓清算这笔账的！还有，妈你务必告诉小舅猎虎一声，劝他及早改邪归正，否则的话只有死路一条！……”

店面不收租金，你老娘吃什么！蓝婆气得一句话也说不出来了。

女大兵连水也没有喝一口就走了。蓝婆抱住田福放开嗓门哭了起来。面包阿惠和铁匠改三闻声来到蓝厝:“蓝婆，到底这女大兵是什么来头，把你吓成这样?”蓝婆跺了一脚说:“什么来头?催阎罗王债的!”铁匠改三说:“瞧人家威风的，腰里别的短枪跟手掌差不多大小，那可是一个当大官的!”

前前后后几个人的一大堆话，搅得田福的头脑一塌糊涂。他走出蓝厝，到廊台上凉快去了。

一直到队伍开拔，蓝婆也没有到军队里找过自己的女儿。

入冬后，东城飘了一场百年不遇的大雪。

夜里北风呼呼直吹，在被窝里的蓝婆冷得两条腿直抽筋。天亮开门一看，原以为睡在廊台上的田福早已被冻僵，不想伸手一摸他的额头，不但不冷反而烫得吓人。蓝婆连忙招呼铁匠改三把田福抱进蓝厝的柴火间，找了一件也不知道用了几代人的棉絮，将田福牢牢裹住。从来没有做过梦的田福，在飘大雪那夜，梦见他妈范小宝被人剥光了身体，在野地上跪了一天一夜，冻死了。田福回到鼋园，见到的只是茫茫的一片雪地，小屋的草盖给雪压塌了，他爹田大也早已不知去向了……

从来没有梦得如此清晰的田福，在高烧不退的情况下，一直认定梦境中的就是他的亲身经历。

可怜的孩子，当真家破人亡了!蓝婆不禁为田福垂了一回泪。白天不停地让田福喝温开水，吃几碗稀粥。田福的病很快好了。也因为得了这一次病，田福从此住进了蓝厝的柴火间。

蓝婆的女儿随队伍开拔后，东城的时局就乱得不可收拾了。

纸币已经接近一文不值了。面包阿惠的面包房多次遭遇抢劫。后半夜经常有人梆梆梆地敲打蓝厝的大门。蓝婆准备了一段粗大的杉木，入夜便将大门顶上;还特地让铁匠改三打了一把长柄劈草刀，听见敲门声，蓝婆摇醒田福，把劈草刀塞在田福的手上，故意大声交代说:“田福，等会儿强盗一露面，你就用劈草刀砍死他!”傻乎乎的田福倒也不见着慌，一举刀便有种金刚怒目的样子。在这一点上，不用说，让蓝婆深感满意。只是如此一来，田福夜间的觅食活动也就被迫中断了，无疑给蓝婆增添了一份额外的伙食负担。在没有办法的情况下，蓝婆只好让田福把在白天捡到的各种能吃的都带回蓝厝，聊补不足之需。

这期间蓝婆多次带上拐杖和田福到桥南追讨租金。桥南的两间店面，一间租给米商梁成，一间租给做酱油生意的庄水旺。每次蓝婆到来，他们都客客气气地在她面前放上一大叠纸票。蓝婆拐杖戳地，一张老脸被气得发紫扭歪："你们的良心狗吃了？给老娘这一堆连擦屁股也用不上的废纸！"谁也晓得这老太婆难缠，米商梁成和酱油老板庄水旺脸上都堆满了笑。一个说："当初不是说定收这钞票吗？"另一个说："是啊，以前你不是已经收过多回钞票吗，眼下生意难做，叫我们如何是好？"蓝婆大发脾气："简单得很，姓梁的你给老娘送两袋大米，姓庄的你给老娘送三袋黄豆，以前的租金就一笔勾销！要不然的话可别怪老娘不讲道义——田福我们走！"

空手而归已是家常便饭。每次都气得蓝婆懒得动手做饭，半天不想吃喝。田福也无所谓，一声不响到菜市米市游荡一圈回来，肚子里已填塞了不少货色，说不定同时也带些青的绿的回来。夜色来临，一天就又过去了。

隔几天蓝厝来了一个猴瘦男人。来人生一张三角形面孔，上唇留有两撇黄褐色的鼠须。田福见了来人便要离开蓝厝，不想门外也站着两个小伙子，一伸手就把他挡回屋里。来人对蓝婆说："大姐，听说小凤当了大官回来了，你怎么会没有想到我这个当舅舅的该跟小凤见见面？"

原来这个人就是大名鼎鼎的蓝猎虎。蓝婆说："来倒是来了个人，可人家的大名叫蓝斌！她也还记得你这个当舅舅的蓝猎虎，交代说要你及早改邪归正，否则只有死路一条！"蓝猎虎说："还有呢，小凤带回来的金银细软就没有我一份了？"蓝婆听了这话，一下子泪花四溅："屁你个金银细软！她哪晓得老娘要吃要喝的，空着手回来不说，进门就叫我别收桥南店面的租金，说这是剥削行为，以后革命胜利了，新政府要清算的！这下好了，全应了她的话，我天天去追讨租金，狗贼梁成和庄水旺就天天拿一大堆废纸打发我，变天了，钞票老娘不想要了，想要他俩几袋大米黄豆都不成……”

听了蓝婆的哭诉，蓝猎虎蒙眬似醉的双眼，立即放射出行将杀人越货的凶光，叫道：“小剩，你招呼几个弟兄去桥南把梁成和庄水旺请过来见见我大姐！”

不多时，梁成、庄水旺便球一样滚进蓝厝。梁成的眼角开了一朵红色梅花，庄水旺咽下自己的一颗门牙，血流如注。两个老板站在蓝猎虎面前哆嗦个不停，又一起把裤子尿了，脚下立即出现两摊烫热的液流。蓝婆吓坏了，骂道：“混账猎虎，你这样作孽使不得的！”就在这时候，三个挑大米黄豆的伙计旋风似的赶到了。

蓝猎虎到底开口了，声音有点像女人的那种娇柔：“就看一回我大姐的面子，说说看以后你俩打算怎么办吧？”梁庄二人，一个说以后店租折算大米、一个说折算黄豆，每月各一袋按时送到。蓝婆说：“猎虎行了，放人家走吧。”蓝猎虎说：“要是以后再听见我大姐告状，老子就放把火把你两个烧成灰烬！”

梁庄二人不住地点头哈腰，就像从虎口捡回一条命，夹起尾巴赶快溜之大吉了。

一帮人走后，蓝猎虎漂移的目光就停在田福的脸上：你过来。蓝婆正对田福脸上第一次出现的表情感兴趣时，刚向前走了几步的田福便被蓝猎虎一脚踢飞了：“怪不得我大姐断顿揭不开锅，原来是多了你这一张嘴巴！”

蓝猎虎兴尽扬长而去。蓝婆颠着小脚奔过去扶起田福，说：“可怜的田福，你用不着害怕那个遭雷劈的！”

田福挨了蓝猎虎一脚摔出去，正好砸在板凳上，手腕和膝盖即刻红肿起来。虽然田福连眉头也没有皱一下，蓝婆也明白他痛得厉害，一时动不得。几天下来，蓝婆方才发现，原来已有许多日子，蓝厝内外的各种体力活差不多都是田福干的，要是没有田福在身边，她这个老太婆还真的不行了。

女儿蓝小凤的脾气蓝婆清楚得很，她肯定不可能是一只回巢鸟了。

心念至此，蓝婆认真了，对田福说："田福，认老娘当妈吧！只要你叫一声妈，我就正经认下你这个儿子了！"

田福呆头呆脑地望了一眼蓝婆，闷不出声。回想起田福到来以后，他甚至连蓝婆也不曾叫一次。蓝婆叹了一口气，说："算了，也不为难你了，反正你心里有我这个当妈的就行了。"

就这样，田福升格为蓝厝的准正式成员。

蓝婆让田福在厢房里安置了一张小床，和蓝婆一起伙食，一起守护着蓝厝。其时，面包阿惠的面包房已经倒闭了。一年后铁匠铺的改三也支撑不了门面，只好把徒弟辞退了。有活的时候，就招呼田福去抡大锤打下手。见田福竟然干得顺当，蓝婆说："风头改三，田福也不用吃你住你的，你干脆收他当徒弟算了。工钱嘛，你乐意就给一个两个，不想给也不会要你。"改三欣然同意，说："放心吧蓝婆，只要田福想学，我改三身上的本事就全都是他的。"

田福是一个对自己无能为力的人。寄身东城的三角街后，有时候田福也会莫名其妙地走出东城市区，但是接着他就根本弄不清自己该往哪一个方向走了。他茫然四顾，不知所措。实际上在田福的心目中，生身父母也只能成为一种越来越单薄的想念了。

七八年后，田福已是一个壮小伙的时候，东城鸣放了数十响礼炮，和平解放了。

正如蓝婆所料，女儿蓝小凤自那年秋天离开东城，除了她和军队里一个姓叶的军长结婚时寄回一封信外，便不再有任何消息。临解放时，成了青皮匪类、恶贯满盈的蓝猎虎也不知所终。有人传言蓝猎虎早已被仇家活埋了。但蓝猎虎的淫威犹存，让他大姐蓝婆一直到东城解放这一天，不但没有谁敢随意欺凌，而且每月都有一袋大米和一袋黄豆送上门，保证了蓝婆的日常生活。

新中国成立后人口登记，蓝婆和田福是母子关系，并在备注栏填上"收养"两个字；政府实行土地改革，蓝婆及时出示了女儿蓝小凤寄回来的唯一的一封信，经政府出面联系，一份来自部队的证明很快到达东城领导人的手中：为了革命，蓝彩萍老人送独生女蓝斌（原名蓝小凤，1942 年 11 月因产后大出血去世）参加工农红军。据我们所知，这个可敬的孤寡老人仅靠出租两间挺小的店面，断断续续收取为数很少的租金艰苦度日，并不具备相应的剥削条件，希望当地政府根据党的政策给予妥善安置……

就这样蓝婆避开了雇佣长工和剥削两个要害罪证，家庭成分被定性为“中农”级别。除了桥南的两间店面被充公为供销社外，蓝厝还必须匀出一半，住进另一户人家。幸好蓝婆是红军家属，政府给了她选择住户的权利。蓝婆思谋几天，最终选择了长期在东城街头流浪的父女俩：冯四和冯小艾。这个选择，对于蓝厝而言，同样具有历史性的战略目光。

一夜之间，东城的社会形态发生了翻天覆地的变化。田福和铁匠改三一起被征集到城西打铁棚，成为专业打铁工人。冯小艾成了东城陶瓷厂工人。刚有栖身之所的冯四当上了一名同样领取月薪的清洁工，负责打扫三角街到桥南路段。职业乞丐冯四，新社会给了他生存的双重保障，他每天半夜起床，天亮之前便把他负责的路段打扫得一干二净。

住在蓝厝院内的四个微末百姓，性格暴烈的蓝婆反而目光平静。几个月后，寻了一个年轻人不在场的时刻，对冯四说：“老冯啊，老娘有个主意，不知当说不当说。”冯四说：“说呀，我听着呢。”蓝婆说：“让田福和小艾成亲算了，这样我们就不分彼此成为一家人了，里里外外的人手更好安排不说，又能省下许多日常花费。一举几得，老冯你说呢？”冯四说：“蓝婆你这个主意我赞成。可现在是新社会了，却不知道年轻人意下如何。”蓝婆说：“我家田福不成问题，你先跟小艾说说看吧。”

回想起长期流离失所的乞丐生涯，刚满半百、但已老态龙钟的冯四，还经常从噩梦中惊醒。住进蓝厝后，冯四对拥有二分之一蓝厝的居住权还经常感到很不真实。这下好了，只要两个家庭合成一块，不就等于拥有整座蓝厝了吗？冯四当着女儿小艾的面提出她和田福的亲事，没想到小艾一口便把田福给否决了：“我随便找个人，也用不着嫁给呆头呆脑的田福！”冯四着急地朝蓝婆递上眼色，蓝婆便走下西厢房对小艾说：“小艾呀，新社会不是时兴说一个阶级一条心吗？你和田福一样根正苗红，同命鸳鸯结合在一起，再好不过的了。要我说啊，就是政府也会赞成的！”小艾说：“新社会不是提倡婚姻自主吗？要我嫁田福，连门都没有！”

蓝婆阴着脸色回到上房，骂道：“这只花肠子的小母鸡，看老娘不敢收拾你！”

冯四见状慌忙到上房赔笑脸。蓝婆问道：“老冯你想不想把这门亲事凑合成功？”冯四说：“想呀！”蓝婆说：“那好，只要你到时候听我的话！”

那时候干工作是为社会主义添砖加瓦，各行各业都很容易形成一种争分夺秒、你追我赶的热闹场面。因为陶瓷厂远在郊区，抄小路要经过一片荒坟野地，一般情况下冯小艾在厂里加班到夜里十点钟，便由冯四或田福去接她。这一天夜里冯小艾出了厂门，四底下见不到人，经过荒坟野地时，冯小艾的脚步不由自主地快得像在跟谁赛跑似的，情急之下路面更黑，她摔了一跤，膝盖给跌破了，还流了不少血。这样冯小艾回到三角街时，敲门的声音便显得很急切。不料蓝厝的院门早被闩上了，里面黑灯瞎火的，就像集体中毒似的一点动静都没有，任凭冯小艾怎样敲也叫不开院门。如此一来，冯小艾又一次温习了她流浪街头的伶仃身影，暗夜冷风、困顿无助和膝盖上的痛楚，使得她刚刚建立起来的自尊和骄傲一扫而光。冯小艾不争气的泪水倾泻而下，情形比任何时候都要来得惨淡。

几个钟头后，田福找到了浪迹街巷的冯小艾。冯小艾一见田福，什么也顾不得了，扑进田福的怀里便只有一个劲儿地哽咽。回到蓝厝，蓝婆说：“小艾，真不好意思，夜里我们几个喝了点酒，不想喝了喝就都不行了。幸好田福身强力壮的醒得快，要不今天只好委屈你在街上过夜了。”冯小艾可怜兮兮地望了一眼满脸歉意的蓝婆，又望了一眼呆头呆脑的田福。她对蓝婆的话将信将疑。蓝婆说：“小艾，看看你爹去吧，他醉得可凶了。”到了冯四的房间，冯小艾果然看见她爹醉倒在床上，房间里充塞着一塌糊涂的鼾声和怪味道。

就这么个小小的教训，冯小艾便向命运屈服了。

一个月后，蓝厝举行了一个简易的嫁娶仪式。先是由冯四在西厢房操办了一桌吃的，接着由蓝婆在上房布置席面，四个人合在一块儿吃两顿，晚上把田福和冯小艾赶进东厢房，睡在同一张大床上，一桩婚事也就大功告成了。

不想第二天打早起来，冯小艾便大吵大闹，吓得冯四惊慌失措。蓝婆说："小艾你有什么委屈只管告诉我，老娘自会把田福这个臭小子收拾个服服帖帖的！"冯小艾哭诉道："田福算什么男人嘛，上了床便只顾睡死他自己！"蓝婆笑道："原来如此，我还以为有什么大不了的事呢。田福是我一手拉扯大的，百分百的童男子，也很听话，我知道你小艾比田福能耐，教导他一番不就得了，干吗大呼小叫的？！"

变成四口之家的蓝厝，由蓝婆打点主持，过了几天她便开始在伙食上增收节支。不想隔天冯小艾起床，就又在蓝婆面前挂上一张哭丧的脸："你家的田福是男人吗，看上去人高马大的，可他夜里还尿床！"蓝婆赶紧说："小艾求你千万别声张，这回是我不对了。以后我们晚顿就吃干饭吧。"

日子一直都过得很快。等孩子蓝小小出生后，出现在田福和冯小艾之间的种种鸡毛蒜皮也就烟消云散了。

结婚后田福变得越来越像他爹田大了，生活态度非常被动，对身外事一概懒得过问。当然该干的事他一件也不落下。更重要的是田福所处的社会，不管怎样，他的一份月工资都能按时领到手。

孩子蓝小小渐渐长成小时候的田福了。蓝婆和冯四也相继作古了。

这期间，田福的工作单位，由打铁棚改成铸造厂，又由铸造厂改成农械厂。听从冯小艾的意见，蓝小小改名冯小田，顶冯四的班成了一名清洁工；另外两个女儿，也不管哥哥娶妻生子了没有，一到婚龄，便各自拿主意争相嫁出去了。

接着就改革开放了。

随着东城被国家定为开放城市，市容市貌几天变一个样。在大城建规划里，三角街成了新东城的中心地段。蓝厝的墙上用红漆写了个一米见方的拆字。由区建委派出的协调小组，动员田福一家服从大局及早搬迁。政府以蓝厝建筑面积每平方米一百五十元给予补偿，另外在距离三角街四五公里外的新型住宅小区芙蓉花园分配一套七十平方米左右的安置房。安置房每平方米比市面价便宜五分之二。起初冯小艾和田福均不同意，但几天以后三角街便被拆得剩下孤零零的一座蓝厝了，在周围作业的推土机、挖掘机震天介响，眨眼间被推平的房屋成了遍地的瓦砾和砖块，被挖掘出来的大坑就在蓝厝的墙外。冯小艾和田福妥协了，但提出不想在距离三角街太远的地方安家。区政府通过多方协调，并从补偿中扣下两万元购买了一间旧房，满足了他俩的要求。就这样，冯小艾兜里揣着余下的近三万块钱，举家搬迁到老街区刺绣胡同一间逼仄的旧房居住下来。

当投资几千万元的东城商厦在三角街拔地而起的时候，已经退休在家的田福和冯小艾所在的农械厂和陶瓷厂全倒闭了。一时间慌得冯小艾不知所措，不晓得往后的日子还能不能按月领到退休金，因此对那几万元倍加珍惜，也不放心存银行，日常总是放在身边盯着捂着，生怕它们会长出翅膀飞掉。从来不懂得着急的田福，最常做的动作就是走到刺绣胡同的巷口，傻模傻样地往外望了望。换了个住处，世界全陌生了。田福明白自己到底年纪大了，要是随便走出去，认不了回头路，说不定就很难办了。

所以田福站在巷口望了望，便转身回家去了。

1996年初秋，一个阳光很亮的早晨，逼仄的小屋难得有阳光照进来。田福告诉冯小艾说他的胸口堵得慌，冯小艾没有理他。直到田福莫名其妙地叫了一声妈妈，这才引起冯小艾的警觉：怪了，你在叫谁妈妈？当冯小艾拿眼去看了一眼田福的时候，只见田福的脸上流满泪水和鼻涕，神情已经僵硬了。

冯小艾慌了。这是她第一次也是最后一次听见流着泪的田福叫了一声妈妈。可是天哪，田福已经死了。

流落到丰浦

1

“我老家丰浦电视台招聘男主播已经半年了，一直没人应聘，我觉得阿猛哥你真的很合适。”

说这话的是和廖阿猛只有一面之交的丰浦姑娘瑶婷。听瑶婷说话的口气，电视台台长不是她哥哥就是她表叔。刚好瑶婷要回丰浦结婚，廖阿猛便有点稀里糊涂地跟着她来了。

等赶到丰浦才知道，电视台男主播已经上班五个月了。当时的瑶婷一下子意识到自己做了天底下最傻最蠢的一件事。通信如此发达的21世纪，要打听核实并非难事。但她却冒失地把廖阿猛给带来了。

大概要和瑶婷结婚的男人是她的理想人选吧，所以她这时候的为难和尴尬就全都写在脸上了。由于她不负责任的一个自以为是，把廖阿猛带到丰浦，结果希望落空。她好心办了坏事，廖阿猛转眼间便成了她随时准备甩手的包袱。

此刻站在他面前的，基本上还是一个不谙世事的小姑娘。

这情景岂是廖阿猛愿意看到的。也怪自己太轻信，按说他这个70后的老男人，凡事总抱着碰运气的想法，这样的结果可算是自找的。

从电视台出来，走了八九百米，也就到了丰浦廊桥。

周遭是滚滚热浪，可一站在古色古香的廊桥上，午后的风似乎是裹着水雾的，一下就把他给凉透了。望着桥下摇晃着满满当当的绿波，廖阿猛的情绪从严酷的现实中摆脱出不少。

“瑶婷，别让你父母等急了，赶快回家去吧。我随便找个落脚点，打短工挣点路费，过几天我就离开丰浦走人了。”

大概瑶婷正需要廖阿猛有个态度，所以听他这么一说，跟他握一下手就顾自走了。

望着瑶婷匆匆离去的背影，廖阿猛的心比廊桥上吹的风还要凉。他被她一个善意的由头，便懵懵懂懂地流落到这人生地不熟的异乡来了。

不过的确有点奇怪，站在这廊桥上，廖阿猛的心情转眼就又从迫在眉睫的食宿问题上摆脱出来。环顾廊桥周遭的景致，如果人有前世，他的前世大概来过此地，否则的话为什么会感到似曾相识？置身于此，怎么会一颗心神神道道的就像在梦幻之中？

桥头砌了两米见方的一面粉壁，绘的是以廊桥为中心的景区示意图。东头矗立着丰浦的标志性建筑——旋转楼，旋转楼后是县城新区。西边是一株百年老榕，要进入一片老街区的哨唇口，沿伏壶河西岸的一溜河房街，以及河房街吊脚楼下的十九渡。桥下是伏壶河，流到百米外与花溪汇合，然后流激浪涌飞波溅沫地向东流去。合流处的正前方就是高佬洲——高佬洲上的木房子、点缀其间的小洋房和金碧辉煌的姜太公庙。

廖阿猛以为自己至少在梦中来过此地。站在廊桥上，他或多或少给自己虚构了前世今生的某种牵连与慨叹。

高中毕业后廖阿猛在外漂泊多年，每到一处他都感触良多，但都没有丰浦这个地方这么特别。这个地方似乎要把他带进说不清道不明的过去。

2

廖阿猛站在廊桥上痴痴地待了十几二十分钟，瑶婷的弟弟给他打来了电话。

瑶婷匆匆离去，但她心里并没有放下和她结伴而来的一个异乡男子。刚才望着她离去的背影时，看来他廖阿猛是误解她了。

在瑶婷弟弟杏生的帮助下，廖阿猛在废弃的怡红公园里以每月百元租了一个单间。杏生临走时，塞给他一个装有300元钱的信封："我姐姐说，以前跟你借的钱先还一部分，其余的你需要时再送过来。"

瑶婷何曾向他借过钱？这个善良的姑娘为了帮他廖阿猛竟用了这样狡黠的心思！

本来，300元钱足够廖阿猛离开丰浦了。可房子已经租下来，还有——恰恰因为这300元钱，让他觉得不该一走了之。在这世上，他先是由西漂向北，又由北一步步往东南方向漂，要找个落足或归宿之地，谈何容易。既如此，何不在丰浦这个地方住一阵子呢？

3

杏生走后，房东说：“前面租房的也是一个后生，退房才两天。由于离开匆促，日常物件来不及带走——你只要不嫌弃，便都是用得上的。”

廖阿猛自是巴不得，应承着暗暗叫好。此刻提箱里除了一台手提电脑、一面床单和替换衣服，他几乎一无所有。廖阿猛跟房东签了合约，接过院门和房门的钥匙，房东便离开了。杏生塞给廖阿猛——他姐姐的“还款”后，就离开了。

看得出，怡红公园至少有一半建在冲积地之上。在高佬洲西南方向的斜对面，中间隔着那条花溪。

公园被废弃，怕是由于低洼地势，每年都要频繁遭受洪水侵扰的缘故。地面上沉积着从上游冲刷下来的漂浮物，久不清理又杂草丛生，无形中增添了岁月的破败与荒芜。倒是十多株高大的相思树长得郁郁葱葱的，几乎把整座公园覆盖了。

廖阿猛租住的房间，建在背朝花溪的围墙上。支撑一排五个房间的，是石围墙和靠前的六根水泥柱子。房东为了安全或独立，给这排鸟笼般的房子砌了简陋的院墙。院子的铁栅门可以伸出手去倒锁院门。上完楼梯便是走廊，第一个房间充当公共卫生间和盥洗室。

廖阿猛租住的是最东头的房间。

房间里的床铺桌椅、脸盆提桶虽然凌乱倒还干净。多年谋生在外，见了各色人等，所以一眼便看出退房刚走的肯定是一个精力充沛的后生（丰浦人把小伙子称作后生），因为房间里没有残留一星半点暮沉老者或病人的恹恹之气。

往后窗一望，花溪，花溪与伏壶河的合流，以及高佬洲均近在眼前。廖阿猛设想一下，这座废弃公园应该在那座廊桥的西南方向上。

4

廖阿猛将就睡了一夜，隔天醒来到街上吃了早餐，谋生一事更觉茫然，于是决定给租房做一次彻底的打扫，把免费得来的“家当”重新摆设一番。

清理中，廖阿猛竟意外从铺盖中抖出长达7页的一封信。信是男孩写给女孩的，要么是写完后便被大意裹进铺盖的，还自以为找不到了，要么就是觉得没有必要寄出这封信了，便随手一丢不了了之。

收信的女孩叫亚丽，写信的男孩叫丁缅。电话、短信、E-mail、QQ，当代通信如此便利，这个叫丁缅的男孩竟有难得的耐心写这封长信。

男孩的口气亲昵而深情。这封信写了他俩相识相亲相爱的动人点滴，而核心内容是丁缅决定要不告而别，至于什么原因他没有写明。信最后丁缅说：“亲爱的亚丽，你我从相识到恋爱，时间不长，可你我的深情绝非海枯石烂可以比拟！情深爱切中，总使我在睡梦里呼喊着你的名字——亚丽！可现实却容不下你我这样的爱！为了避免在分别时肝肠寸断，我决定不告而别！亚丽，别恨我的辜负，为了我们的爱，你一定要善自珍重！你赐予我的无限美好，若有来生，我情愿当牛做马报答你！”

廖阿猛读完信，难免叹息一番。

这封信没有寄出去。但男孩离开了，女孩还不知道她爱着的男孩为什么会突然就不告而别了。

当然他俩有可能以另一种方式告知对方，比如发一次短信。

从信中的那股火热劲看，这对深深相爱的男孩女孩，肯定属于80后一代。

看起来还不错，廖阿猛蜗居一隅，偏僻而又荒凉，可心中、眼前却拥有一个小小的世界。关于自己，也关乎他人。

5

丰浦县城是个人口不足10万的小山城。要不是亲历，无论如何也想象不出这里的形胜会如此震撼廖阿猛的内心。丰浦的交通和通信与各地一样四通八达。但这里的外来工极少，在街上走的基本上都是熟头熟脸的本地人，说的也是当地方言。用工之廉价让廖阿猛这个多少怀揣着发财梦的外乡人倒吸了一口气。

难怪房租那么便宜，即使花极少一点钱也可以在路边小摊饱餐一顿当地小吃。

好你个瑶婷，竟把堂堂的廖阿猛诱到丰浦修身养性来了！

几天了，廖阿猛知道希望渺茫，但也没有停止在丰浦的大街小巷转来转去，样子像一个调研民俗的工作者。

这天下午廖阿猛百无聊赖的，出公园朝南走去——那儿有一座通往高佬洲的石拱桥。这座桥的年头不长，桥头勒碑称：花溪桥，建于惠心桥原址之上。60年前，匪首谢山河控制了丰浦及邻近数十个乡镇，立高佬洲为大本营，为阻绝交通捣毁惠心桥。今获政府批准，由姜太公庙众香客集资得以复建，改称花溪桥。

高佬洲是一座三面临水的小山冈。不临水的西北向是陡峭的山崖。

廖阿猛穿梭于高佬洲破败的木房子之间，时而望一眼对面的木制廊桥，现代化建筑——旋转楼；时而望一眼斜对面废弃的怡红公园，以及他租住的那个房间和那面小窗。廖阿猛跟一个中年男子打听说："60年前匪首谢山河捣毁惠心桥后，进出高佬洲怎么办？"中年男子说："谢山河建了一溜河房街，每间河房的吊脚楼下都是一个渡口，共十九渡，外人要上高佬洲只能通过搭渡，为了控制和收费，艄公都是武艺出众的谢山河手下。"

引起廖阿猛对高佬洲好奇的是那座姜太公庙。他通过住处的小窗望见，这座姜太公庙并没有什么特别，香客也不过断断续续三三两两，但它却彻夜亮着灯，彻夜有香客前来烧香上供或求签问圣。进来一见也与别处无异，不同的是这儿没人叫卖香纸烛，香客也相当随便，有的上供还愿，有的只烧香点烛，有的不过来庙里逛一逛。年轻人则干脆不烧香不上供，仅折腿跪在蒲团上磕个头便抽签去了。姜太公庙的签牌是72片，72片的签牌不用说肯定配72首签诗，签诗贴在墙上，似乎与悲喜无关的庙祝为信众免费解签。

这儿是除了个别深山荒庙外唯一没有商业运作的一座庙，不由得让人顿生好感。

廖阿猛也是年轻人，所以只折腿跪在蒲团上磕了一个头，掷了珓，见是阴阳卦，便摇签筒去了。他抽到的是22签，签诗云：

客自云游朝夕至，
青山着意绿水流。
惊心入梦原非此，
因了前缘此间来。

廖阿猛蓦地一惊，不禁对座上被香烟熏得乌黑发亮的姜子牙塑像肃然恭敬起来。至少，这签应了他来丰浦时那种莫名其妙的心境。

廖阿猛跟庙祝打听说：“这签诗随意而灵动，不同于各地签诗的晦涩和引经据典，不知这签诗可有特别的出处？”庙祝说：“姜太公庙原本有一套签诗，此刻用的签诗出自曾经占据高佬洲的匪首谢山河之手”。

又是那个匪首谢山河！

廖阿猛说：“可不敢小看这个匪首谢山河了，连神明都采用了他的诗作！”庙祝说：“匪首谢山河恶贯满盈，最终被县宪兵队和警察大队合围射杀在高佬洲上。由于这个缘故，几十年来一直想换上原本的签诗，只是奇怪得很，每次掷珓证愿，姜太公都不予通过。”

6

有一次约了三两朋友去游玩某处形胜，结果观感大不相同。廖阿猛不知道为什么会产生那些差别。此刻他对丰浦的讶异，却不知道给予别人的是什么样的心境。

傍晚廖阿猛离开高佬洲，到街上吃一碗当地称作“米筛目”的小吃。它其实就是长盈寸、筷子粗的粿条。只是当它加上少许油炸葱花、白米醋、芹菜末和辣酱后，其滋味便令人刮目相看了。这种好感，就像回到阔别多年的故乡。

回到租房已是掌灯时分。

打开门亮了灯，看见有人从门下塞进一封信。空白信封，也没有封口。由于有前面的“悬念”，廖阿猛便迫不及待打开看了。

——这封信果然是那个亚丽姑娘写给丁缅的。

丁缅：不知何故你就是不想见我，难道你为了和我中断联系才换手机号码的吗？我前天来过，打开院门进来了，可你把房锁换了！——我不明白，你何至于要如此决绝，门也不让进了？

我知道今天也肯定见不到你，看了这封信，你一定要给我打个电话，在此前我们已经到了分不清你我的关系了，为何没有半点前兆你便音信全无，如同从人间蒸发了一样？试问，你为何要让我如此痛心？我太可怜了，居然不知道自己在什么地方出错，我想只有见面才能解决问题——丁缅，就算我求你了！

廖阿猛躺在被石围墙和水泥柱子撑起的房间里，看了这封信，设想这对恋爱男女的情形，可出现在脑海里的画面却是形单影只的瑶婷。廖阿猛吓了一跳，也不知道瑶婷此刻在哪里，婚到底结得怎么样了。

7

县城不大，但廖阿猛必须打瑶婷或她弟弟杏生的手机才能知道她的住址。

瑶婷是回家结婚的，在这期间冒昧出现一个外乡男子，理智告诉廖阿猛这个电话他无论如何打不得。

廖阿猛乘电梯上了旋转楼，买了3元一杯的茶，坐在观景茶座上缓缓旋转两周，看了丰浦县城的全景，然后下楼去十九渡。在他差不多要失望时，才有一个农具店的胖女人拉开梯口的吊门，让他走下磴道。廖阿猛坐在水面那一级磴道上，此刻河房街吊脚楼下停靠小船的十九个渡口，既没有艄公也没有小船，只有裹着水雾的风，满满当当的水，还有廊桥下由花岗岩条石砌起的桥墩。

廖阿猛对胖女人经营传统农具深感不解。一打听才明白，原来是为了增强景点的可看性，十九渡上的十九家店铺基本上按照70年前的样子布置店面，政府发给相应补贴，生意是可做可不做的。难怪从旋转楼到十九渡，让他感觉就像从当代走回新中国成立前。廖阿猛对胖女人说，要是由他来经营她这家店面，他会去订制一批微型的传统农家器具供游客选购，把微型的农家具当工艺品卖给顾客，肯定是抢手生意。店主一时间有点懵然。大概是胖女人正在权衡，如果她把生意做好了，政府不予补贴了，她到底是得还是失。

过后廖阿猛才知道，在他去旋转楼和十九渡的时段，前后有两个人来叫过他租房的门。

8

胖女人能在废弃公园的租房找到廖阿猛，要么说明县城小，要么说明胖女人不一般。胖女人叫邢秀秀（她的名字和身材是两码事；互通姓名后廖阿猛便称她秀姐）。秀姐采纳了他的建议，同时要聘廖阿猛当她的店员，包吃，月薪600元。末了她说：“等生意做红火了，再给你加薪。”

如果廖阿猛在上海或广州，月薪的起点应该是5000元。可他此刻在丰浦，他敢说秀姐的农具店一个月的营业额也不超过几千元。要不是政府给予补贴，她怕连房租也付不起。

廖阿猛到河房街的农具店上班的第二天，秀姐便进山去订制微型农家具了。他再三交代，微型农家具只是型号变小，制作材料不变，更不能减少其中任何一道工序，以保证其可用的真实性。比如水车，同样能车水；比如扬风机，同样能扬谷子之类。

三天后从深山出来的秀姐背着一个大包，打开一看，有犁、耙、扬风机、古式床、碗橱等十几种式样，基本符合要求。廖阿猛挑出耙和扬风机说：“这两件做得最靠谱。”

“这两件是我小姨丈和表弟的手艺。”秀姐说，“这父子俩的手艺那叫精，只要看一眼，没有不能做的！可如今丰浦的百姓基本不种五谷，改种水果了，农耕路打得像蜘蛛网，农具只要锄头、喷雾器和摩托车；做家具用预制板，只要一把铁锤、一副小电锯、一包钉子就成，父子俩憋着好手艺用不上，也不知道有多失落！”

廖阿猛建议把父子俩请出山来专门制作微型农家具，提供场所，包吃住，按件付酬。秀姐也觉得可行，但必须看看销路再做决定。

廖阿猛动手将原有的大件农具挪后，把玻璃柜台置前，朝外贴了名称：微缩农家具展销专柜；在墙上挂出这样一道广告语：微缩农家具，装饰当代居家新选择。

9

下班后，廖阿猛回到租房过夜。

廖阿猛本以为，与租房并排的另三个房间是搁空的，实际上是时不时地就有人入住，流动性较大，又不便打听他们是日租月租还是季租年租，所以见到的大都是生面孔。由于偏僻和简陋，租住的也差不多都是男性。所以这一天见隔壁房间有个姑娘出入，不免深感新鲜。这姑娘与别的邻居不同，一见廖阿猛回来她就过来敲门了。门刚开个缝，便听见她叫道：“丁缅，我终于等到你了！”

一听这话廖阿猛已明白站在门外的是亚丽姑娘了。可以想象的是，当她看见露面的是廖阿猛时，亚丽姑娘的神色就像是熊熊火焰被盖头浇了一盆冷水，在错愕间熄灭了，连表示一下歉意都没有，便回她的房间去了。

廖阿猛思量片刻，便去敲隔壁房间的门。亚丽开门后，他直接把前后两封信一并递给她，说："丁缅写给你的信，是我在整理房间时发现的，另一封是你写给丁缅的，正好物归原主。"廖阿猛接着解释说，"房间我租住半个多月了。我估计房锁是房东换的吧，与丁缅无关，他已经离开20天了。"

看得出亚丽急于要看丁缅写给她的信。廖阿猛不便打扰，便回到了自己的房间。因为那两封信，所以亚丽一出现，廖阿猛就觉得自己好像也参与了他俩之间的一部分。这也就罢了，此刻的廖阿猛，还坐立难安，这就有点多管闲事的味道了。

目光透过后窗，望着高佬洲上的点点灯光，灯光下姜太公庙零星进出的香客；望着黑黝黝的河面浪涌鱼鳞似的闪光，或以浮云相映衬时的一片皭白。仿佛听一次动人心弦的老歌，望着天地间的这种深邃与魅惑，他内心的温湿感觉就又铺陈开来了。

前天廖阿猛要离开高佬洲时，庙祝告诉他说，匪首谢山河被击毙时，手中就握着他在姜太公庙求到的一首签诗。这首5号签诗，当然也出自谢山河之手：

溪雨潺潺，
亦真亦幻。
雾柳邀弧光，
惊雷猛浪碾红尘。

在廖阿猛看来，这个无恶不作的匪首谢山河，他穷凶极恶的同时也挣扎于自己的内心，躲在高佬洲上某个枯寂的角落，凝望眼前的闪电雷鸣或凄风冷雨，生了连他自己也不知道从何而至的感叹。

说不定徘徊于丰浦廊桥这个三角地带的人，无一例外都会有某种宿命感吧？

不出廖阿猛所料，亚丽姑娘看完信便来到他房间。她请求廖阿猛原原本本复述一遍发现丁缅那封信的经过。廖阿猛如实奉告。大概亚丽姑娘相当熟悉房间里的这些物件与摆设，她转着泪光说："我明天就到丁缅的老家找他去。”廖阿猛说：“本来我觉得丁缅应该会回来取走这些物件的。”

“不会的，”亚丽说，“丁缅是办了退房后离开的。这些物件大都是我给他添置的，我知道他在担心着什么，这些物件他干脆不要了，以免睹物思人。”廖阿猛问：“亚丽你过后还回来吗——回来搬走这些物件？”

“隔壁房间的租期是一个月，我无论如何都要回租房一趟。”亚丽点头说，“但我不想取走这些物件，你有用处，我反而会心安一些。”

亚丽是一个南国姑娘，委婉而坚强，对爱情的执着使她的容貌变得生动起来。

10

秀姐静静等待着，不作声。但廖阿猛能感觉得到她的焦虑。

微型农家具的生意出现曙光，是在一天丰浦廊桥景区来了一支旅游团，逛河房街十九渡时他们看到这个小小的玻璃柜台，十几件微型农家具被一扫而光，甚至有几个游客留下款项和地址要求邮购。秀姐当下决定要把小姨丈和表弟请出山来专业制作。

（许多天后廖阿猛才知道，这个不起眼的秀姐居然是丰浦一个地产大亨的老婆。很显然这对夫妻的关系只是一种维持。秀姐的丈夫在沿海几座城市都有经营房地产，可她看起来连温饱都成问题。惊悉之时，让廖阿猛再次对丰浦这个地方感到不可理喻。）

秀姐二度进山后，廖阿猛接到瑶婷弟弟的电话。杏生很快便来农具店找到他。

在瑶婷结婚的那一天，在喜气洋洋的场合，男方以瑶婷“早已与他人私订终身”为由当众悔婚。瑶婷被击蒙了，当即说起胡话来，连亲戚朋友她也不认识了。授男方以把柄的还有，瑶婷意识模糊后，念叨最多的竟是“阿猛哥”这几个字。除了杏生，所有人都不知道阿猛哥是谁。而在瑶婷清醒时，就要求弟弟杏生必须为她带回丰浦的廖阿猛守口如瓶。所以杏生犹豫了好几天，一直不敢造次前来找廖阿猛。

听了这个意外的消息，廖阿猛吓坏了，竟不知如何是好。廖阿猛和瑶婷连深交也谈不上，怎么她失心疯了之后心中只有“阿猛哥”这几个字？

杏生要廖阿猛去看望一次他姐姐。廖阿猛二话不说关了店门便跟他走了。

说来也奇怪，瑶婷的家和租房、农具店不过咫尺之遥，廖阿猛也多次走过扶柳巷，却不曾与瑶婷碰过面。

扶柳巷是从哨唇口走进旧城区的小巷之一。无论过去如何，眼下的旧城区总是显得那样的晦气与忧郁。杏生安排了一个他父母都不在家的时间，让廖阿猛去探望他姐姐。但廖阿猛不知道自己是否来对了。那个阴暗的家是土木两层楼，很静也很闷，瑶婷自个羞怯地坐在那儿——她连自己不停念叨的阿猛哥也不认得了。杏生对瑶婷说：“姐姐，阿猛哥看你来了。”瑶婷自始至终都没有抬起目光，说：“这个阿猛哥是假的。”杏生失望至极说：“我姐姐已经这样子了，阿猛哥你不要见怪才好。”

廖阿猛鼓励杏生说：“你姐姐会没事的，我们一起努力！”

经营时间关店门是做买卖的大忌。所以十几分钟后廖阿猛不得不离开扶柳巷，回到河房街的农具店。

11

秀姐果然把小姨丈和表弟请出山来，租了一栋闲房当父子俩的制作车间。

已经没有自觉意识的瑶婷，居然会在谁也没有觉察的情况下，不声不响摸到河房街的农具店。她不像是来找他廖阿猛的，因为她已经不记得廖阿猛了。可她长时间不作声，在农具店站着或坐着，并没有要离开的意思。

临结婚那天被男方弃绝，经受不住打击的瑶婷疯了，几天时间便在这个山区县城传得沸沸扬扬。瑶婷失常后出现在口中的那个“男朋友”，也就是河房街农具店那个外乡人廖阿猛。秀姐仿佛要从瑶婷的脸上找出点什么，问道：“扶柳巷的瑶婷被男方悔婚，真的与你有关？”廖阿猛只好据实以告。听了来龙去脉，秀姐叹息说：“谁说不是一对孽障男女！”

由于议论与传闻，河房街农具店的生意反倒红火了不少。

几天里发生的事，似乎拉近了廖阿猛与丰浦之间的距离。

夜里廖阿猛回到租房，见隔壁亚丽的房间灯亮着。年纪轻轻的亚丽神色迷茫。她离开县城找到乡下，才知道丁缅并没有回老家。她此行了解到这样一个可怕的事实：原来丁家有遗传性心脏病，发病前个个身强力壮，但到了三十岁后的某天，一发病便意味着死亡。丁缅的爷爷、父亲、大哥都没有逃过这个定数。亚丽终于明白了丁缅的良苦用心，丁缅是为了不想连累她，才选择在她面前黯然消失的。

廖阿猛问亚丽以后怎么办，亚丽满脸是泪地说：“无论如何我都想再见丁缅一面。”

12

在廖阿猛迷迷糊糊的睡意之中，几次出现亚丽那张满是泪水的脸庞，接着又被一阵叫喊声惊醒了。

“好姐姐，黑灯瞎火的，你怎么可以睡到这里来！”在楼下院子外叫喊的，是杏生的声音。廖阿猛直奔下楼，见瑶婷当真是背靠铁栅门睡的，任凭弟弟杏生的叫喊，她都无动于衷。“阿猛哥，我都拿姐姐没办法了。”廖阿猛打开院门对杏生说：“这地上又脏又乱的，先把你姐姐哄到我房间再想办法。”瑶婷身上裹的似乎是一团没有警觉的困意，被一前一后推着拉着上了租房，如同回到家里，见了床铺便一骨碌软倒过去，杏生要姐姐坐起来，不想就在这转眼间瑶婷又在睡梦之中了。

廖阿猛和杏生只好趴在桌子上打瞌睡，一起守着这个夜。

瑶婷是不让人理喻的，第二天夜间她又重蹈覆辙，阿猛只好跟隔壁房间的亚丽商量，让她俩睡在一起，他和杏生借睡亚丽的房间。

过后的几个夜里，不讲理的瑶婷都是如此，她似乎只有在廖阿猛的租房里才能睡得好。

13

河房街农具店的生意不错，但种类偏少。读过三年美术专业的廖阿猛，决心再设计几款式样。秀姐当然是赞成的。这样廖阿猛就有了几天在附近的实地考察。

不用说在这几天里，瑶婷和杏生姐弟俩都伴随左右走遍附近的山山水水。画下的水碓房、过山亭和望江楼等图纸，让秀姐的小姨丈和表弟大开了眼界。从父子俩欣喜的目光里，秀姐几乎看到了顾客的激赏。

夜里从河房街的农具店下班，廖阿猛没有直接回租房，而是到了秀姐的小姨丈和表弟的制作车间，和父子俩琢磨那几种新的设计。

直到夜深，廖阿猛在街上吃了夜宵，这才朝废弃的怡红公园走去。走到公园内的相思树下，只觉眼前蹿出两道黑影，朝面门擂下的一拳砸了他的鼻子，顺势挑起的拳头铲翻了他的腮帮，侧面那个人飞来的一脚踢中了他的腘窝，在他跪下瘫软的同时，感到又腥又咸的液体哗哗地流了他一脸。

袭击廖阿猛的两个人眨眼间消失得无影无踪。廖阿猛滚地的惨叫，惊动了守候在院子外的两个人。

这一天，及时护送廖阿猛到医院救治的是瑶婷、杏生姐弟俩和亚丽姑娘。

在医院耀眼的灯下，见廖阿猛浑身是血的一刹那，瑶婷打了个激灵，掩脸干呕一声，奇迹般地清醒了过来。一时间里，不明白自己为何会置身于这种场合，看一眼廖阿猛，看一眼亚丽姑娘和医生，竟心生虚怯地要避开众人的目光。

廖阿猛使眼色让杏生赶快带姐姐回家。这样，守候在身边的就只有亚丽姑娘了。

14

由于只是外伤，仅鼻子和腮帮有点红肿，翌日一早廖阿猛就出院回租房了。

本来亚丽觉得自己该走了。可廖阿猛受伤了，她决定留下来陪廖阿猛几天。

丰浦的炎夏，并没有让人觉得特别地热。只是到了这一天午后，尽管天花板上的吊扇转得飞快，也赶不走租房里的暑气。

因为亚丽在身边，廖亚猛当然不敢短裤背心那样放肆，只寄希望天能下一场大雨。

亚丽也说："太闷热了，能下一场大雨就好了。"

天遂人愿，挨到午后三点，终于噼噼啪啪地下起雨来了。这场雨和以往不同，起初是零零星星的，后来就又密又猛的了，持续的时间长得就像没个尽头似的。雨天加上廖阿猛行动不很方便，晚餐便由亚丽打电话要了外卖，盒饭一送到，越下越来劲的雨就有铺天盖地的味道了。

亚丽说："这雨要么不下，要么下疯了。"

到了入夜九时，他俩隐隐感到不对劲。廊桥一带亮起了晃若白昼的灯光。望一眼花溪，觉得不过是片刻之间，花溪里已涨满了洪水，翻滚的白浪似乎就在眼皮底下。廖阿猛说："河里涨大水了。"

亚丽不放心，开门一看，惊呼道："天哪，院子被洪水淹没了！"

也许是不在意，在短短的时间里，孤零零的租房已无异于漂浮在洪水之中了。

廖阿猛就像在自言自语："这洪水，没理由涨得这么快。"

没完没了的下雨声，翻滚的洪浪声，廊桥一带嘈杂的喊叫声，似乎所有的声音都与眼皮底下的汪洋连成一片。

两个都是外地人，并不清楚这一天的暴雨是否正常，当地的水灾会厉害到什么程度，更不知道支撑租房的围墙和柱子是否牢固。

“阿猛哥怎么办？我们被洪水包围了，出不去了！”

亚丽说这句话时，声音在微微颤抖。

“也不知道从哪儿来的这么多的水！”廖阿猛明白自己接着又说了一句不该说的话。

惊恐的两双眼睛，又同时看见有无数活物正从窗口那儿爬进屋来，门缝也是如此，红蚁，黑蚁，掉了翅膀的飞蛾，胖胖的暗青色的爬虫，毛毛虫，探头探脑的老鼠，小青蛇……漂浮于恶浪中的惶惶兽类，为了逃生，纷纷爬向这座洪水中的小屋。

两个人也顾不了许多了，差不多是穷凶极恶地往外驱赶击打了它们，手忙脚乱关严了门窗，连缝隙也用纸张或布条塞紧。

处理结束后，两个人都看见对方在上气不接下气地喘息。亚丽嘴唇发青，哆嗦得厉害。

“这个时候，你我也太可怜了。”亚丽说，“偏偏像丁缅那样，还要想得很多很多。”

廖阿猛说：“亚丽，隔壁你的房间怕被爬虫们占领了。”

“我想通了，放弃了，管不了了。”亚丽看了廖阿猛一眼说，“要是洪水不再涨，明天难道你还不想离开这儿？”

廖阿猛吃惊地望着身量单薄的亚丽姑娘，一时没有言语。

亚丽近过身来，抱住他说：“阿猛哥，要是我们能逃过这场洪水，我愿意随你去天涯海角。”

“别担心，相信我们不会有事的。”也许是共患难的心情吧，见此刻只有身心弱小的亚丽姑娘与自己相伴，在洪水滔天的天地间，廖阿猛发觉被亚丽视为依靠的自己，实际上无足轻重，更是渺小。

周围要不是洪水就是异类，两个人也就情难自禁地偎依在一起了。

这是危难中紧紧的依偎，时间好像是停顿了。亚丽的一双手不知道是急切还是慌乱，总之是身边的这个人被她握住了，然后就想放进她的身体里去了。廖阿猛没有想到，风雨和洪水竟促成了这样的“一次预谋”。

看起来雨小了些，但洪水还在涨，灰沉沉的天际依旧逼迫着大地。

亚丽说：“阿猛哥，其实我们可以跟杏生或秀姐打个电话。”

对呀，这么长时间，竟没有想到要往外打求救电话！

廖阿猛打了杏生的手机，简要描绘了租房的危急处境。杏生说："我姐姐对这场雨也很害怕，一直抓住我的手不放。我担心一旦扔下她，她又想不开了怎么办？"

杏生这样的回答，当然是一种选择。

廖阿猛又和秀姐通上电话，说："秀姐，我的住处被洪水包围了，洪水快涨到楼板了。"

那头的秀姐说："是上游几座破水库怕出险情排水了，没事的，涨也涨了，洪水从来就没有淹没过你住的那座小房子。"

秀姐同样找到了推脱的理由。

扔了手里的手机，这下廖阿猛也就变得得理不饶人了。亚丽说："瞧阿猛哥你有多凶猛，这房子不被洪水泡垮，也被你摇晃垮了。"

廖阿猛说："垮了，我们就这样拥抱着，任由洪水送到东海去见龙王好了。"

15

第二天，洪水退了，太阳又那么好地出来了。

租房底下的废弃公园，是洪水退后留下的一片糟塌塌的烂滩涂。

房东穿高筒雨靴，拉管子接水冲走泥泞，总算把院门打开了。上楼后到卫生间洗净雨靴，才来找他的房客："二位昨晚吓坏了吧？"

洪水已经退了，廖阿猛感到无话可说。

亚丽说："岂止吓坏，要是洪水再涨，这房子垮了，命也没了！"

"不会的。"房东说，"我搭建这座房子时，楼板刚好和高佬洲姜太公庙的门口在同一水平上。历史上，再大的洪水也没有淹没过姜太公庙的檐台。"

"昨晚那吓人的情景，可不是你现在说的轻松！"亚丽好像不想轻易放过房东。

"也怪我忘了给你俩留电话号码了，只要说明在先，你俩就用不着担惊受怕了。"房东见怪不怪的，并没有在内心上受到谴责。

房东逐个查看后，廖阿猛要为亚丽清理房间，被房东阻止了。只见房东从口袋里掏出一小块硫磺，放在亚丽的房间里点燃后拉上门。房东说：“千万别强行赶它们走，以免留下不必要的脏东西。”

房东临离开时，朝他俩笑了笑。廖阿猛和亚丽当然明白房东的意思。

洪灾之夜，唤醒了人最原始的那种需求。

廖阿猛说：“亚丽，请问你现在还是昨夜的心思吗？”

“阿猛哥，对不起。”亚丽低下头来。

廖阿猛说：“我看得出来，你还想见丁缅一面。”

16

廖阿猛跟秀姐告了半天假，然后动员亚丽一起去扶柳巷看望瑶婷。

经历了一场劫难，与廖阿猛已显得生分的瑶婷，仅为客人泡了茶便上楼躲开了。

杏生说：“不知道为什么，前天我姐姐见阿猛哥遭打后浑身是血，脑子倒一下子清醒了，可人却变得畏头畏尾地怕事胆小。”

大概坐了十几分钟，他俩便告辞了。廖阿猛到河房街上班，亚丽回租房去了。

“看洪水把你吓的！”见廖阿猛面部浮肿，秀姐惊讶了一下。

廖阿猛说：“昨晚我住的房间就像漂浮在洪水中似的，我又不习水性，要是洪水再涨我就没命了。”

“打小开始几十年来，我就没见丰浦城区的水灾死过人。”

“我是外地人，哪晓得丰浦的水灾竟有这种人情味！”

“阿猛你还是跟我小姨丈和表弟住在一起吧。旧城区的房子破旧，可就是用不着担心安全问题。”

“除了发一次洪水，我并不觉得租房有什么不好。”真要放弃废弃公园里的租房，廖阿猛反倒有点不舍了。

因为废弃公园里遍地是糟塌塌的烂滩涂，照明又基本荒废，所以廖阿猛天黑前就回租房了。

有个年轻后生在公园门口徘徊，探头探脑地往租房张望。见廖阿猛往公园里走，后生便停下脚步，目光盯住他的背影不放。上了二楼，隔壁房间的门是开的，亚丽坐在那儿阴沉着脸。

廖阿猛说："亚丽，公园门口有个后生，我想他八成是找你的吧？"

"随便一个人，与我什么相干！"亚丽的口气有点气急败坏。

看来彼此间已见过面。

廖阿猛说："前些天我在高佬洲姜太公庙求了一签，且不说它是否灵验，单读那签诗就让我觉得服气了。——说来也许你不相信，这座庙24小时都有人烧香上供求签问圣。我走了大半个中国，像姜太庙这样完全开放的不是唯一也是凤毛麟角。"

廖阿猛接着说："亚丽你要是想上姜太公庙求一签，我这就陪你去。"

廖阿猛很遗憾，等他俩走出公园，门口的后生早就离开了。

看见姜太公庙几对年轻男女进进出出，似乎都是怀揣某种心愿来的。亚丽跪下来摇签筒，她求到的是54签。亚丽持签牌找庙祝去了。墙上第54号签诗是：

来了去了，
去了来了，
此番光景又如何？
风雨没有事，
流水又兼程。

17

廖阿猛在河房街做满一个月，领了工资，到扶柳巷还瑶婷300元。剩余的钱，已足够他离开丰浦。

也不知道廖阿猛的下一程要去哪里。

那个亚丽，会随他去浪迹天涯吗？

大莽山女子

1

蓝凤从罔山回到庵寮，望丈夫陆花生的目光就有点异样了。当时陆花生正趴在地上学狗爬逗女儿片片傻笑。等蓝凤蔑视的目光掠过一股阴毒，陆花生这才问道:“蓝凤，跟你表哥借到钱了吗？”蓝凤没有答话。蓝凤一想起她到罔山的经历，心情便非常恶劣。罔山是个居家凌乱的地头，表哥的家坐落在山腰竹林下，与近邻也有几十步的距离，可说是单家独户的了。蓝凤到了罔山，表嫂苏小小不在家，表哥罗成和另三个男人正在玩牌，见她时连招呼也不打。在牌桌上，各人面前都放着成堆的钞票，不用说也明白他们在干啥。他们一边不停地喝茶抽烟，一边赌得昏天暗地，每一局下来他们都拿票子递来递去。蓝凤不声不响为他们续了几次茶水。看来只要蓝凤不作声，他们就会没完没了地赌下去。

蓝凤终于开口说:“罗成，我来罔山是有事求你的。”

等又一局打完，罗成这才对赌友说:“几位歇一下去撒泡尿，让我跟表妹说几句话。”然后罗成把蓝凤带上楼，对她说:“蓝凤你犯不着难为情，求我什么事直说好了。”本来蓝凤只打算跟表哥借两千元，看见他们在赌桌上不把钞票当钱似的丢来丢去，也就咬了咬牙说:“花生要做蜜柚生意，想跟你借五千元。”罗成说:“我说蓝凤，你表哥才吃饱几天饭，你就想拿刀子剜我的肉蘸醋吃，太狠了吧？”蓝凤想起六七年前罗成跪在她裙子下求爱的情形，她的目光就不客气了:“罗成你干脆说借还是不借吧。”罗成从柜子里提出一只黑皮包塞在蓝凤的怀里说:“这样吧，我们也打个赌，你帮我数这包里的钱，如果今天我赌赢他们，凑得上六万，你就一个子儿也别想借；赌输他们了，五万以外的零头就全都借给你。”

也不管蓝凤反应，罗成说完就又下楼回赌桌上去了。

蓝凤抱着黑皮包一时反应不过来，听见楼下的男人说：“罗成你老实交代，你带上楼的当真是你表妹？”另一个说：“这么漂亮的女人，不是表妹难道是你的老婆不成？”再一个说：“罗成你要我们撒一泡尿，可你让我们等得又该撒另一泡尿了。”罗成说：“你们到底玩不玩？”其中一个说：“当然玩，一直玩到你家小小回来，让你干窝火，吃不上烫嘴的点心！说罢哈哈大笑起来。”

蓝凤想象得出此刻的罗成肯定脸色发青、一副凶神恶煞的表情。

蓝凤打开黑皮包，里头装的是五捆百元大钞，零头是三十七张。蓝凤数了很久，发现每捆都是百张时，她这才明白罗成不过是想炫耀一下他的钱。

就在这时候，楼下传来一串起哄罗成的声音：

——我看还是别玩的好，楼上那女人一到，罗成的手就成精了！

——你说的不错，刚才罗成那双手肯定不老实！

——上楼磨蹭了大半天，还有什么干不成的！

罗成说：“别赌输了就哭爹喊娘的，不想玩也可以，把身上的钱留下来再走人！”

蓝凤正想拿黑皮包去砸他们的嘴脸，不想楼下的声音就在此刻戛然而止。细听也不是没有声音，而是说话声突然压低了。

难道他们不赌了？

过了小片刻，正在犹疑的蓝凤听见有人上楼来，只见罗成手里抓着一把钞票，一上楼就问：“蓝凤你数完了？”蓝凤说：“数了，一共是五万三千七百元。”罗成把手中那叠钞票扔在床柜上，往大床躺倒说：“加上我赌赢的三千多元，零头不成七千元了？”蓝凤问道：“你们不赌了？”罗成说：“你一来，我的手气就冲天了，把他们吓尿床了。”蓝凤说：“你前头说的话可以不作数，就借给我五千元吧。”罗成说：“要是借你五千元，还送你两千元呢？”蓝凤说：“那我只有谢天谢地烧高香了。”不想说完这几句话后，躺在床上的罗成便没了声响。蓝凤走前去推罗成：“说了过头话，你后悔了？”

蓝凤没想罗成会在此刻猛地伸出手来抱住她，一下便把她扳到床上去了：“蓝凤，借五千送两千，你占大便宜了。”蓝凤边惊叫边挣扎说：“我才不想占你的便宜呢，还不松开你的手！”罗成说：“蓝凤，你是知道我朝思暮想的，今天就给一个机会吧！”

罗成神经病了。这可是个大白天，何况楼下还有三个邪心眼的男人？！蓝凤在床上又是抓又是滚，可就是始终滚不出那张床，很快就感到有气无力的了。

所幸在这紧要关口，楼下风风火火地冲进一个人，边跑边吆喝：

——你们几个搞什么勾当，站在梯道上探头探脑的！

是苏小小的声音！滚大床的两个人登时脸色发绿。苏小小要往楼上冲，梯道上的几个男人连忙拦住她说：“小小你先别着急，我们正和你家罗成闹着玩哩！”

——玩你妈个屁，滚开！苏小小就像势不可挡的小母狮，奋力突破几个男人的防线，眨眼间冲上楼来。就这样，僵在床上的罗成，头发以及衣裤都凌乱不堪的蓝凤，还有黑皮包里和床柜上的钞票便全都暴露在苏小小的眼皮底下了。气急败坏的苏小小揪了蓝凤的头发，两个女人早已拧麻花似的扭在一起。只是打架苏小小哪是蓝凤的对手，拉扯不了几回合，苏小小便被蓝凤摔在楼板上。

畜生，竟敢拿老娘赌着玩！蓝凤抓了黑皮包里的钞票，一把接一把砸在罗成和苏小小的脸上。没砸完，连凌乱的头发和衣裤也不收拾便夺门而出，气呼呼离开了罔山……

2

回庵寮途中，蓝凤意外遇上嫁到夹石崖的小学同学蓝九妹。蓝九妹迎头见她时也吓了一跳：“凤姐，你怕是被野狗撵的吧？”蓝凤说：“一言难尽，让我到你家去整理一下再说吧。”

夹石崖蓝九妹的家就像撂荒了一样屋空灶冷、生意全无。蓝凤一边梳理自己一边告诉蓝九妹她去罔山的遭遇。不想蓝九妹听后，竟丝毫也不觉吃惊：“你那个昏了头的表哥是个畜生，可男人猪狗不如没什么好奇怪的。”蓝凤说：“瞧九妹你过的是什么日子！”蓝九妹说：“你不是都看到了吗！”蓝凤说：“要我不客气，你这哪像家，拿镐头怕也刨不出一分钱！”蓝九妹说：“在罔山跟你表哥罗成不分日夜狂赌的，就有一个是我的男人盖石平。”这下蓝凤咋呼了：“天哪，难怪这个家空荡荡的！”蓝九妹说：“盖石平早把家当赌光了，接着赌的就是我蓝九妹了！”蓝凤说：“真想不到竟会这样。”蓝九妹说：“看来你家的陆花生还不错吧？”蓝凤叹道：“这叫我说什么好，不说也罢。”

蓝九妹听后笑了。她变戏法一样翻出两包方便面说：“凤姐，我给你泡点心吃。”蓝凤说：“瞧你稀罕的，不就两包方便面吗，值得你当宝贝藏着！”蓝九妹说：“不瞒凤姐笑话，家贼难防啊。我已经多天不做饭了，可自己的肚子总不能不管不顾吧？”

听了蓝九妹的话，蓝凤大感辛酸。蓝九妹说：“我考虑几天了，过这日子还不如出去打工算了，只是没个伴心里不踏实。”蓝凤说：“我也有打工的念头，老待在家里坐吃山空到底不是个道理。可九妹不像我，你没孩子，走得脱。”蓝九妹说：“凤姐的情况跟我不同，我跟我男人平时跟路人差不多，我再不想个出路，等一头走黑可就晚了。”

蓝凤吃了蓝九妹一碗泡面，临别时对蓝九妹说：“让我回家考虑一下，要是我也想打工，几天后我就跟你一起走。”蓝九妹送她到村口，还一再对她招手说：“凤姐，别忘了这几天你一定要给我个准信……”

3

和女儿片片嬉闹的陆花生，见蓝凤没理睬他的话，这才抬头捉摸女人脸色：“瞧你失魂落魄的，没借到钱就算了，跟你表哥那种人生气不值得！”

蓝凤说：“罗成夸口要借我给五千元，再送我两千元，可我一分钱也不想拿！”

陆花生说：“你没要是对的，我敢肯定这小子没安什么好心！”

蓝凤说：“看你不温不火的，不想做蜜柚生意了？”

陆花生说：“觍着脸跟人家借钱总是挺窝囊的，另想办法吧。”

蓝凤既像叹息又像松了一口气说："真难得你会这样想。"

蓝凤不想把事情闹复杂，也就没往深处说。只是到了第三天晌午，蓝凤从地里回来，看见罔山的苏小小和陆花生正比画着手势交谈着什么，她就知道事情不妙了。果然一见她回家，苏小小便对她说："蓝凤，求你行行好再去一趟罔山。"蓝凤说："出什么事了？"苏小小说："蓝凤，你大人不记小人过，我知道前天全是我的错，不该阻拦罗成借给你钱，你走后我就被那个遭砍杀的毒打了一顿，他还不解气，三更半夜又提了五万元，到夹石崖赌去了，几天几夜下来熬成了乌眼鸡，五万元输了个精光，回家就倒在床上挺尸。"蓝凤说："不是五万七千元吗，还有七千元再让罗成赌一场好了。"苏小小说："蓝凤你装糊涂还是怎么的，那七千元不是你在场的时候就被罗成赌掉了吗？"蓝凤说："那是遭报应，还来找我干什么？"苏小小说："蓝凤，我苏小小今天是求你来的，可你也别把话说得太绝！蓝凤只管自己去倒开水喝，脸色一下子变得很难看。"

就在两个女人你一言我一语的时候，看上去若其无事的陆花生，实际上正在紧张地琢磨着她俩藏头露尾的每一句话。看来蓝凤前天的罔山之行，绝非轻描淡写就带得过去的。

苏小小脸色发灰，看了一眼蓝凤，接着看了一眼陆花生，说："花生，求你劝劝蓝凤，去一趟罔山吧。我知道蓝凤和那个遭砍杀的说话投机，蓝凤的话兴许他能听一星半点。"

陆花生说："这可就怪了，你当老婆的话他不听，能听蓝凤的？"

苏小小面目悲戚说："花生，我晓得的，你在幸灾乐祸，也想装糊涂。"

陆花生说："蓝凤，要不是情况真的很糟，小小也不至于求到这份上，你是不是该走一趟罔山了？"

蓝凤明白陆花生的话并非出自真心。这一天，眼前这个当丈夫的和那个当表嫂的，轻而易举便把她推到一个进退两难的境地。蓝凤发现自己在这一天对谁都充满了仇恨。

4

被蓝凤拒绝，苏小小垂头丧气地回罔山去了。既然蓝凤闭口不谈，陆花生更觉自己不好打听那天蓝凤去罔山有什么不可告人之处。如此一来，两口子便都阴沉着一张脸。

几年前，四个初中同窗在龙门镇的圩场上偶然相遇，当时罔山的罗成恰好跟丰浦县城一户人家承接了一个打果园的工程，四个同窗一拍即合，便一起做去了。准备在距离城区七八里外的一座山腰上打出来栽种蜜柚的果园。园主事先在山上搭建两间小屋，供日后看管果园的人居住，以及搁置农具和存放化肥农药之用。两间小屋，夜里男的住左边、女的住右边。四个打果园的男女生活在人迹罕至的山上倒也别有情趣，几天后心便各有所属，罗成和表妹蓝凤一对，陆花生和苏小小一双，相互间的情感倾向已经很明显。只是有一天陆花生水喝多了，半夜里被憋醒，发现睡他身畔的罗成不见了，于是悄悄起来，头伸向窗口，在清亮的月光下，只见罗成趴在右边小屋的窗台上，正拿一根小木棍往窗里撩拨着。瞪大眼睛的陆花生，看见不多时从小屋里走出来的竟是苏小小！罗成和苏小小手拉着手，三蹦两跳的便钻进小屋附近的茅草地去了。陆花生以为在做梦，接连打了自己几个嘴巴，这才确信眼前情景的真实性。

陆花生撒完尿回小屋，蓝凤从另一间小屋走过来，对他说："花生你都看见了？"

陆花生说："我真蠢，居然看不出小小和他好！"

蓝凤说："这怪不得你的，罗成是个恨不得生吞活剥的人，他昨天被我拒绝，今晚就和小小好上了，速度是惊人的快。"

见陆花生情绪低落，蓝凤说："花生你要是想解恨，我们把小屋的门都闩上，让他俩冻一夜露水！"

陆花生说："其实没有这个必要，早一点看清他俩的真面目不更好吗？"

这就是陆花生，尽管心里淌着血，可他更提倡容忍。

就这样，陆花生和蓝凤回到各自的床铺躺下，装着什么事也没有发生。不料自此后罗成和苏小小每晚都跑到野外熬夜幽会，白天哪有力气干活。陆花生和蓝凤似乎也好不了多少，一样显得无精打采的。打果园的进展拖拉得不行了，园主上山催过几次，罗成除了敷衍外，对熬夜幽会照样乐此不疲。表面上陆花生若无其事，蓝凤却看得出他接近于崩溃。果然过后几天陆花生便私下对蓝凤说："我无法再待下去了，想回家了。"蓝凤说："花生，再等几天好吗？几天后还是这种现状，我们一起走。"

这一天夜半时分，等罗成和苏小小离开小屋，蓝凤把陆花生叫到右边的小屋后就把门闩上了："花生，我们睡在一起吧，也让他俩睡在一起，省得大家都熬不住。"陆花生说："蓝凤，我知道你喜欢我，我也很喜欢你，可在这时候这样做，你以后会怎么想？"蓝凤说："花生，你是真看不出来还是装傻，如果你我就这样离开，那干了半个月的工钱便全都落进他俩的腰包了。"陆花生说："要不是你提醒，我倒是没想到这一层。"蓝凤说："说到底你还是放不下小小。"陆花生说："其实我已经放下了，小小和罗成是一路货色。"蓝凤说："那你还有什么好愁肠百结的，听我的话，夜里就睡在我身边！"

这一夜，蓝凤很主动。只是等陆花生进入时，她却咬唇失声叫了起来："花生，我没想到你会这么狠，让我痛得像刀扎一样！"陆花生把蓝凤搂在怀里，开始一点一点地爱惜她的身体，让蓝凤意识到他的爱。天亮时，陆花生看见草席上落下一朵耀眼的红牡丹。

就在这一刻，陆花生恢复了信心与活力，顿觉天空一片晴朗。或许年轻人的爱是盲目的，在陆花生的内心深处，他对蓝凤的爱更深更切。

两对男女既成事实，打果园的工程如期完成。不想临别时，苏小小居然找了个机会咬牙切齿地对陆花生说："我会一辈子恨你！"蓝凤更没想到，罗成也在私底下恶狠狠对她说："总有一天，你会后悔的！"

但不管怎样，他们还是在打完果园不久，便双双举办了婚礼。

5

婚后，陆花生以炫耀的口气对蓝凤说："打完果园分手时，你猜苏小小对我说一句什么话？”蓝凤说：“我会一辈子恨你！”陆花生说：“真奇怪，当时小小和罗成不是甜蜜得不得了吗，又何苦对我说这种话！”

蓝凤说：“可能小小是过后才明白，你陆花生比罗成更好一点吧？”

陆花生说：“临别时，罗成有没有对你说点什么？”

蓝凤说：“罗成说我总有一天会后悔的。”

陆花生说：“罗成大概是想告诉你，他会以事实证明比我强吧？”

婚后的生活很快被柴米油盐酱醋茶搅褪了色，两口子对新婚时的甜言蜜语早已忘得一干二净，唯独那两句话却牢牢烙在各自的心中。

蓝凤拒绝了苏小小的苦求，陆花生虽不露声色，却深感宽慰。不想翌日清晨，蓝凤对他说要去一趟夹石崖找蓝九妹。

陆花生登时不悦，以为蓝凤在找借口：“从夹石崖到罔山不过二里地，你干脆说要去罔山好了！”但他不想道破蓝凤的心机，只说：“那片片怎么办？”蓝凤说：“要是你懒得带，就让她奶奶看半天好了。”

这一天的蓝凤，内心像钟摆一样，在是否出去打工之间拿不定主意。但无论如何都得给蓝九妹一个答复吧。蓝凤走了几里路到夹石崖，意外的是，蓝九妹家扣着一把锁头。蓝凤跟邻居阿婆打听，这才知道蓝九妹一早就到罔山找丈夫去了。盖石平肯定出事了，否则蓝九妹也不至于让她白走一趟。此刻的蓝凤犯难了：等吧，得等到什么时候才把蓝九妹等回来？如果这样回庵寮，明天她还得再来一趟夹石崖。

几番犹豫后，蓝凤接着向二里外的罔山走去。在去罔山的路上，蓝凤心情复杂，不管怎么说她也如同在和丈夫作对，要是被陆花生知道她去了罔山，真不知道他会怎样想。

到了罔山表哥家，苏小小的愁容一扫而光：“蓝凤，我就知道你会来的。”蓝凤却不买苏小小的账，说：“快告诉我蓝九妹在哪里！”苏小小说：“打大早蓝九妹来过的，这会儿却不知道她找盖石平去了哪里。”蓝凤说：“别以为你装聋作哑我就找不到蓝九妹！”

“告诉你也没用，赌博的地方一般都很隐秘，你去了也未必找得到。”苏小小说，“不如这样好了，你上楼劝罗成看开点，我帮你找蓝九妹。”

蓝凤看苏小小的目光相当刻薄，可又不得不承认苏小小此刻的话不无道理。

苏小小走后小半天，蓝凤这才朝楼上喊道：“罗成你下来吧。”不见楼上动静，她接着喊道：“我觉得你还是别装蒜的好，你的心思瞒得过小小却瞒不过我！”几次喊话，楼上照样死寂，蓝凤想道：“不至于吧，难道罗成真的万念俱灰不想活了？”

这一天苏小小出门走不了多远，便有人闪出身来挡住她的去路。见是陆花生时，苏小小开心地笑了：“陆花生，蓝凤用得着你这样盯着吗？”

陆花生脸上躁急，问道：“为什么蓝凤一到你家，你反倒要避开？”

此刻苏小小的笑意似乎更为诡秘一点，说：“你到我家看看，不就全明白了吗？”

陆花生气坏了：“小小我警告你，你可别做得太下贱！”

停在苏小小脸上的笑意消失了：“告诉你吧，我苏小小最讨厌的就是男人的这种混账口气！我知道你心里只有蓝凤，在意的也只有蓝凤。蓝凤怎么样？我就是要让蓝凤活得跟我一模一样才解我的心头之恨！”

苏小小说完一把将陆花生推开，昂首阔步的，只管向村外走去。撇下一头雾水的陆花生站在那儿，不知如何是好。

6

这一天蓝凤从罔山回到庵寮家中，丈夫陆花生也尾随其后回来了。没容她一口水喝完，陆花生便怪怪地对她说：“蓝凤你上楼来，我有话对你说。”上了楼，一向温文尔雅的陆花生是在蓝凤毫无防备的情况下发起袭击的。蓝凤被摔上床后，转眼间铁青着脸的陆花生便把蓝凤的穿着撕成碎片。男人疯了，蓝凤几乎没有抵抗的能力。她咬唇坚忍，心想随他去吧。不料陆花生在她身上只片刻便离开了，声音不大，暴发的却是铺天盖地的愤怒：

“蓝凤，我真没有想到，你居然会是一个自己送上门的贱货！”

蓝凤从床上坐了起来：“陆花生你够了没有，今天怎么了？”

陆花生说：“蓝凤，说什么也没用了，今天我是跟在你身后去了罔山的。”

“陆花生，你既然有心跟踪我，为什么没有胆量闯进罗成家把情况看明白？”

“蓝凤我告诉你，我陆花生还有这个必要吗？！”

看见陆花生满眼是泪的时候，蓝凤只觉得混乱至极，却无论如何也哭不出来。男人可怕，男人悲哀，男人无聊！想起罔山的罗成，夹石崖的盖石平，还有眼前的陆花生，天哪，男人都怎么啦？！

7

几天后，女儿片片托同村的娘家看管，蓝凤和夹石崖的蓝九妹结伴走下高耸入云的大莽山，从龙门镇上车到了四十里外的丰浦，由蓝九妹的一门亲戚介绍，她俩被招进一家叫“绿荷”的制衣厂。各自向厂方交纳了三百元押金，经过半个月的就职培训，开始正式打卡上班。

在“绿荷”，厂方包食宿，上班按件计酬，成品经裁剪、缝纫制作，蓝凤和蓝九妹在车间当缝纫工，差不多每天都要干足十小时。满月下来，她俩能挣到一千二百元左右。尽管劳动强度大，可到了领工资的日子，她俩的双手还是有点儿打战，几乎要泪光闪闪的了。厂里除了董事长和业务经理，底下的车间主任和工人清一色是女流。这些三十五岁以下、十八岁以上的女工大都来自乡下，埋头只认干活，根本就没有休息日的观念，遇上三八、五一、国庆等节日，厂方才放她们一天假或发给每人二十元的红包。平时即使她们干计件，可旷工一天照样要处五十元钱的罚款。蓝凤和蓝九妹在“绿荷”干满两个月，遇上国庆节，厂方突然通知夜里要在食堂大厅联欢，不发红包。联欢时，百多个女工依四周坐着或站着，给大厅中央留了大块空地。业务经理亲自动手放音响，不停招呼鼓动，却也只有几个大胆的女工上前随乐曲扭摆舞步，咿咿呀呀唱几支歌，大部分人只管嘻嘻哈哈嗑瓜子吃零食。

蓝凤和蓝九妹对这种氛围不适应，正想离开，业务经理正好在这一刻说：姐妹们请注意，为了增添节日气氛、为了丰富联欢晚会的内容，厂里特地购买了价值三千元的各种礼物作为对各位的鼓励！——现在摸奖开始，大家用热烈的掌声欢迎叶董事长为我们主持这次摸奖活动！掌声过后，女工们轮流到台前一个纸箱里抓纸条。蓝凤把抓到的纸条递过去，业务经理打开纸条念道：祝您节日快乐！叶董事长也跟她握手说祝您节日快乐。蓝凤抬头看了他一眼，觉得这个人好生面熟，差点张口叫出声来。对方见状，也露出惊讶的表情。只是在蓝凤身后还跟着一大串要摸奖的女工，她只好赶快走开。

这天晚上蓝九妹摸到一件被套。蓝凤对蓝九妹说："要是知道今天过得这样无聊，还不如回一趟家。"蓝九妹说："摸奖本来就是没有准儿的事。"蓝凤说："我还不至于这样小心眼。我是担心片片没有妈妈在身边，不知道会不会过得惯。"蓝九妹说："那你请假回一趟家吧，我听人家说只要请准假厂里就不扣工资。"正说着，听见有个男的在宿舍外叫道："蓝凤，你出来一下！"

在宿舍外站的是业务经理和叶董事长。见蓝凤出来，叶董事长说："蓝凤，你不认得我了？"蓝凤在脑海里搜索了半天，说："你是……叶小凡？"

"看在你还记得老同学的份上，"叶董事长哈哈大笑，转头对业务经理说，"小郭，过几天你就提拔蓝凤当缝纫车间副主任，让她多领一百八十元的补贴。"

蓝凤说："我们初中毕业十几年了，没想到你已经是董事长了，更没有想到我会到你的'绿荷'打工呢！"

叶小凡笑道："蓝凤，那时候你是我们班的文体委员，上体育课时由你领队喊口令，我一捣蛋，你就向老师打报告——老师，叶小凡躲在后面装鬼脸！——老师，叶小凡故意走错撞别的同学了！……不晓得为什么，那时候我就是特别喜欢跟你闹着玩。"

蓝凤说："真是风水轮流转，你现在是董事长，我是打工的，要为难我还不是鸡毛令箭一句话！"

看得出叶小凡遇上老同学挺开心的："蓝凤啊，我哪里敢，你今天照样是班干部，只不过我叶小凡浑水摸鱼当上班长罢了！"

姓郭的业务经理说："当今社会是最讲战友情、同学情的，说不定蓝凤你再干几个月或者半年，叶董事长就要你当车间主任了。"

叶小凡说："小郭说得对，蓝凤你有什么要求尽管说！"

蓝凤说："有工做，有老同学护着，我就比什么都满足了。不过趁老板在场，我想回一趟家看望女儿，不知道肯不肯给两天假？"

叶小凡说："这不成问题，只管走你的好了。回厂后就正式当你的车间副主任。"

送走郭经理和叶董事长后回到宿舍，蓝凤叹了一口气对蓝九妹说："真没想到，叶董事长竟是我以前那个吊儿郎当的同学叶小凡。"蓝九妹一听喜出望外说："太好了，这下你我可以长期在'绿荷'干下去了！"蓝凤说："这种地方，好不好得看自己的能耐，单凭关系混不下去的。"蓝九妹说："可不管怎么说我也替你高兴！"蓝凤不再说话，也不想告诉蓝九妹人家还要她当车间副主任的消息。只是闭着眼睛躺在床上的蓝凤，已到后半夜，她却连一点睡意都没有。

8

女人说走就走了。

事情就这么简单，女人主动去罔山投入罗成的怀抱，回家后照样摔他的脸色；两口子僵持几天，女人说走就走了。这些天来陆花生一直在想这样一个问题：自己在这个女人的心目中到底占有多少分量？

走了近两个月的女人突然在这一天回来了。女人消瘦了些，却白净得多了。不知为何，这一天坐着闷闷吸烟的陆花生，居然连一声招呼也没有。蓝凤站在那儿笃定地看了他十分钟。女人的目光依然是不服软的那一种，然后女人一口水没喝便转身回娘家找女儿片片去了。

回娘家看了女儿，蓝凤只过了个夜就又走了。陆花生甚至连女人在什么地方打工都不知道。

事情缘起于陆花生想在耕种之余做点生意。做生意得有资金，这样两口子便在亲友中想来想去，陆花生虽然不太情愿，但到最后他还是让蓝凤到罔山向她的表哥罗成借点钱。

如此一来，女人莫名其妙的变化便全在他陆花生的意料之外。

夹石崖的盖石平找上门时，正赶上陆花生感到自己在女人心目中土崩瓦解的时候。盖石平对他说：“两个多月前，你家蓝凤去罔山找过九妹。”陆花生说：“不对，蓝凤去罔山找的是她的表哥罗成。”盖石平问道：“反正苏小小是这样告诉我的。——你家蓝凤呢？”陆花生说：“也不晓得她到什么地方打工去了。”盖石平说：“看来我的估计不错，她俩是结伴走的。”陆花生问道：“这么说你女人离家出走，你也不知情了？”盖石平说：“我大概有十多天不在家，回头一看，屋黑灶冷的，哪还有女人的影子！不料两个月过去了，也不见她回头。——我可是费了好大的劲才知道你家的蓝凤去罔山找过九妹的。”陆花生说：“女人都反了。”

盖石平说：“花生，你想不想把女人找回来教训一顿？”

陆花生说：“教训一顿有用吗？这些日子来我一直想，究竟是什么地方让自己的女人那样痛心疾首，连日子也不想过了？”

盖石平说：“女人本来就是乱七八糟的，想破脑壳你也搞不清楚。说实话女人要对你痛心失望还不容易，你穷，你不争气，你没有地位！你要是老实听话，她就会恨你低能没主见。你拼死拼活地折腾，她就会埋怨你不成熟，是个愣头青。等哪一天你有钱有势了，她就会怪你毛糙不懂体贴。你要是有钱又懂得温存，她就怕你肠子花了，这时候她要的可能就是个稳重的男子汉了。你以为女人过上幸福安宁的生活了，可她却觉得你不求上进，一辈子就这样平庸过了……反正只要女人不让你活，你讲什么道理也没用……”

陆花生说：“照你这样说，男人就无路可走了？”

盖石平说：“我说花生你别跟不上时代，我不是说男人无路可走，关键是这年头只要失去控制，女人可走的路子就会比男人多！”

盖石平的话让陆花生半天没有言语。

盖石平临走时对陆花生说：“算了花生，看你今天六神无主的样子，怕也拿不出什么好主意。可男人不能给尿憋死，要是你过后有好想法，就到夹石崖找我吧。”

9

几天后庵寮的陆花生果然到夹石崖找盖石平去了。

凑巧陆花生一脚踩进盖石平的家，他不怎么成熟的想法便被盖家的荒凉给淹没掉了。让陆花生更没想到的是，罔山的苏小小随之也来到盖石平家。陆花生看得出，能言善辩的盖石平似乎在苏小小露面的一刹那舌头便打了个结。

心力交瘁的苏小小面目灰暗，进门后直奔盖石平，尽管盖石平左躲右闪，还是让苏小小揪住了衣领。只是这个可怜的女人已经被男人熬得身薄如纸，盖石平轻轻一摔，她便坐到地上去了。如果没有第三者在场的话，陆花生敢说此刻的盖石平肯定会撇下她扬长而去。

陆花生本想去搀一把苏小小，只是这个可怜的女人已毫无顾忌，他也就打消了这个念头。

盖石平说："苏小小我告诉你，你到我家撒羊角风一点用都没有！"

"我知道盖石平你的心狠，可你会遭报应的！别以为我不清楚，你从罗成身上赢走了五万元钱，便不敢去罔山面对罗成对不对？！"声音喑哑的苏小小歇斯底里的，叫人听了非常难受。

盖石平说："苏小小你去跟别人打听看看，你家罗成在赌桌上有没有对谁手软过！"

"盖石平你知道了就好！今天你是借给我五千元钱，还是去罔山跟罗成再赌一场？"

盖石平笑了："还赌呀？——你家罗成一分钱也没有了，他拿什么跟我赌？"

"罗成不是还有女人和房子吗？就拿我苏小小和房子跟你赌！要赌就赌个痛快，赌个你死我活！"

"苏小小我告诉你，我盖石平可没有你想的那样狠，赌到这个份上，我洗手不干了！"

"我知道盖石平你怕了，我知道你赢光了罗成的钱，你就怕了！"

盖石平说："不错我怕了，我怕弄脏了自己的手。苏小小我告诉你，你这个女人，还有罔山那座破房子值几个钱？告诉你在我眼里分文不值！”

直到这一刻，自始至终充当旁观者的陆花生这才发现坐在地上的苏小小一下子便委顿了。苏小小低下头去，许久后她才求援似的抬起头来望向陆花生。陆花生避开她的目光，抽身走出盖石平的家，慌不择路地离开了夹石崖。

也就在那一刻间，陆花生决定离开庵寮出门去，无论如何他也要把自己的女人找回来。

10

陆花生回庵寮不久，苏小小随后也来了。

这个孤立无援的女人已经面目全非。到了陆花生家，她只有不停地抽泣。陆花生也不知道涌在自己心头的是何种滋味。曾经爱过、恨过，但眼前更多的是怜悯和嫌恶。

苏小小说：“花生，我想跟你借点钱。”

陆花生说：“你还想借钱给罗成赌？”

苏小小说：“只要他能活下来，赌就赌吧。”

陆花生说：“可你想过没有，你和罗成把我陆花生给害苦了？今天要不是看你半死不活的样子，我还想狠狠揍你一顿呢！”

“花生你就狠狠揍我一顿好了。我明白我这是在作践自己，没有谁会同情我苏小小的了。”

“你还是趁早回去吧。”陆花生说，“说实话一看见你我心里就难受。我知道自己该怎样做，可就是帮不上你的忙！”

几天后，陆花生登上了寻找女人之路。

陆花生在龙门镇住了一宿，找了一天；在宾江县城住了两宿，找了整整两天；他也曾在丰浦县城住下来，但他找了几天连女人的影子也没有见到。在寻找女人的路上，只要能找到女人，陆花生甚至没有什么不可原谅的了。陆花生在寻找女人的路上越走越远，路费很快用光，只好一边打工一边寻找。

11

蓝凤在娘家过了一夜，隔天便回“绿荷”制衣厂了，蓝九妹问道：“凤姐，你有没有顺便到我家看看？”蓝凤说：“看了，除了锁头把门，我什么也没有看到。”

蓝九妹接着问：“你家里怎么样了？”

蓝凤说：“还能怎么样，我回到家里，陆花生闷声不响，连站起身给我倒杯水都没有！我在家里站了几分钟，就到娘家看女儿片片去了。”

这下蓝九妹给吓着了：“凤姐意思是想说，夜里你是在娘家过的了？”

蓝凤说：“这有什么好奇怪的。”

蓝九妹说：“说实话你家花生五毒不染，再怎么说也是个好男人，你不该这样对他的。”

“我没有说花生不好，可问题也偏偏出在这里。”蓝凤把自己两次去罔山的情形讲给蓝九妹听，末了她说：“昨天也是，我对花生当时的态度恨透了。”

蓝九妹说：“凤姐你知道吗，要我说当时错的是你，你这样对待花生不公平！”

蓝凤说：“那你说我还能怎么样，哭鼻子认错？还是乞求谅解？可我就是觉得不好，感情是相互的，他凭什么高高在上，凭什么怀疑我？”

蓝凤回“绿荷”的第二天，果然被郭经理任命为缝纫车间副主任。蓝凤除了每天上班前和车间主任一起分发一次布料、收工时清点每个女工的成品数外，并不妨碍干自己的计件。这样一来，蓝凤每月就可以稳拿一千五百元左右的挣头。蓝九妹有点不服气，可又由衷为蓝凤感到高兴：“有个同学关系，还真不赖呢！”蓝凤说：“九妹你别以为这一百八十元好拿，哪一天我也处理你一件次品，你恨不恨我？”蓝九妹笑道：“我不表露出来，就摁在心里恨你好了。”蓝凤说：“九妹，实话说要讲感情还是你我之间比较牢靠。女人出来打工挣钱多不容易，可别给你一点好处你就掉价，一定要加倍小心才好。”蓝九妹频频点头说：“看不出来凤姐你会想得这么深刻！”

因为蓝凤的责任心和能干，缝纫车间的运营显然比以前好得多。这是业务经理和叶董事长始料不及的。

12

国庆过后一段时间，叶董事长都没有露过面。有时听说叶董事长来厂了，可他也用不着跟一般工人接触，跟业务经理见上一面就又匆匆走了。

缝纫车间主任是个名叫乔英的漂亮女孩。乔英领一千元干薪，不干计件活。一般情况下在车间也见不到她，她总是有事没事频繁请假。奇怪的是，在打卡上班的“绿荷”，整个缝纫车间并没有谁感到乔英违反厂规。蓝凤也不怨言声张，揽过活来照样做得滴水不漏。对此郭经理挺满意的，也就时不时透露一点内情，蓝凤这才晓得原来乔英和叶小凡暗中有一手。

这期间，可以说“绿荷”厂进入鼎盛经营。面料和成品都是货柜进出。缝纫扩充为两个车间，乔英和蓝凤分别当车间主任。因为乔英跟挂名差不多，郭经理让蓝凤推荐一个车间副主任人选，蓝凤说蓝九妹可以，郭经理有疑虑，蓝凤说：“别担心，不是还有我吗？”

如此一来，蓝凤和蓝九妹便每月分别多得二百和一百五十元，并搬出集体宿舍住进一个单间，共享一块小天地。

刚拥有小天地时，蓝凤和蓝九妹都兴奋不已。再没有谁妨碍她俩敞开心扉议论各自的家庭和丈夫，畅谈心理和生理方面的感受，交流管理车间的经验，随心所欲评点男女情事和张家长李家短，以丰富宿舍、食堂、车间这三点式的单调生活。不料几天过后，她俩便又吃惊地发现，除了白天忙上班，充塞小天地的居然很快演变成长嘘短叹。蓝凤时不时地就想念起女儿片片来，蓝九妹总在咒骂丈夫盖石平，说要是老天有眼，这个坏蛋早该蹲班房去了。蓝凤说：“其实他们没有女人也过得下去，都几个月了，也不见哪一个找过我们！”蓝九妹说：“凤姐你别臭美，男人没有我们更放得开手脚，干尽坏事我们也不知道！”蓝凤说：“那我们在这儿打拼挣钱也太吃亏了。”蓝九妹笑道：“凤姐该不是想男人了才发这些牢骚吧？蓝凤说：你不想才怪。”蓝九妹说：“我跟凤姐你不一样，我一想男人就只有恨！”

但是无论如何，两个缝纫车间也被她俩照料得井井有条。到了月底，郭经理就往这个单间送来职务补贴和红包。红包是额外的，郭经理说：“你俩干得不错，我跟叶董事长汇报了几次，这红包是对你俩的奖励。”蓝凤说：“谢谢郭经理。不过活是我们该干的，哪好意思再拿红包！”郭经理说：“实不相瞒，红包本人也得了一份，不过我可是沾了你俩的光。”蓝九妹说：“郭经理放心好了，红包我们不会白拿，我们会干得更出色。”这样，郭经理便用力和她俩握了握手，表示一番谢意才离开。

几天后的一个夜里，蓝九妹对蓝凤说：“凤姐，你晚上给我留门，我出去一下，怕要晚些回来。”蓝凤问道：“九妹，你没事吧？”蓝九妹说：“凤姐，我也不想隐瞒，等我回来再告诉你。”这一天夜里，蓝凤一直等到后半夜蓝九妹回来也还没有睡下。蓝九妹告诉她说：“凤姐，其实我并没有出厂门，我去哪儿你猜得着的。”蓝凤说：“九妹你这样做不好，除非你已经下定决心不回夹石崖。”蓝九妹说：“可是凤姐你告诉我，我值不值得为盖石平那个坏蛋守身子？”蓝凤说：“九妹你想过没有，人家既年轻又英俊，大小也是个有前途的经理，说不定人家只是想吃你的点心解解馋，和你根本就不是一种人。”蓝九妹说：“凤姐，我没有你想那么多，眼下我只考虑他是不是我想要的那种男人。”蓝凤说：“天哪九妹，我没有想到你会变得这样快。”蓝九妹说：“凤姐，不是我变得快，是我只要想到日后的回头路，我就害怕，就不知道如何是好。”

糟糕的是，一个月后蓝九妹意识到自己身上有现象了。蓝九妹嫁给夹石崖的盖石平已经好几年了，肚皮那儿都没有动静，偏偏跟人家来往几次就怀上了。蓝九妹一边为自己能当母亲而兴奋得两眼发光，一边不知道怎么办才好。蓝凤说：“还能怎么办，问问人家可容得你挺着肚子打工、让你把孩子生下来？或者你现在就跟盖石平打离婚再嫁给人家郭经理，想想看有没有这种可能？要不的话，难道你想放弃打工挺着大肚子回夹石崖？我说九妹，到这种时候了，不管怎么说你都得跟郭经理摊牌，该怎么办就怎么办吧！”

摊牌的结果是郭经理神不知鬼不觉带蓝九妹去做了人流。回到小房间，躺在床上的蓝九妹欲哭无泪，脸色苍白，心情低落到了极点。想要孩子的时候几年也没有怀上，当真怀上了却要活生生刮掉。这对于一个女人来说，其打击可想而知。年纪轻轻的郭经理来了，他在蓝九妹的床头放下五百元钱，就像违反纪律的小学生一样低着头，非常无奈地说："坏事一下子全来了，这一回是关系到'绿荷'生死存亡，处理不好的话，这厂就全完了，我们这些人也树倒猴狲散了。——蓝凤，求求你照顾一下九妹好吗，不管怎么样也等我回过头来再说可以吗？”蓝凤也不晓得自己到底是点头还是摇头好，只好一声不吭站在那儿。郭经理临离开时，也没有顾及蓝凤在场，拉着蓝九妹的手俯下身去，居然肆无忌惮地吻了又吻，亲了又亲，说："九妹原谅我，有我在呢，你什么事也别想，好好休养一段时间……”蓝九妹饱含泪水说："我没事的，你忙你的去吧。"

郭经理走后，蓝凤说："瞧九妹你傻不傻呀，人家几句甜言蜜语你就感天动地了。”蓝九妹说："凤姐你是身在福中不知福，你哪知道我要的就是这种情分呢？虚情假意又怎么样，即使短暂得只有一天我也会终生难忘、感到幸福的。”蓝凤红着眼圈说："九妹，说实话我是直到今天才明白你婚后过的是什么日子，那个混蛋盖石平是怎样对待你的！'

13

也就在蓝九妹去刮宫的这一天傍晚，有个女工跑到小房间对蓝凤说："蓝主任，传达室有个男的找你！”

这一天傍晚，在门岗那儿打听蓝凤的是走遍了方圆几百里地的陆花生。陆花生的穿戴又旧又脏，胡里拉茬的，冻结在他脸上的是他这几十年堆积下来的苍老与风霜。一见之下蓝凤大吃一惊。在小房间里，喝过水后，陆花生说："蓝凤，我找你一个多月了。”蓝凤说："你找我干什么，我又不是小孩子，丢得了吗？”听蓝凤这样说，陆花生找到女人那一瞬的心情，便在他疲惫的脸上消失了。蓝九妹插话说："花生我真不好意思的，你难得来一趟，碰巧我生病挪不开窝。”陆花生说："没事的，你躺着吧。”

蓝凤去食堂给陆花生弄吃的，蓝九妹见陆花生还呆坐在那儿，说：“花生，你去食堂吃饭吧，食堂里用什么都方便，也省得凤姐端来端去的。”陆花生去后，刚好郭经理来看望蓝九妹。蓝九妹说：“蓝凤的丈夫来了，晚上我想在你的房间过一夜。”郭经理说：“九妹，等会儿你自己去我的房间行吗？”蓝九妹见他答应得爽快，便动情地说：“我知道你有你的难处，可我在这种时候挺渴望有人疼的，只要晚上能在你的怀里过一夜，无论你往后怎样对我，我也不会怪你！”

等陆花生吃完饭，天色已晚。蓝凤也顺便给蓝九妹端来一碗面条。蓝九妹愉快地把面条吃了，对蓝凤说：“凤姐，夜里郭经理回家睡，我借住一宿他的房间，夜里你就和花生好好地聚一聚、说说知心话吧。”说罢冲花生笑了笑，便虚晃着身子去了。

在小房间里，夫妻相对，一时半刻竟不知道说什么好。

良久后陆花生叹了一口气说：“蓝凤，明天我们回家去吧。”蓝凤说：“我在这儿干得好好的，为什么要回去？”陆花生说：“一个女人家在外面打工像什么话，又能挣得了几个钱！”蓝凤打开抽屉取出四千元钱递给陆花生说：“这是我四个月的工资和奖金，你拿回去做点小生意吧，只是不许你学坏！”望着这四十张大票，陆花生把眼睛睁得好大。蓝凤说：“我和九妹都当上了车间主任，照样干计件外，还比其他女工多了一份职务补贴，有时候还有红包。”

陆花生的头勾了下来，他发现自己的确把女人的能耐估计低了。

14

第二天蓝九妹回到小房间的时候，陆花生已经走了。

看见蓝凤脸上挂满了寒意，蓝九妹说：“凤姐你疯了，怎么可以这样对待花生！”蓝凤显得很烦，恶狠狠骂道：“他有什么了不起，摆什么脸谱！”蓝九妹说：“凤姐，要是花生被你逼死心，以后惨的就还有你一个！”蓝凤说：“九妹，说实话我也没办法，没见他的时候还想他念他的好，一见他的熊样我心头就有气！”蓝九妹说：“听老辈人说夫妻是‘不是冤家不聚头’，小时候是听着玩，可如今看看凤姐你，看看罔山的苏小小，看看我蓝九妹，还不是一个照一个准！凤姐，要我说花生还是当中最好的一个，你却不懂得珍惜！”

几天前郭经理说关系“绿荷”生死存亡的问题，原来指的是两货柜被海关查封扣留的进口面料。具体是什么原因，在蓝凤和蓝九妹再三追问之下，郭经理才吞吞吐吐说：“你们知道吗，事情处理得不好，被两货柜进口面料埋掉的钱就有五百多万！天哪，如果面料真被利用夹带了毒品，那‘绿荷’就只有等着倒闭了！”

因为货柜被海关扣留，确保供、销的对方已不再发货，在原料中断的情况下，半个月后，“绿荷”基本上处于停产状态，多数女工都请假回乡下去了。被公安机关拘留的董事长叶小凡，经过多方努力才保释出来。待他回到住处，看到的又是人走屋空的一幕——乔英卷走了他多年来的所有积蓄，早已不知去向了。蓝凤第一次来到叶小凡建在闹市区的豪华住宅，意外看到叶小凡并没有像她想象的那样萎靡不振，如此一来蓝凤准备要安慰他的话便没有说出口。叶小凡说：“蓝凤你还是先回乡下去吧，等我重整旗鼓你再出来帮我的忙。”蓝凤说：“小凡，我今晚是想安慰你来的，没有料到你还能有眼下的精神状态，说心里话我真的为你感到高兴。”叶小凡说：“我是强撑着的，实际上内心空得要命。”蓝凤说：“小凡，我能为你做点什么吗？能的话你尽管开口。”叶小凡说：“蓝凤，记得读初中时我经常跟你恶作剧吗？其实那时候我最喜欢的女同学就是你，却一直都要跟你过不去。现在想起来，总算明白了一个道理，别说小时候，即便是成年人，有时候也很难把握自己的。”

叶小凡的话，如果放在蓝凤去罔山之前，恐怕难有什么深切的体会，但搁在这一天夜里，蓝凤便免不了要一番泪眼婆娑的了。

在这一天夜里，蓝凤从叶小凡的住处回到“绿荷”小房间，躺在床上难以入眠。等蓝凤睡过去后，她梦见自己和蓝九妹一起回到了大莽山，因为盖石平赢了一大笔钱，夹石崖蓝九妹的家焕然一新，只是盖石平已和一个既年轻又漂亮的女子结婚。无家可归的蓝九妹只好和她一起来到庵寮，打开家门的时候，没想到庵寮的家就像蓝凤当初在夹石崖看到蓝九妹的家一样荒凉。原来那一天在“绿荷”没有取走她四千元钱、显得失落万分离去的陆花生并没有回家，而是直接到外地打工去了。她和蓝九妹两个人还没有把房子打扫一遍，便有邻居前来告诉蓝凤说:“蓝凤你一定还不知道吧，罔山的罗成被他的女人毒死了，毒死丈夫的苏小小也上吊自尽了……”

被这一连串噩梦吓醒的蓝凤，一声惊叫从床上弹跳了起来。

蓝九妹拉亮灯，问道:“凤姐，你怎么啦?”

蓝凤说:“九妹你告诉我，要是盖石平变心了你怎么办?”

蓝九妹说:“变心不更好吗，我无所谓的。”

蓝凤说:“九妹，我真担心花生没有回家去。”

蓝九妹说:“当初你是怎样对待花生的，现在担心又有什么用?!”

蓝凤说:“九妹，我刚才梦见罗成被小小毒死了，小小也上吊自尽了。”

蓝九妹说:“凤姐睡吧，你我用不着去瞎操这个心。不管发生什么事也得等回家看了以后再说。放心吧，天塌不下来!”

瞧人家江秋叶

1

香城窖上街 69 号是前店后宅式房子，到金津已是第六代传人，地属被保护的旧街区。金津在窖上街 69 号开过服装店、豆腐店、房产中介、小吃店、理发店，包括眼下经营的香纸烛专卖，居然一次也没有景气过。频繁变更的过程既耗光了她的家底，又把豆蔻年华的金津拖成了待字闺中的老姑娘。面对这百年旧房，不管如何搞装潢，也是老太太穿花衣服扑粉镶金牙，每次倒腾都让郁郁寡欢的金津嗅到了腐败的味道，只虚假崭新几天，便如同中毒后的霉变，眨巴眼就又破败了。金津绝望了，骑车去元光路、水仙大道、语堂广场透风换气。所到之处，要么面貌全新，要么行人车辆就像流水一样欢畅。置身其中，金津不免为自己的蓬头垢面深感羞愧。回家后金津决心不再经营了，并很快把出租店面的消息贴了出去。

窖上街是石板街，街面高高低低，但政府部门强调必须保持原样。隔壁门额上的“柴炭司”三个字修旧如旧，是百年前古迹，但牌匾底下鲁大脚经营多年的却是卤货。鲁大脚这人，见什么卤什么，卤鹅、卤鸭、卤鸡，卤蹄、卤爪、卤翅膀、卤内脏，卤海产，卤黄豆、卤花生、卤菜心……他一向惨淡经营，卖不动的卤货便一遍遍地回锅，弄得他的卤货就像大窑烧出来的瓷器，冻一层厚厚发亮的卤料。饱和的卤味无孔不入，左邻右舍深受其害。一见鲁大脚，金津心里就发堵，只要鲁大脚走出卤店，整条窖上街就会布满他身上的卤味。鲁大脚吊着一对吓人的大眼泡，脑子和身形都是蠢钝的，他除了做那些机械动作，别的恐怕都做不动了。儿子鲁小蒙到市郊一家私立初中读寄宿去了，每次回来都捏着鼻子目不斜视地穿过卤店走进后宅。老婆江秋叶不务正业，东游西荡的，在街上扭摆还满脸春风，回到卤店脸色，就像霜打了，恶毒就无处使的了。老婆孩子都赖在鲁大脚身上吃喝，却对他横加厌恶，讲不讲天理？人人对肆意横行的卤味恨之入骨，自然迁怒到鲁大脚的身上。可鲁大脚活腻了，懒得理会他们。

左首店面住着祈阿婆。祈阿婆的老伴死得早，儿孙都搬到新街区去了，祈阿婆仍数十年如一日地开她的缝补店。试想现如今谁还穿破衣服？祈阿婆替人改裤脚、换拉链，裁制寿衣丧服。祈阿婆分毫必较，一张嘴又不饶人，走遍香城，也只有祈阿婆还在用分币。祈阿婆把儿孙拉扯大了，儿孙们受不了她的个性、受不了旧街区的没落，全走了。祈阿婆独占了这座旧宅，一以贯之地守着 20 世纪 70 年代的俭朴生活，年近八旬也不曾向谁伸手要过一分钱。

金津出租店面的消息贴出去半个月了，寻上门的几个，个个探头探脑看看、嗅嗅，连口都懒得开，掉头就走了。金津知道是发臭的鲁大脚、破旧的祈阿婆、变形的石板街让他们嗤之以鼻——一句话，都是旧街区惹的祸。想出租店面放弃经营的金津，她明白了，原来自己一直嫁不出去多半也是受这个拖累。闹到这把年纪才晓得，太迟了。就在金津对自己懊悔得肠子发青的时候，一个高大的中年男人向窖上街 69 号走来。金津看见他走来的时候，她感到自己的绝望已经无可救药了。

中年男人看了看招租广告，进店便大咧咧坐下了。

这个男人叫董伟，是个蠢男人。幸好他身上还残留有一点点霸道和执着。董伟告诉她说，可惜我破产了，把资金、房产、老婆孩子全搞没了，否则的话在窖上街 69 号开一家涂料店还是可以的。金津说，破产前你干什么企业？董伟说，“恒盛”你知不知道？金津说，恒盛集团的董事长柳小天，是个女的，事业如日中天，没有听说一个叫董伟的。董伟说，我干的配送车间撤并了，我下岗了。金津一听笑出眼泪说，我从来没听说一个拿千把块月薪的打工仔把自己搞破产了。

这只是个观念问题。董伟说，身家过亿的破产是零蛋，月薪八百没处领也是零蛋，有什么区别？金津说，至少心理落差不一样。董伟说，有一个主子和奴仆同时被处极刑，换刑服时主子发现奴仆的身体健美得很，自己则佝偻而又丑陋。于是由衷感叹说，死的应该是他而不是家奴啊。可就在这时候主仆俩同时被赦免，穿上衣服恢复了社会地位，奴仆还是奴仆，并没有在主子眼中改变什么。金津看了董伟一眼，觉得这个蠢男人还有点内涵。

第二天董伟又来了。

隔壁鲁大脚故意大声质问金津说，这个人是来租店面还是谈恋爱？金津答非所问说，他是一个破产的企业家。祈阿婆也跑过来打量董伟一番说，我看不像，他年纪大，模样也配不上金津。董伟说，你俩都错了，我破产了，走投无路了，我是来找活干的。金津说，你俩别听董伟的，他要是走投无路了也不至于吃得这么胖。

这样一来，鲁大脚和祈阿婆也就无话可说了。

董伟第三次到窖上街 69 号时，他的皮包装有 20 万元。

这与董伟的形态不合。金津并没有冲昏头脑，有意不声不响尾随董伟，她必须弄清楚董伟到底想干什么。

提着皮包的董伟直接向恒盛的总部走去。出来的时候他是空着手的，那只黑皮包不见了。

隔天金津对董伟说，20 万元呢？董伟说，我赌输六合彩了，本来想挪用一下货款，谁料总部立马就知道了，坐牢和被追杀，我选择了后者。

金津说，你让我看一眼 20 万元是什么意思？董伟说，我本来是有 20 万的，结果赌六合彩赌没了。

董伟接着说，我年近半百，奋斗了 30 年，到今天就剩下赤条条一副臭皮囊。我突然想明白自己到底是什么货色了。

这情形有点像金津。金津除了这座破房子和店面上的香纸烛，她也没有积蓄。金津早年的鲜活，也不过是朝霞暮露，似乎一晃就没了。那时候她根本想象不到眼下的自己是肌肤发蜡发黑那具肥胖的身体。此刻看了，连自己都想吐口水。

董伟坐在躺椅上，头一歪，嘴角流出液体，没一点征兆就睡过去了。

这个陌生人，在他穷途末路的时候来到窖上街，走进窖上街 69 号，居然就像回家一样。接下来，他大概就是赖着不走了。他不是有意为之，而是他此刻的光景和窖上街太过契合了。

走吧，金津想，哪怕像江秋叶一样搓麻将彻夜不归也行。

2

本来金津想在董伟到来之前离开，但董伟比她估计的来得要早。

金津对董伟说，我刚好要出趟门，你帮我看一天店面怎么样？

若是放在以前，只要柜台内站着旁人，金津都会浑身不自在。

金津骑单车去了九龙公园，去了人民广场，下午去了南山寺。金津是地地道道的香城人，在她心中这几个地方虽都相当熟悉，实际上却极少涉足，所以这一天体验最多的都是她自己的讶异，弄得她口干舌燥、无所适从。等金津精疲力竭回到窖上街，69 号已经关店了，董伟走了，35 元 7 角的营业额就放在抽屉里。

金津第二天去逛了百货超市，逛了步行街，夜里去逛了自由市场。她差不多就是个乡下人，在街市磕磕碰碰走着。她没有想到市场会如此之大，人会多得如此稠密。等她回来时，董伟觉得她比几天前瘦多了，神色迷茫而无所归属。看得出她并没有找到与自己相应的角色来看待这个世界。

金津打电话要了外卖。这是金津第一次和董伟一起吃盒饭。金津说："董伟你真该到新城区占地盘，到热闹处抢摊位，窖上街老弱病残的，已经不行了。"

董伟说："你我走的是相反方向，我被闹市区抛弃，你试图摆脱窖上街。你向往新城区的热闹繁华，我看中了窖上街的温暾平和。自古以来都是闹中取利、静处安身。所以我们都没有错，可把你的想法强加在我身上就错了。"

江秋叶看见墙上的店面招租，走进店来，目光忽略了董伟，对邻居说，金津你别出租店面了，咱俩联手，先租个房安置鲁大脚和祈阿婆，给他俩发低保工资；回过头让三间店面连成一体，搞一次大装修，彻底换一次血——干什么呢？咱俩把它搞成中档次的洗脚屋按摩房，还弄不来钱谁相信!

金津说:“这得投入多少钱呐!”

江秋叶说:“二三十万就打发了。”

金津说:“别说二三十万，就是一两万我也掏不起。”

江秋叶说:“你跟鲁大脚是一样的货色，几十年生意做下来，居然比当初还要穷。”

金津说:“回头让我想想，我真的是做这破生意做傻了。”

不过话说回来，要鲁大脚和祈阿婆歇业，比要他俩的命还难！江秋叶说，明知道有挣钱的行当，也只是说说罢了。在他俩的眼里，世界就是卤味和缝缝补补。

江秋叶叹息着走了。

金津说:“瞧她游手好闲的，赖在鲁大脚身上吃喝的蛮女人，撑的是什么口气!”

董伟说:“金津你错了，这个女人不简单，她兜里的钱，肯定比你想象的大百倍千倍。”

金津连目光都懒得抬起。很显然，董伟的话缺乏依据。

董伟说:“找个时间，我带你去沙杈坝。”

3

江秋叶回卤店的后宅去了。董伟也走了。

鲁大脚跑过来对金津说:“你可千万别搭理江秋叶这个坏女人!”

“这就奇了怪了，江秋叶是你鲁大脚的老婆哩!”金津说，“你说这胳膊往外拐的话是什么意思?”

鲁大脚说:“金津你知道吗，小蒙出生三年后，江秋叶就基本不在家里吃饭，也不花我一分钱了，只有到了夜里才回来睡觉，你说这些年来她在外头是怎样过日子的?!”

在此之前，金津一直以为江秋叶是泡在鲁大脚身上赖吃赖喝的，不曾想除了回窖上街睡觉，与鲁大脚并没有多少干系。

鲁小蒙丢了。学校打电话问鲁大脚，鲁小蒙有没有回家？——学校已经有三天不见他了。

他娘的，有没有搞错！鲁大脚第一次跺脚大骂，把孩子交给你了，弄丢了，还装糊涂向家长要人！

接了电话，鲁大脚跑到金津店里才如此这般生了一回闷气。除了关上卤店出去寻找，可以说鲁大脚连一点办法都没有。

金津给江秋叶打了电话，结果她的手机没人接听。

董伟说："鲁大脚你到学校附近的网吧找，我和金津到低消费的场所找。"

鲁大脚移动他笨重的身形去了。

董伟直接把金津带往沙杈坝。

金津已经有二十多年不曾涉足沙杈坝了，记忆中的沙杈坝是香城市区最偏僻荒凉的角落。废弃的厂址、库房，以及从未被修缮过的江堤。因人迹罕至，进入沙杈坝，便似乎远离市区。但这一天金津走的已是沿江水泥路，在沙杈坝见到的是泳池、钓鱼场、台球馆、麻将屋，以及摆着烧烤、小炒、茶棚、冷饮各种摊位的一片空旷场地。

董伟带她上了一座楼房的露台，在角落一把阳伞下坐下来。楼三层，视野极好，基本上把沙杈坝收入眼底。露台上的三面招牌写着"天下客"三个字，经营小吃与泡茶。董伟点了酱鸭下巴、姜丝肺片、南瓜饼几样小碟和啤酒。挂"胖丫头"胸牌的小妹说："'天下客'新推蒜蓉醋头皮一道菜，半价让客，很实惠的。"见董伟点头，胖丫头转眼间就把各样小碟和啤酒摆上了桌。

金津说："看不出我们是来找人的。"

"鲁小蒙是江秋叶的儿子，我们找到她，让她这个当母亲去忙乱，你我外人着什么急？"董伟指着茶棚说，"看见了吗，茶棚下那个戴墨镜的在品茶嗑瓜子的女人就是江秋叶。"

"我这就找她去！"金津也看见江秋叶了。

"你又急了。"董伟一把按住金津，"你给她打电话就可以了。"

接了电话的江秋叶继续喝茶嗑瓜子，连屁股也不见抬一下。金津很生气，说："江秋叶居然可以无动于衷！鲁小蒙到底是不是她儿子？"

董伟说:“金津你又错了，人家江秋叶接完你的电话，很快就又往外打了两个电话，事情已经解决了，干吗不能喝茶嗑瓜子?”

金津说:“那我赶快给鲁大脚打电话，省得他瞎折腾。”

董伟说:“我敢说鲁大脚连手机都没有，你打给谁呀?”

你以为你董伟是谁?你以为你董伟是我的上帝，什么事都得听候你的安排?这一次金津是生董伟的气。

“我敢说整个香城，就剩下你金津、鲁大脚和祈阿婆不知道，除了窖上街之外还有个花花绿绿的世界。”董伟说，“金津你真该把执着的目光放下，心平气和地看看远近、看看周围，别把你自己的不容易强加在别人身上，这天下就太平多了。”

金津说:“我先后给江秋叶打了电话，为什么前一次她不接?”

董伟说:“你前头是用窖上街的座机打的，窖上街她避之唯恐不及，不接电话在情理之中。”

4

金津觉得自己无法看懂董伟。

啃着鸭下巴，喝了一口啤酒的董伟说:“江秋叶来生意了。”

江秋叶的身边坐着一个中年男子。几分钟后她带中年男子向麻将屋走去。只转个身她又回茶棚喝茶嗑瓜子了。

金津老老实实说:“我看不出江秋叶做了什么生意。”

“这个中年男子是来搓麻将赌博的，江秋叶当了路引子，地下赌场的老板会付给江秋叶相应的报酬。”董伟说:“江秋叶又来生意了。”

金津看见江秋叶身边坐了个老者，似乎在闲聊。

董伟说:“他俩八成在讨价还价。”

这一次江秋叶和老者进了钓鱼场。入场后，江秋叶身上背着钓鱼工具，手上是两只杌凳。在鱼塘边上坐定，江秋叶为老者挂鱼饵、放钩，然后轻轻靠着老者，手上有了一瓶矿泉水。因为有一定的距离，看不清江秋叶的小动作，但其亲密的情形无疑就像老夫少妻。

钓了鱼，江秋叶接着还陪老者到茶棚喝茶。董伟说:“上午江秋叶就这几笔生意了。”

金津无论如何也搞不懂江秋叶这样的无本生意能挣多少钱。

“江秋叶陪老者垂钓按钟点收费，钓鱼场也会给她少许的提成。因为给茶棚引来了客人，她上午在茶棚的吃喝是免费的。”董伟说，“这一上午江秋叶上百元的挣头是没有问题的。”

“我真的是离社会很远了。”金津说，“眼下居然有江秋叶从事的这种行业。”

董伟说：“像沙杈坝这种地方，最不可缺的就是江秋叶这种人。”

5

金津回到窖上街，第一件事就是问鲁大脚找到小蒙没有。

“我去了学校附近的网吧，见我是找人的，没有一家让进。”鲁大脚说，“我正在那儿干瞪眼，只见几个退休干部自称是区‘关工委’，横冲直撞的，眨眼间就从网吧拎出几个小孩，其中就有一个是小蒙。”

这下金津相信江秋叶的能耐了。

但江秋叶怎么来的这种能耐，金津还是搞不懂。金津天天看着江秋叶回家。这个年近四十的女人并没有什么特别，她回家时的神色从来就是蔫的。这个傍晚，金津甚至希望自己能仔细琢磨一下江秋叶到底是怎么个样子回家的。

临分手时，董伟说：“我被追杀的期限到了。——20万元，要是被追上了，我会被剁成大八块。”

果然从这一天开始就见不到董伟的身影了。

让金津哭笑不得的是，被放任自流的香纸烛店，其可怜的营业额并不比以前少。可见她一向的兢兢业业有多么可笑。金津给远在上海和广州的两个哥哥打电话，称她想给自己放长假了，想玩了，不想开店了。

“你能放得下店，玩得起来？”两个哥哥基本上是一种腔调。先前斤斤计较的金津执着得很，一直相信能把生意做好做大。

干脆把半死不活的香纸烛店关了。觉得无处可去的金津，再次置身于“天下客”的露台上。

这一天，江秋叶现身在茶棚附近的一棵榕树下。看见一个男人在靠近她，金津便觉得自己的心跳在加快。江秋叶站起来了，和那个男人一前一后向麻将屋走去。和前天不同的是，这一次江秋叶飞奔二楼，跟着也进了麻将屋。

董伟不在身旁，金津已紧张得有点不由自主，直到去敲那间麻将屋的门，老实说她都不怎么明确自己在干什么。门开了，江秋叶见是她时，先是一面疑惑，接着就是开心地笑开来，说：“金津，赶得早不如赶得巧，我肚子不舒服，翻江倒海的，你就帮我陪一次蔡大哥吧，我去茶棚吃点药，回头再感谢你！”江秋叶转头对男人说：“蔡大哥，金津还是个黄花闺女，动手动脚前先给点斯文，要知道你这是老牛吃嫩草，得一步一步来，今天吃不上还有明后天，这就看你的本事了，把金津妹子给吓坏了，我可饶不了你！”

江秋叶说完就拉上门走了，留下一个从一开始就浑浑噩噩的金津和一个一直拿眼打量她的中老男人。男人拉金津一块坐下，抓一把她的手，金津触电似的缩了回去；男人摸一把她的脸蛋，金津又快速把那只手打掉。后来男人伸过手来搂住她的腰，说金津是被腌成老酸菜的黄花闺女。

金津说：“那你告诉我，像你这样不讲理，江秋叶会怎么做？”

男人说：“江秋叶会抓住我的手往她身上贴巴。”

“你这才喜欢她的对不对？”金津心想原来如此。

男人说：“谁说的，我赶快把手抽回来。”

“为什么？”金津不相信。

江秋叶身上每个部位都是标价的。这手要是不规矩，那钞票就变成树叶了。男人说，不过话说回来，江秋叶就是懂男人，就是能给男人快乐。

这一天这个男人当然没有在金津身上占到什么便宜。他说了金津闻所未闻的许多事，把金津听得如痴如醉。当男人停止说话的时候，情窦初开的老姑娘金津竟冲上前抱住男人，给了他一个深吻。恰巧就在这时候，江秋叶敲门进来了。

6

金津涨红着脸，姓蔡的中老男人正拿捏着自己的嘴唇。

江秋叶说："姓蔡的老混蛋，你给金津灌什么迷魂汤了？"

金津说："没有，蔡大哥只是跟我聊天。"

"光聊天你发什么情？江秋叶不相信。"

"我只是觉得蔡大哥真会说话，挺好的。"金津还沉在满足了好奇的激越的心境里。

中老男人说："别为难金津了，我认罚好了，请你俩吃大餐怎么样？"

江秋叶就是不得了，三句两句就让姓蔡的男人心甘情愿认罚挨宰了。

7

这一天夜里，金津做了个梦，梦见自己变苗条了，有了跟江秋叶一样的身材，很轻，点脚尖一蹬，居然可以越过屋顶。

乡音

上部

1

被太阳炙热过的大地，到了午夜时分，热气才渐渐散去，下弦月给广漠的天幕染上了浅浅的清辉，宇宙间铺满了柔和的颜色，篱笆上的瓠叶在微风中轻摇，院后草丛中的“纺织娘”啧啧欢叫着。

足足折腾苏泉半个月，忙得上下翻飞也三天了，此刻闹洞房的人走了，欢喜不尽的妈妈，被他劝去歇息了。笑也笑了，闹也闹了，喜事已告一个段落，绚烂的彩虹就呈现在他的眼前。

苏泉在厅堂停留了片刻，重温刚才在众人拥簇下喝“夫妻酒”的情形，坎家坪——在这个偏远的乡下，还保留一个为难新郎、新娘的习俗，那就是让新娘嘴里含着酒，在接吻时注入新郎口中，以此表明小两口自此互为依存、甜蜜相爱。不曾经历岂知其难，常常踮起脚来两唇一碰就闹瘪了气，让酒溢出嘴角，因而挨罚。

竹玉子却很顺利，在众目睽睽之下搂住苏泉的脖子，苏泉的大嘴迎着她的小嘴，当那口在她嘴里温过的美酒注入他口中时，他嗅到了她的芬芳，拥有了她甜蜜的娇羞。

苏泉闩上门，上了楼，脚步很轻很慢。

新房布置得十分漂亮，日光灯照得晃若白昼，靠墙的橱柜，面窗的写字台，两口装满新嫁衣和布料的皮箱，还有收音机、热水瓶、脸盆等，每一件都表明亲戚朋友贺喜的心愿：新婚宴尔，良宵喜庆，他俩是天作之合。

竹玉子——也就是苏泉的新婚妻子，已放下蚊帐——她睡着了吗?

他脱了外衣，感到一股抑制不住的气血往上蹿，击蒙了大脑。他的每个动作都变得迟缓而胆怯。

竹玉子脸朝内躺着，薄被盖了她的下半身，露出浑圆的肩背，蓬松的秀发遮了枕下一大片。想必是刚才喝了酒的缘故，压在腰际的胳膊，露出白里透红的肌肤，其睡态如同一只迷人的小白兔，把这稳重的、已届而立之年的男子给镇住了。躺下来时，苏泉拽了一下她身上的薄被，没想到，这一拽无异于触及电源，只见她的身子迅速弯成一条煮熟的虾米，双手紧紧护住腰身……这是个意外的情景，叫他难以置信的还有，新娘居然穿着四五条外裤……

在秘不可宣的新房里，这俨然是一种抗拒行为，“也许是姑娘在面对一个陌生男人时所做出的一种反应——自我防卫吧？”苏泉思忖道。如果不是一种变故的话，这是可以原谅的幼稚行为。苏泉想起刚才吃“夫妻酒”时，竹玉子含情脉脉的目光和甜蜜的微笑，他的心劲又缓了过来，轻声问道：“玉子，玉子，你怎么啦？”她不作声，让苏泉听到她急促的喘息，身子因为抵御而更厉害蜷缩着：“你难道想以死相逼吗？！”竹玉子猛地坐起，声音不大口气却十分强硬。

苏泉躺着不再动，这猝然的变故使他不知所措，待他惊魂稍定，便也坐起来，说：“玉子，到底怎么啦？请告诉我，到底是怎么回事？”

“你心里明白！”竹玉子瞪了苏泉一眼，脸上露出凶狠的模样，“你要是个聪明人，就别逼人太甚！”

说完竹玉子又侧身向里躺下，身子弯曲，双手紧紧护住腰身……

苏泉是个硬汉子，此情此景，一切无须多言，他爬起身来，穿上衣服坐在写字台前，轻轻地拉开一缝窗帘，窗外随风摇动的瓠叶，簌簌作响的绿竹，这一刻在他眼里全都变成了摇头晃脑的嘲笑，“纺织娘”和夜莺的叫声，也变得那样刺耳嘈杂……

凉月窥窗，老母亲睡着了吗？

2

在童年那外债内灾的年头，父亲吃野菜、蕉头后闹水肿，撇下一家大小离开了尘世，孤儿寡母的，日子过得像黄莲一样苦。直到近年来这个家才有点起色，不想新婚之夜又出了这档子事，命运有多捉弄人啊！

“老三届”高中毕业生，知识上差强人意，却学得一身沉稳干练的处世态度，在这点上读书又没白费，没有辜负妈妈对他的希望。

去年底苏泉出手不凡，贷款收购了农场的柑橘，个把月忙乎采摘和转手批发，从中牟利三千多元。

手中有了钱，正准备一连串的家庭建设的时候，姐姐为已迈进而立之年的弟弟介绍了对象。

“那妹子长得又俊又巧，心份也高。”姐姐说，“只是女方要彩礼怕不在小数目……”

“看中人就行了。”苏泉似乎不把钱放在眼里。

“泉儿，你可别冲过了头，看看这家的底子！”

妈妈盼媳妇盼孙子盼得眼都花了，可也没有忘记让人揪心的钱。看来老人家并不清楚儿子苏泉怀揣着多少钱。

第二天姐姐带苏泉去相亲。

只瞅了那妹子一眼，苏泉便在心里打定了主意。——那妹子，他非娶到手不可。

“不瞒你姐弟俩说，我的光棍儿子今年四十多岁了，讨不到老婆不是没本事，是叫穷给闹的！”此刻坐在苏泉对面的是一个狡狯、瘦弱的老头子，他叠腿坐在交椅上边剔牙边咂巴着嘴，接着说，“我家玉子呢，那可不是夸的，别说在石子弯拔尖，就是整个大莽山也是响当当的！”

要不是那妹子太合苏泉的意，他早就拂袖而去了。

“谁说不是，哪家父母不操心儿女的婚事。”姐姐一次次替苏泉应承老头子的话，“你女儿我们见过了，我那一向眼界挺高的弟弟看来也是中意的。”

老头子见状，也就不客气地开宗明义了：“若中意得许下两个条件，一是不让外人知道有多少聘金；另一个是聘金的算法——玉子今年二十三，吃了我二十三年的饭，一天三顿，每顿一毛钱就行啦，供她念了七年书就算了。”

“一天三毛，十天三元，一月九元，一年九十加十八是一百零八元，十年一千零八十元……”当姐姐的扳着指头算，还没有算完便被这天文数字吓呆了。

一听还念了七年书，也就是说，那妹子是初中毕业生，苏泉反倒沉住了气。

“老伯，娉金两千元怎么样？多就娶不起啦。再说，您老也不能眼睁睁见女儿一嫁出去就喝西北风呀！”

老头子沉吟了半晌说：“两千就两千，可别怪我没嫁妆送女儿出门。”

“不怪。”苏泉再次大咧咧地说。

一门亲事就这样定了下来。

那天说完亲回家，出石子弯一里地的时候，从路边榕树后闪出一个姑娘来，竟是竹玉子，指着苏泉说：“你过来，我有话问你。”

离开姐姐几步后，竹玉子说：“你真的想娶我？”

“真的。”

“铁下心来了？”

“我太中意你了，所以当场就决定了。”

“你难道不怕这是在自讨苦吃？”竹玉子站在离苏泉只有半步远的地方，死死盯住他看，“日后后悔了，可别怪我！”

竹玉子说这话是什么意思？一次次回味那一瞬间，不知道为何，苏泉既恨不得马上把她娶过来，又感到心中有些许的不踏实。

3

这是20世纪80年代的某个夏天。这个叫苏泉的男人度过了一个滋味杂陈的新婚之夜。

一觉醒来，苏泉发现自己趴在写字台上睡了——一直到天放亮。她不知道什么时候在他身上盖了一件毛毯。尽管如此，在这个夏天的新婚之夜，苏泉还是着寒了，一伸腰喉头痒得就像有条虫子爬上喉咙，便连续打了两个喷嚏。

噙着被挤压出来的蒙住双眼的泪水，苏泉感到自己的身子有点虚晃。花被褥白蚊帐，橘黄橱柜，大红双喜，通过梳妆台上的那幅明镜，仍在向他炫耀着新房里夸张的五颜六色。各种鲜艳的颜色，此刻已不再表示喜庆而是对他的讽刺。

被褥蚊帐，已叠好挂起。在苏泉迷离的眼中，首先顾及的是母亲——作为儿子，他不忍看见母亲刚刚舒心称愿又转喜为悲。面对昨晚的情景，苏泉一下子麻木了，他尤其怕的是这个脆弱的家又起波澜而对妈妈造成创伤。

就在这时候竹玉子砰砰地上楼来了。她的腰间围着布兜，烫发撩到耳后，小巧的鼻上沁满了细密的汗珠。

“你醒了？”她的目光落在苏泉的脸上，关切之情就像一对小夫妻。苏泉本来想给她一个难看，但他听见楼下传来一声压抑的咳嗽声。

“等会儿到楼下去，在妈妈面前绷着脸对你可没好处。”竹玉子说，“我可是打心眼喜欢妈妈的。”

竹玉子居然可以脸不红心不跳地叫苏泉的母亲妈妈。昨晚的事竟没有在她脸上留下任何痕迹，也看不出她初来乍到那小心翼翼的心境。

苏泉下了楼，一杯清水，注上牙膏的牙刷，还有毛巾，半盆温水，一切都替他准备好了。苏泉慢吞吞地盥洗起来，享受婚后这种特别的“美好”。透过眼角的余光，他看见站在角落里不知内情的妈妈那满意的笑容。

“妈，你说饭桌摆到中厅敞亮点，可不可以？”

“好，好，好。”

漂亮、整齐、勤快的儿媳妇，干什么都让人觉得顺眼。这天大早，喜滋滋的老人家给自己梳了个荷包髻，上了茶油，显得特别精神。

吃饭的时候，三人围在小圆桌上，吃昨天宴席上剩下的东西。竹玉子适时而小量地夹菜给妈妈，也不失时机地给苏泉添饭。苏泉吃惊地看到，甜美一直都没有在她的眉宇中消失过。

她可真是一个无可挑剔的好媳妇儿啊！

4

过午接连下雨，入夜十点钟，浅浅的凉意充满了乡村人家，漫天飘落的雨点，仍在瓦片上磕响着。要是往时，这样的外景内情，在被窝里有多么的舒适安逸啊。

“你今晚也睡床上吧，守住规矩不动手动脚就行。”

“你想通了？”

“不，我要你当我的哥哥！”

苏泉想起竹玉子一整天的表现，让他感到事有转机也说不定。于是脱下衣服，撩起蚊帐爬上床，但见床上人与昨晚迥异，不免一阵欣喜，猫腰缓缓地凑近前去，就这样把她给惊醒了，虽“啊”的一声刚要出口便被她警觉地咽了回去，但惊恐万分坐起的她，一只脚“砰”一声砸在床板上。

“泉儿，怎么啦？”

楼下传来了妈妈多此一举的声音。

“妈——没什么。——我做了个梦。”

苏泉的心里滴着血，万分沮丧应着，妈妈没有分辨出什么来，噩梦刚醒也会使嗓子变哑的。

“你走吧，明天就离开这个家。”

苏泉已感到自己再难容忍。声音不大，却要自己、要她做出抉择。

竹玉子吃了一惊，她显然没有这方面的准备，但又很快平静了下来。她说：“我是要走的，不过不是现在。白天我会暂时当好你妈妈的儿媳妇，可在夜里你要敢动我一下，我就一头撞死！我晓得你是个厚道男人，知道怎样孝顺妈妈也知道怎样包容我。等时候一到，你我再行商议，让我竹玉子走得虽无情却有义……我宁愿相信总有一天你会原谅我。”

竹玉子是有苦衷的，但她不便告知身边这个男人。这女子怕是有心上人了，却又拗不过家人的逼迫，才这样身处险境还想扭转形势。这些天来苏泉太累了，面对这个既脆弱又强大的“妻子”，他只有让自己的意识模糊过去。也不知道是什么时候，竹玉子伸过一只手来，抚摸着他的脊背，喃喃恳求说：“苏泉，我知道你是好人，就当我的哥哥好吗？……”

夜已深沉，苏泉不愿自己醒了，他只想让时间消失，让自己睡过去。“小两口”就这样背对着背睡着，各守着自己一半的“领地”。

5

至此苏泉总算看明白了，竹玉子要和他白天里扮演一对让人羡慕的美满小夫妻，在夜间则形同兄妹，各不相侵，就像在演一出戏。苏泉读懂了竹玉子的天真和自私，竹玉子在拿他当过渡，拿他的牺牲去换取她的人生目标。本来，洞察了“此中的深意”后他应怒不可遏才对，可经过几个夜晚折腾，在他不知内情的妈妈那殷殷期盼的目光下，透过竹玉子强硬的外壳，他体会得到她此刻其实更是一个孤立无援的弱女子。

苏泉想过以蛮横的手段去制伏竹玉子。只是一旦放开手做了，竹玉子仍然至死不从的话，如此一来必定酿成恶果，那牵涉的两个家庭的所有人都将付出惨重的代价……

在不知如何是好的时候，苏泉一直在强迫自己能静下心来学习那本饲养长毛兔的知识大全。可每当这时候，他又会不由自主地做出这样一个假设：如果竹玉子是另一种心态的话，那该有多好啊！

白天，竹玉子是一个能干的体贴入微的妻子。苏泉把目光放在左邻右舍的一对对夫妻中搜寻，他发现，如果没有夜里让他心寒的情景，她是一个多好的人啊！

夏收早该开镰了，婚后第四天，竹玉子和苏泉一起下地割稻子，还没有娶上她前分到的二亩多地，收割两天，翻土耙地两天，再插两天秧，谈不上多辛苦劳累。苏泉的手硬梆有力，她的手灵活轻巧，都是干活的快把式。

竹玉子要他用扎在腰间的汗巾擦汗，那张脸被热气逼得通红。苏泉在她喝过的水壶上喝茶，他感到自己的内心又有了一番滋味莫名的感慨。

收工的时候，他俩的脚步在村口迟疑了一下。

村西头那家独立的小院。西面的围墙爬满了藤蔓，上一个下一个结着瓠子和苦瓜。墙外的翠竹，在微风中轻摆梢头。打围兜的妈妈正在院子喂鸡，白的、黑的、黄的鸡，挣脱了竹笼子，向食槽冲去。

竹玉子说：“我知道你想依南墙搭一溜棚房喂养长毛兔对不对？”

苏泉没有否认。

“你根本就不是个愣头青角色，稳重、有头脑，又何必如此匆促就想把我娶过来？”

“讲第二遍相同的理由有意义吗？”

“可我有人相信，而你就空负虚名了。”

“你！”苏泉勃然变色，撇下竹玉子迈开大步，很快绕过院子往后山去了。

毫无疑问，这话正好击中了他的痛处。望着苏泉远去的背影，竹玉子说得轻松，实际上更是感到酸楚，心里非常难受。

6

窗外是滂沱大雨。这天下午，本来苏泉想到外村买几十只兔苗，无奈天公不作美，给这雨拦住了。回头看见竹玉子正在铺床铺，是那样专注细心，窗外风雨的喧嚣，似乎跟她一点关系也没有。看样子她的防患意识淡薄得多了，脱了衣服，哧溜上床，放下蚊帐，想必又侧身躺下了。

“玉子，你下午好像有什么心事。”

“本来想告诉你我表哥来过的，看你漠不关心的样子，也就算了。”竹玉子说。

“你什么时候走？”

“还没想好。——你是等不及要赶走我了？”

“我敢说日后你的这个表哥，肯定不如当初在你心目中的可爱。”

“你凭什么这样说？我信得过他！当然咱俩打个赌也是可以的，要是他果真变了，我就回到你身边，到时候可不许你拒绝我！”

他无可奈何地笑了笑。

“经过这些天，我知道你心中肯定是藏有故事的。可不可以讲讲你的罗曼史？”竹玉子撩开蚊帐，露出一张好奇的脸。

好些天过去了，慢慢发现做不了夫妻，却可以成为交谈的朋友。

苏泉于是沉入回忆，慢慢地讲了起来。

“我十九岁那年去崇子坝建水库，填方质量检查组就在女营的旁边，我看见一个与我年纪相仿的姑娘总是眉头紧锁，坐在工棚下发呆，在整天嘻嘻哈哈打闹的姑娘堆里显得心事重重，很是忧郁。后来我才知道，她家庭成分是地主，摆在她面前的只有一条路，这就是日后到婆家去做媳，婆家的小姑子到她家来当嫂，这情形就叫“姑换嫂”，而工地解散的日子就是她出嫁的日子。她无力反抗，因为年已三十又三的哥哥整天吊丧着脸，多病的双亲跪在她的面前，求她行行好，为了接续祖宗香火只有委屈她了……

“有一天，我到工程指挥部要一名炊事员，于是选中了她——贞子，还为她加了工期，拖延了婚期。贞子做饭，还替我们填方质量检查组的六个人洗衣服。贞子总是一声不响，她很感激我，我们分头在大坝上检查填方，总是在我喉咙冒火的时候，她手上拎着一壶开水，出现在我面前，当我要和她说句话时，她早已扭头就跑。一天晚上，我发现在叠得整齐的衣服里夹着一张纸条，上面写着“我求求你，不要靠近我，也不要和我说话，我是黑五类的女儿”。一时间我果然不敢再鬼使神差地到僻静的地方去寻找贞子了，但我在暗地更周到地照顾她，我曾经借口生病把电影票送给她（后来才知道她怕连累我也没去看那场电影），后来我还把补贴的茶水费匀一半给她。慢慢地我发现，在那张默默无语、充满忧伤的脸孔下，贞子漂亮、伶俐，只是她一双明亮的眼睛经常被泪水蒙住了。

“后来，我的眼睛，我的心里，发展到无时无刻不在跟踪她的身影——这个叫贞子的姑娘……

“不幸的是我的小伎俩被指挥部发觉了，责令我这质量检查组组长去拉板车，而‘拉拢腐蚀群众’的贞子，遭到遣送回村的惩罚……

“那天深夜，我闷闷地走出工棚，和贞子朝不同方向擦肩而过，我的背后像是长了眼睛似的，知道她停住脚步，‘苏泉哥，是我害了你！’‘你说什么话！’我正要安慰贞子，她却绕到我的眼前，趴在我的胸坎上抽泣，我尽力地劝她想开点，她就像没听见，仰起脸，痴痴地望我一阵，说，‘苏泉哥……你知道我不能……’我怕被人发现和贞子的这个约会，连忙把她拉到工棚底下的一个角落，这样一来贞子就不管不顾了，她紧紧地搂住我的脖子，‘苏泉哥，我再也见不到你了，晚上，你要我怎么样我都依……’我一惊，推开了她，直到现在我还记着，她坐在地上那样孤立无援的情形……我不想那样做，那样做对贞子而言肯定是灭顶之灾……”

“后来呢？”

“后来，我听说她死了……”

“死了？为什么？”

“具体情形我不清楚，但我敢肯定她死于既不愿屈从又挣脱不开的两难境地……”

蚊帐里再没有声音。苏泉点了一支烟，咳了起来，竟咳出满眼窝的泪水。

那张薄被，仍是他们的疆界。自结婚至此，苏泉都尽量不动弹，他不想破坏一个对于别人仍需完美无缺的姑娘。并且，不知内情的妈妈更需要这种“美满的宁静”。

更深时节，苏泉听见竹玉子从喉咙里发出沉闷的声音。她在做一个被压抑的梦。

猛然间，她的双手乱扒乱抓起来，揪住了他的衣服，朝他拥过来，一边哼哼唧唧的，一边忘情地叫着：“表哥，表哥……”

不久后，在梦魇中的竹玉子终于平静了下来，像猫一样酣睡在属于她的地方，挤在中间的薄被又筑起了一堵墙……

7

从开始到完婚，可怜的妈妈还不知道花掉儿子近三千块钱。但让苏泉懊恼的并不是这个，而是这种演戏般的关系。一想到总有一天要让母亲知道，让外人知道，苏泉便痛苦万分。

苏泉绝没有料到的是，婚后的第七天，竹玉子就悄然离去了。

在写字台上，有一封她的辞别信。

竹玉子的辞别信，苏泉看了一遍又一遍，看后，他觉得没有任何理由阻止她那样做。

她的信是这样写的：

“泉哥——不管你承认不承认，反正你苏泉是我的哥哥，亲哥哥！

“昨晚我做了梦——我梦见他了，那个自称我表哥的人，我们抱在一起亲着，无言地倾诉着……然而，我搂错了人，梦中是遥远的他，而伸手可及的却是你。看来我对你的防线没有了，处在甜蜜梦中的我，搂住的是你……但毕竟是梦，白天和黑夜只有一纸之隔，这种转变太急促了，我咯噔醒了，竟是在你的怀里！我没有惊叫，我早已找不到折磨你的力气了，反而想得到你的温存，尽管只是片刻！泉哥，我静静窝在你怀里，在这个时候，你要是顺水推舟拥有了我，我将不再反抗，因为你已经心力交瘁，六七天来你就是以哥哥的心态在呵护着我，虽然不能得到我的心，但……

“然而你没有，你把我当成一个在你怀中睡熟了的小妹妹，轻轻地抱起放在一边，盖上被子让我安睡……

“此时此刻，我更相信你曾经拥有的爱情故事是真的。

“因为，热恋过你的姑娘——贞子，她正是我的亲姐姐……我的亲姐姐……然而，她死了，就像经秋的红叶，等不到春天便遇冬残飘零了。姐姐临死时给了我——她从小积攒下来的一百三十多块钱，要我念书，长大了不再走她那条路，不要像她一样脆弱，没有说话的权利……

“那时候，我根本不知道，姐姐除了要以身换嫂之外，还有与你一段苦难的、并以悲剧告终的爱情……

“十几年前，年过三十岁的大哥因为家庭成分，为了成亲使姐姐遭了难。十几年后我的父母又跪在我面前，我那可怜的大哥面目苍老，除了买卖婚姻已别无他法。你说我大姐无力反抗，可我呢，反抗就意味着一个家毁了。双亲把我当商品一样卖出去，用更高的价钱买进儿媳妇……

“我大哥的亲事迫在眉睫，我的‘标价’吓跑了无数人，你怎么就如此轻易地上钩了呢？那时候，我一想起被摧残的姐姐，任何人都得不到我的同情！我轻而易举地就抓到你的弱点，你这个可怜的哥哥！在我还没有接受并报答你的爱时，你对妈妈的爱胜过于我，这样，黑夜在我的身上就有一张长满尖刺的强硬外壳，白天我就有了钳制你的本钱……

“对未来，我心中无底，但有信心。我竹玉子绝不赖账，用不了多久，我将赔偿你一切经济上的损失……我坚信我会的，坚信会实现我们的全盘计划！

“唯一使我担心的是你妈——也是我妈！有朝一日，她老人家若能原谅我行为的话，我将跪在她的面前祈求原谅——相信这个日子来得不远——这个日子就是当你找上比我更好的媳妇那天……

“好了，再见了哥哥！我的亲哥哥！六月二十六日，竹玉子。”

“泉儿，泉儿。”老母亲在楼下叫他吃饭。

是的，该下楼去了，吃完饭也该下地了。

母亲，可什么都还不知道呀！

下部

8

到了，终于到了，终于来到宏哥的身边。在那七八天的时间里，竹玉子外表轻松，实际上心弦每时每刻都绷得死紧。此刻意志一旦松懈，所有的困乏便全都灌注在她身上。她走了很长的山路，疲劳，还有摆脱困境的兴奋，身上的汗被风吹凉了，她哆嗦一下便虚晃晃的天旋地转起来，躺下后开始头痛，并且越来越厉害……

竹玉子终于把宏哥等回来了，两片头痛药合着凉开水吞了下去。

这是黄昏时刻。“你睡，好好睡，睡一觉就好了。”宏哥把她扶上床，盖了一张薄薄的毛巾被。

宏哥冲她咧嘴一笑，走出房间时回头掩上门，下楼去了……这是她最后能够感觉到的情形。

一个钟头后，当天地间万物尽归于夜色的时候，房间的门就又被轻轻推开了……

我竹玉子这样算逃吗？

七八天来竹玉子强撑着当了“新娘”，和那个为了娶她花巨额聘金的苏泉结婚。他大手大脚宴请亲朋好友，把结婚场面搞得热闹铺张。然而，为了心上人，同时又不能抛下行将破败的娘家不管，竹玉子决心最后一次报还父母的养育之恩，采取了冒险行为。竹玉子抓住了苏泉孝顺老母亲的致命弱点和他品性的宽厚，实现了自己的计划。七八天的洞房花烛，竹玉子没有让苏泉沾边，她依然是黄花闺女，到了这一天，她这个“婆家少女”，便神不知鬼不觉地逃出了坎家坪……

我竹玉子这样算逃吗？

当竹玉子又一次这样扪心自问时，她嘴唇抽搐，再也抑制不住浑身的痉挛。面前出现了为娶她而造成巨大花销的苏泉：那个空负其名、被痛苦折磨得疲惫万分的男人，还有他不知内情的妈妈，从心怀无限美好到转瞬成为泡影的现实……

不管怎么说，自竹玉子从坎家坪一脚走出，越过大莽山，走了二十多里藤蔓交织，蓬草拘足的小路，一路上心焦气躁、匆匆前行的惊惶身影，她是地地道道逃出来的呀！……

还好能望见不远处的枫林村了。她的脚步迟疑了，找一个土墩坐了下来。

竹玉子叹了一口气。长时间绷紧的神经，身上的皮肉就在这一瞬间松懈下来，就像虚脱一样感到四肢无力：

到如今，她拥有的仍旧是洁净无瑕的一身，为自己美好的未来；她拿什么做赌注为她的宏哥铤而走险？青春？苗条姣好的身子？不，她依旧是她，什么也没有丢去！……

竹玉子想起自己的姐姐。她仅仅就多出姐姐这么一点能耐，便能主宰自己的命运……

竹玉子站起身继续赶她的路，枫林村才是她的目的地。眼下她的宏哥并不在家，还在外县丰浦搞承包，工期紧迫，三天前抽空从百里外到坎家坪看望她，却扑了个空。这给她一个有力的敦促——她提前行动了。宏哥得大后天才回来的，但不要紧，她曾经像撒花的仙女一般到过他家，似乎把明媚的春光也带来了，一家人喜上眉梢的情形让她难以忘怀。

枫林村房舍不多，又各建各的，看上去凌乱却精致。宏哥家吊脚楼的后窗，正好能望见不远处大莽山陡峭的侧峰。刚才她走的就是那条羊肠小道，自山顶上延伸而下。走进密林后她在那棵顶天立地的枫树下停住了脚步，双手摩挲着它的躯干。仰头望去，枝丫上的喜鹊窝因一回被搅，已在更高处筑上了。

秋冬之交，妈妈的哮喘越发厉害了。痰气上涌时，她双手抓住床沿，胸腔如同风箱，在哮喘中艰难吐纳着呼吸，落下一副皮包骨头的空架子。竹玉子总是夹杂着不安、难过、可怜的泪水凝视着妈妈，累年的病痛，很难想象妈妈是怎么熬过来的。而她的爹对此竟无动于衷，依然吞云吐雾抽他的烟，有滋有味喝着他的小酒……

竹玉子一口气走了二十多里路，来到枫林村。

据说在这棵枫树筑巢的喜鹊，清明前后会飞到大莽山顶的悬崖峭壁去吃一种叫“玉观音”的苦茶，取它屙在巢里的粪便煮水喝了，具有祛痰益气之功效，是治哮喘病的灵丹妙药。可怜的妈妈时常念及，可就是没有谁肯为她付诸行动。

站在枫树下的竹玉子为难了，黑得像墨炭的树干足有几抱大，根本无法攀爬，只能仰头望着筑在树梢上的鹊巢兴叹。这就放弃了吗，跑了几十里却要无功而返她又心犹不甘。就在竹玉子不知如何是好的时候，她听到由远及近的一阵男中音。

乌油油的发髻，
梳在你头上，
那一对小亲亲，
鼓在你的胸口上，
两弯俏眉儿，
轻轻把你给描上，
可巧个脸蛋，
把你给亲上，
细细腰杆，
把你搂上，
爱呀

在我心上……

“这么下流的字眼也敢唱！”竹玉子在心底嘀咕，“要是他以为四底下没人，这种不雅的小调他还会唱个没完没了。”一时间，唱的人无所顾忌，听的人倒脸红耳热了。

猛见一个漂亮姑娘站在枫树下，他的歌声戛然而止，冲她难为情地笑了笑。

“不知道能不能请这位阿哥帮个忙？”

竹玉子抢先开了口。觉得这个人她挺脸热的，很快便认出他是比她高一年级的同学。在兜螺镇中学念书时，她认得他，但不知姓甚名谁。

双方都没把书念完就回乡了，此刻乍一见面，一个是俏盈盈的姑娘，一个是只穿背心短裤，身板结实的青年。

竹玉子的忙岂有不帮的道理。他从肩上取下麻绳，系一截木棍打斜身子甩出去，系着绳子的木棍准确地卡在枝丫上。他抖了抖麻绳拉紧，手攀麻绳，脚蹬树干，轻轻巧巧地便爬上了枫树。

“喂，你别抬头，小心树皮掉进你的眼睛！”

竹玉子偏不信这个邪。不料抬头看了一眼，便羞得满脸通红低下头来。只晓得片刻后一包用他的背心裹着的“玉观音”苦茶，从树上扔了下来。

这天晌午，他又邀竹玉子到家里吃了一顿饭。竹玉子带回家的“玉观音”苦茶，妈妈吃了并不见效，她却老大思念着他。

谁也不知道，在二十里外的枫林村，有一个英俊的小伙子是她竹玉子的心上人，经常相约在附近圩场上碰面……

为了他也为了自己，此刻的竹玉子已困乏不堪，在意识迷糊中沉沉睡去……

9

是的，竹玉子和宏哥相识了……

兜螺镇是石子弯和枫林村的中间地带，各走十多里路到兜螺镇约会天公地道，谁都不占便宜……

宏哥卖筲箕、笸斗、簸箕、笪席、畚箕、大小匾……他会编许多种竹器，是一个很能干的篾匠。竹玉子每圩两捆草袋，简单得很，到国营收购站一卖就完了。她卖完草袋就去替他守摊子，宏哥去做另一笔生意。宏哥每圩都附带着做棕衣、茶叶、兔毛。从枫林村再往深山走几十里，有个十多户人家的小村庄叫凹寮，赖此三类及毛竹生存。村民纯朴不懂生意经，赶圩对他们而言也相当不易，到最近的兜螺镇也得来回七八十里，别说身挑着担子，即便空手走那崎岖小路也艰险重重。心眼灵活的宏哥成了他们的中转站和买卖的代理人。

凹寮人公推一个叫顺达子的黑乎乎汉子，负责圩前日把山货野物挑到枫林村。物件轻时，顺达子兼挑一百八十斤的毛竹送给篾匠宏哥……

有一天她问："为什么山货野物顺达子他们卖不好价钱，就你行？"

宏哥说："顺达子他们长着又厚又重的舌头，别说看透行情，连话都说不利索，如今做买卖，你不长机灵点，只有挨宰的份。"

"要山里人长机灵也太难了。"

宏哥说："比如收购兔毛，供销社和外贸公司都设收购站争生意，外头还有到处走动的小商贩，只要多留心我就能卖好价钱。"

"原来要害在这儿！"

自此后竹玉子逢圩必赶。宏哥喜欢变换摊位，每次被找到时，都有一杯茶或桔子水在等着她。

终于有一天，宏哥对她说："玉子，肯不肯嫁给我？"

竹玉子哪有不愿意的道理。那一天她充满了幸福。

10

是的，她竹玉子和宏哥就这样相识了。每次私下感念起那棵老枫树时，她都称它为"月老"——他俩的缘分就起源于此。

从相识到热恋，竹玉子渐渐了解了宏哥的志向——等他有了足够的原始积累，他就要往城镇发展，把生意做大。竹玉子知道自己不能动宏哥"原始积累"的念头，可家里的父母、哥哥都已经急火攻心不能等待，她只好铤而走险。幸好当了七八个日夜的新娘，她依然完美无缺，并从“婆家”成功出逃，来到宏哥的身边。

她竹玉子就这样全身心地投靠在宏哥的身上。

本来她竹玉子应该先回一趟娘家，可就在这一天她年逾四十的哥哥用嫁她的两千多块钱做聘礼娶了亲，正在欢天喜地地举办婚礼……

多好啊！她竹玉子跌跌撞撞走下最后的一段坡道，跳过小溪里的垒石，回头放慢步子，理了理头发，才再前行。

正在田地里拔草的珠子眼尖，叫住她说：

“玉姐，哥等你呢！”

“不对吧，”她对珠子表示怀疑，“你哥不是去丰浦了吗？”

“他是大昨天半夜里赶回来的。”

11

站在吊脚楼的窗口，望得见她来时崎岖的小路，望得见那棵依旧枝叶茂 盛的“月老”树，听得见树上啾啾的鸟鸣和它们底下潺潺的流水声……

算来已是住在枫林村的第三个清晨了。

竹玉子痴痴地遥望着。她的宏哥端着一大海碗的鸡蛋汤伺候一旁。

“顺达子走了吗？”她问。

“别提他！那个黑鬼，就赖着不肯走！”

“到底是怎么一回事？”

“到坎家坪那天见不到你，我去了丰浦。转念一想，你在坎家坪一定待不久，就连夜赶了回来。第二天正好是兜螺镇的圩日，那黑鬼又带出来二十多斤兔毛，我顺便替他卖了，没想到不出几天，兔毛的价钱，来个每斤五十块到一百二十块的大涨价，也没想到那个黑鬼昨天竟来诬赖，说我一口气吃了他们半数的钱……”

“你不知道会涨价吗？”

“我也只是听到风声，哪知道来真的。”

“丰浦你不再去了吗？”

“不去了。”

“那——工钱怎么算？你不是说不到工期不发给工钱吗？”

“你忘了我是包工头啊，合同的定金就在我口袋里兜着哩！”

“多少？”

“一千二百块。”

“一千二百块！”竹玉子吃了一惊，光定金就有这样的数目，可见工程不小啊！“可你这个当包工头的带着定金跑了，底下那帮干活的怎么办？”

“不是还有雇主吗？”

“可你拿走了雇主的定金，害了干活的一帮人！”

“是那个雇主先玩花样，工程干了一半我就发现不对头了。”宏哥说，“所以我必须拿走我该得的那一部分。”

难怪顺达子会死赖着，原来是两千多块钱的干系。

“我知道大昨天夜里，你在药里做了手脚！”

“你一觉醒来的样子，都把我给吓坏了。”见竹玉子的口吻既像责怪，又像开玩笑，一时让他感到心中无底。

“趁我不备下手，哪是男子汉行径！”竹玉子既像在自言自语，又有认命的成分。

宏哥说：“我看你太累了，加了三片巴比妥，只想让你睡安稳点，没有别的意思。”

“我知道你信不过我！”

“玉子请你原谅，在此之前我必须知道，你是不是全都属于我……”

就在这时候，顺达子冲上楼来怒目逼视着这个贪了凹寮人钱财的人，跺了一脚，狠狠啐了一口，这才甩手离去。

宏哥难为情地笑笑，骂道：“真愚昧透顶！”

12

“顺达子，你好大火气！”

“你要干什么?”小路上，顺达子在吊脚上见过的姑娘挡住他的去路。

“我只想知道宏哥是怎么个狼心狗肺法？有什么证据说他平白无故吃掉了你们千把块钱呢？”

“我打听过了，他卖的不是镇上两家收购站！”

“这又说明得了什么！”

“他是事先知道要涨价的消息，半夜三更从丰浦回来按原价从我手接走兔毛，在家里放几天，等涨价了再卖出！”

看得出，顺达子代表了凹寮人的意见，道理很简单，这就是铁证。

竹玉子从小路折回，走到那条清澈的小溪时，她的宏哥正好迎面向她走来。

“你干什么去了，害得我好找！”

竹玉子指着身后那棵老枫树说:“跟‘月老’说悄悄话去了。”

只几步，宏哥便走到竹玉子面前:“我们明天就去丰浦做一笔买卖，顺便带你去逛逛县城。”

“逛县城虽好，不过你得答应我一个要求。”

“说吧，没问题！”

“我们从枫林村这边翻过大莽山，在兜螺镇乘车去丰浦县城。”

这算什么要求，宏哥没多想就答应了。

13

这一次，竹玉子没有让她的宏哥如愿。

“我脚一迈出房门，身后你就把门闩上，是什么意思？”

“我至少不该第二次上同样的当吧？”竹玉子在门内答道。

这夜，宏哥没有到别处睡的意思，竹玉子突然喊口干。当宏哥下楼端了一杯茶上来时，房门早被竹玉子闩上了，说:“我已经不渴了。”

“原来你在要弄我！”宏哥很生气，但又奈何她不得。

第二天清晨，宏哥没有违背竹玉子的意愿，早早便踏上昨天她提出要走的路线。直到这时候，宏哥才体会到她眼睛里的桀骜不驯。

从“月老”树下起程，走到交叉路口停下来，指着进入深山的小路说：

“这条就是去凹寮的路，对吗？”

“去凹寮，就这一条还能走。”

“我看得出，顺达子失去乡亲的信任，比死还难受。”

“他无事生非，我有什么办法？”

“要是我没猜错，难道此刻背在你身上的不是那二十多斤的兔毛？”

“这有什么好奇怪的？”

“问题是你没有跟顺达子说实话。”

“这不是实话不实话的问题，他们不懂生意场上的千变万化，我利用这个时间差挣钱，并没有欠他们什么的道理。”

“可你失去了他们的信任。”

“失去就失去吧，要是按他们的道德标准做事，过几年我的现状就会跟他们一模一样。”

走了一段歪歪扭扭的村道后开始爬山，很快便把他俩爬出一身汗。

宏哥说：“玉子，你今天选择走这一条路，我怎么一直有一种慌慌怪怪的感觉？”

“不瞒你说，这些天来我做了一连串的噩梦。我几次都不是翻过大莽山到你家的，今天我想再倒过来走一次，给自己一个交代。”

宏哥表示不明白她说的话是什么意思。

14

到了半山腰，宏哥一屁股坐下来，点了一支红梅烟叼在嘴皮子上吸。他抓一下竹玉子的手，没想到这样的热天竟是凉的。

竹玉子说：“宏哥，对那个和我同床共枕了六个夜晚、空负其名的苏泉，你有什么看法？”

“这个我倒没有想过。不过，这个苏泉要不是个老古董，就是个胆小如鼠的人。”

“你是这样看的？”

“坦率地说，从玉子你身上看来，他肯定是一个憨厚过分的乡巴佬。”

“和你的精明相比，苏泉的确是憨厚过分了。”

“玉子，怎么会在这时候莫名其妙拿我和他相比？”宏哥只觉得自己又有一丝不安掠过心头。

“放心好了，到了大莽山顶能望见他家的时候，我便会告诉你一切。”

15

三天前从另一个方向爬大莽山顶的时候，竹玉子回头望了一眼：

“留恋吗？”

竹玉子这样自问。

“没有！”竹玉子肯定地回答了自己。

当竹玉子回头深深望了一眼刚又离开的地方时，她的泪水一下子就下来了：她就这样来了又要离开，心里到底有多少不可告人的惆怅啊……

山顶的风很大。大莽山的奇特就在于几面山各有不同的颜色。要是深秋时节，你就会在这面山看到被烧红的枫林，那面山依然盎绿的丛林，还有茅草茂密的另一面坡，气势，颜色，各有千秋。

回头依旧能望见枫林村，却看不清那棵“月老”的位置了；若隐若现的房舍，他家的吊脚楼在哪儿呢？

竹玉子的泪水和惆怅，让坐在她身边的宏哥一下子慌了神。

“玉子你别这样，到底有什么心事，告诉我好不好？”

竹玉子朝坎家坪的方向望去，双膝跪地，说：“你去坎家坪的那一个晚上，苏泉对我说，你再也不会像以前那样信任我了……当时我在心里对自己说，不会的，我的宏哥一定不会那样！”

宏哥一听之下，已感到自己有点发呆。

“我迷上了你的精明强干，拼了命爱上你，可你精明过头了，我只好走了。”

虽然宏哥了解竹玉子的脾气，知道事已不可挽回，但他还是说：

“等我卖出这批兔毛，我就有能力还清坎家坪那边的‘债’了。”

“坎家坪那边的‘债’，纵使你有一万八千也还不了。”

“你是回石子弯还是坎家坪？”

“这个用不着你管。”

“我对不住你，以为……”

“你走吧，我知道凭你的心计会做成很多事，可我们的缘分尽了。”

赤日当顶，两个人默默相对了很长时间。之后，宏哥就站起身走了。他下决心不回头看一眼，但当他清楚到什么地方再回头恐怕就看不到了，所以走了几十步后，他便把脖子扭过去：

——竹玉子还孤零零地坐在那里，头深深地埋入两膝中间。

满惠婚介

1

叶建国慢慢给自己斟酒喝。叶建国喝酒是干喝，不置酒菜，他斜躺在逍遥椅上来回晃，身边放一箱啤酒，用牙齿起盖，手里抓着酒瓶，晃几下往嘴里注一口。喝了七分酒，叶建国的思绪开始飘忽，琢磨着该想点什么。那就给自己和亲属改名字吧。这项工作叶建国最是轻车熟路，他目光跳出体外，再拐过弯来看见一个躺在逍遥椅上喝酒的人：怎么说叶建国这个人好呢？他曾经有过远大的理想，他曾经奋斗过、风光过、幸福过，可眼下却是个百分百的倒霉蛋，叫叶建国太过夸大其词了，那就叫叶无奈吧。那个七老八十的老头子比较省事，叶崇这名字是解放初期政府给取的，政府的用意显然是好的，可他一辈子窝囊废，还不如原先叫叶虫恰到好处。儿子老大不小的了，不争气，不务正业，叫什么叶幸福，叫叶不幸还差不多！至于那个离完婚就下深圳的艾欢莲，风光的时候就粘着你，倒霉的时候就拍屁股走人，活脱一个爱翻脸……

叶幸福的爷爷叶虫乞讨到香城，栖身坑尾寮。坑尾寮是被撂荒了的。此前曾流行过一场鼠疫，低洼地势的坑尾寮无一幸免沦为绝户。香城人对此忌讳极深，却便宜了外来的乞丐。香城解放了，新政府是不准有妓女和乞丐行业的，劝导无产者叶虫更名为叶崇，并就地落籍成了清洁工，和其他乞丐一样在坑尾寮八里沟巷分得一处房子。政府派部队把坑尾寮清理消毒了一遍，又把乞丐们集中造册，跟整治环境一样也清理消毒了一遍，然后分发衣服，安排工作，直到面貌全新才准其入住。有了工作又有了住宅的叶崇，很快就和同是乞丐出身的清洁工苟旺花结了婚，生下叶幸福的父亲叶建国。叶建国打小道貌岸然，与瘦小的叶崇不是一回事。叶崇对儿子叶建国天生敬畏，在面对身材修长小生面相的孙子叶幸福时，他更是充满了自卑。根正苗红的叶建国是老三届，上山下乡进煤矿，被推荐为工农兵学员上大学，毕业后分配到香城朝阳纺织厂，由厂办干事混到副厂长，由红极一时到倒闭下岗，只用了短短十多年时间。到了孙子辈的叶幸福，读完初中便被纺织厂内招。叶幸福用不着去理喻他爷爷叫叶虫的那个时代，言行举止是百分百的香城人，根深蒂固的目光戳地三尺，看见从乡下来的小保姆，看见进城务工的农民，便常常是乜斜着眼，啧啧叹惜着他们的愚昧。可就在这时纺织厂破产倒闭了，内招仅一年半便与父母一起下岗。叶建国的面目瞬间萎黯下来。母亲艾欢莲与父亲关系迅速恶化离婚走人，只身闯广东深圳去了……

就在叶建国酒意迷瞪的时候，儿子叶幸福带着一个肥胖白净的中年妇女回来了。叶幸福指着那个没事忙的小老头对肥女说："叶崇，曾用名叶虫，男，1931 年生，汉族，孤儿；籍贯有待查实；曾为专职乞丐，新中国成立后当清洁工；退休后为专职家庭老男，兼任我爷爷。其妻荀旺花产后大出血早逝，育有一子叶建国。"指着逍遥椅上的人对肥女说："叶建国，男，1952 年生，汉族；娶妻艾欢莲，后离异，有一子叫叶幸福；曾任朝阳纺织厂副厂长，现任我爸，买断工龄后为专业品酒师；为每天能喝完一箱啤酒，朝九晚五不辞辛劳。""久仰久仰，"肥女给叶建国堆一个笑意，走近前要跟他握手说，"宫满惠，贵公子的合作伙伴加女朋友。"叶建国不跟她握手，递过酒瓶说："来一口？"宫满惠接了，她居然也用牙齿起盖，咕嘟几口喝了，丢了空瓶，伸手又从纸箱里取走一瓶说："班门弄斧，不好意思。"叶建国说："你俩合作干什么？""开公司呀，"宫满惠一边喝酒一边说，"我和福仔、钟儿合开'香城满惠婚介服务有限公司'，股份我五、福仔三、钟儿二，我当董事长、福仔当总经理、钟儿当业务总监。"叶建国说："又不是集团公司，不能随便叫董事长总经理。"宫满惠说："管他呢，自己给自己封官，封大体面一点。"

2

叶建国至少喝一个半小时的两瓶酒，宫满惠不到两分钟就解决了。

她风度挺好的，喝完酒就走人了。看来她不怎么把叶建国看在眼里。叶建国对儿子说："你就处这么个大龄女友？""我有恋母情结，找个大龄女友有安全感。"叶幸福说，"据说当年你二十八、我妈十八，简直就是'老牛吃嫩草'，你不也照样追得屁滚尿流的？""你有得比吗！"叶建国生气了，"我当时是业务骨干，厂办副主任，你妈凭什么？凭她的年轻美貌还有投怀送抱！——混账小子你给我记住，主动投怀送抱的女人都是靠不住的。""算了，还是喝你的酒吧。公司业务忙，我走了。"儿子叶幸福夹着一只高档公文包追宫满惠去了。

水仙花大厦1208室是个多功能大单元：卧室、厨房、董事长室、总经理室、业务大厅、会客厅。"合适、最好——你幸福人生的选择"是婚介公司的业务宗旨。通过在人流如潮的地方散发传单，深入大街小巷、居民区张贴海报，在广播电台滚动播放"惠满婚介——成就您幸福人生的窗口"等渠道展开广告攻势。公司职员三个：董事长宫满惠，总经理叶幸福，业务总监是宫满惠的干女儿钟甸甸。宫满惠管叶幸福叫福仔，钟甸甸叫钟儿。叶幸福管宫满惠叫宫董，钟甸甸叫垫垫。钟甸甸管宫满惠叫老来骚——昵称老烧，叶幸福叫丫子。宫满惠回到公司便兴奋得大呼小叫："他奶奶的，福仔家简直就是个宝贵资源库！"钟甸甸头也不抬地说："老烧同志何以见得？"宫满惠说："你想想看，他爷爷叶崇是个领退休金的老寡男，他爹叶建国是个小有积蓄的中寡男，福仔是个小有姿色的小寡男……"钟甸甸说："老烧啊，丫子不是你的业务伙伴加男朋友吗？"宫满惠说："是啊！可一旦业务需要，挪用几次又有何妨！"叶幸福说："放心好了，不管哪天垫垫需要，我都会奋不顾身的！"钟甸甸惊叫道："老烧听听，你男朋友丫子的主意都打到我身上来了，你让我怎么办哪，您老人家可得替我做主啊！"宫满惠伸手抓住叶幸福的两只耳朵："好呀，福仔你竟敢打我女儿的主意，想乱伦了是不是？"叶幸福赶紧分辩说："我说说罢了，垫垫是什么人？狐狸精！她那妞的枪口随便谁敢撞？"

钟甸甸正要发嗲说好你个丫子，你这是在咒我没人要哪！可就在这时候电话响铃了。钟甸甸连忙示意大家说："安静，来单了！"

“喂，您好，这里是满惠婚介。……对，上了年纪也在我公司的业务范围之内……好的，如果您有这个意向，就到我公司来填张表，谈谈您的想法、要求、希望实现的目标，以便我们提供最快、最有效、让您最满意的服务……放心好了，我们可是个负责任的公司……公司地点是水仙花大厦1208室……您找不到没关系，我立即派一个靓哥去接您……”

接完电话，钟甸甸说：“是昨天咨询过的那个捡破烂婆。”

钟甸甸话音刚落，又一个铃声响起。

“喂，您好，这里是满惠婚介。……那是当然。……这还用说。……不过一桩美好婚姻的缔结，您肯定要付出点努力和代价的对不对？……那您还犹豫什么呢？……好的。”

钟甸甸说：“听声音是个有为青年。”

“太好了，两单都接！”宫满惠抓叶幸福耳朵的手还没有松开，她用两片厚而柔软的嘴唇在福仔的额上盖了一个章，说，“钟儿您找办法搞定有为青年；对付那个捡破烂婆，我已经有最佳方案了。”

3

钟甸甸的父母是属于成天吵闹却永远不离不弃的那一种。“你俩离婚算了。成天吵，烦死人了！”读到小学三年级，钟甸甸就开始怂恿父母离婚。“离婚多好啊，想怎么活就怎么活，也省得成天鸡屁股对眼的！”“我建议，要是你俩能一个感情出轨，一个红杏出墙，就是不吵不闹婚也离得成！”“瞧你俩，永远也吵不到离婚的档次！”这是钟甸甸在各个年龄段面对吵架父母的旁白。父母各自搞公司忙挣钱，回到家里便不可开交地吵，总见女儿超然物外的样子，让这对危情夫妻充分体会到世态炎凉，对婚姻反倒不敢轻言放弃了。

钟甸甸吊儿郎当地读书，却总在关键时刻成绩优异。从一所名校本科毕业后受聘一家商业银行，工资福利挺好的，可坐办公室的领导们时时刻刻都有可能出台一种“人头”政策，让你在短时间内拉足五十万的存款，限期发放三十张信用卡等，每一种都是逼人跳崖的游戏。钟甸甸不干了，去应聘邮政公司。凭她的资质、个性和外貌，自然是百分百被看中。没想邮政派放定额更是走火入魔。每年必须为邮政储蓄发动二十万元的存款户，兜售四百张贺年片，拉来三千元的报刊订户……再次走人的钟甸甸修了教育学心理学，当上一所私立学校的英语教师。一心一意想教书育人的钟甸甸没有料到，走过场的开会培训、为学校的利益拉生源、为上岗评职称发表论文、为应付上级检查写教案……这些与教书育人风马牛不相及、在她眼里纯粹是垃圾形式的东西，差不多耗尽她工作和生活的全部时间；更糟糕的是家长一个告状电话或学生的一个叛逆，不管三七二十一都拿老师开涮。钟甸甸已经大龄二十八，几次的求职经历把她搞得人老珠黄，正感叹着地球之大竟没有她的容身之地时，她遇见了宫满惠。宫满惠一眼就看上她了，拉住她的手说："小妞我们一起干吧。能挣多少钱我不知道，可我保证你连流汗都会有快感！"钟甸甸也喜欢上眼前这个白白胖胖的肥女，这是一个连自己身上泛滥的皮肉也会得到褒奖的女人。钟甸甸犹豫的时间没有超过三十秒，连职也不辞，就决定跟宫满惠走。

就这样他们成立了"香城满惠婚介服务有限公司"。他们嘻嘻哈哈地搞公司，计划或许是严密的，却不去当真。所谓的婚介，就是把天下男女凑合成孽债鸳鸯，简直就是帮倒忙瞎帮忙。可他们觉得好玩。一想到是三个男女光棍在搞婚介，他们就觉得乐在其中了。

4

老烧和丫子去对付那个捡破烂婆，留钟甸甸坐镇公司，想个主意打发那个有为青年，主意越歪越好。钟甸甸窝在老板椅上打呵欠。她感到很奇怪，21 世纪了，居然还有对婚姻满腔热忱的。钟甸甸撇一下嘴，往郦栖儿的办公室打电话。

"喂，大家闺秀，你在干吗？""打游戏呀。""什么游戏能粘住你？""用姿色毒死你""不会是你臆想的吧？"

郦栖儿说："姿色的总量像台风一样是十二级，毒也是十二级。男的是守财奴，女的小鸟依人，是个童养媳。守财奴百般毒打、折磨童养媳，可有一天守财奴发现童养媳长大了，漂亮的童养媳让守财奴的心动了一下，这时候童养媳就会幻化成一支无形的排毒注射器，把毒转移到守财奴的身上。总之是童养媳使尽花招，引诱守财奴跟她拉手、拥抱、接吻直至结婚做爱，十二级的毒就会使守财奴烧成焦炭。花招越巧，过程越短，你的得分就会越高。”

“这游戏在哪个网，我一听就流口水了！居然有这种迷人的游戏！”钟甸甸哈哈大笑，声音发颤说，“栖儿，我与人合股开婚介公司了，你帮我去毒一次男人好不好？”“你的业务关我屁事？免谈。”“干吗说得这么绝对！我安排男人让你钓，你放手花他的钱收他的礼，让对方看一眼漂亮女生就可以了，用不着你真的跟对方交朋友，完了公司这边还有你的回扣，多好玩儿的事！”郦栖儿说：“我最近身体不爽，看来是长了毒素了，对方若是钻石王老五，我倒不妨毒他一次！”

如此斗嘴逗乐，要她们执行的似乎只是一个玩笑。

5

过了状元桥，宫满惠对背着垃圾包的捡破烂婆说：“男方来了，记住你要装着背不动包，然后请他帮忙。”说完宫满惠赶快避开。

后面不远，叶幸福对叶崇说：“爷爷，看见了吗，前面背包的，是我一个朋友的奶奶，朋友出远门了，留下一个孤寡婆子多可怜呐，您过去帮帮她吧。”

长得瘦不拉唧的叶崇是捡破烂婆的理想人选。擅长在既脏又臭的垃圾堆里翻出金元宝的捡破烂婆，花了心疼的钱，便极尽盘问、蛮缠、跟踪为能事。这个叶崇，有房，有退休金，人口简单（家里只有父子俩光棍和一个浪荡孙子），都是不顶事的。要紧处是他胆小如鼠而身体健康，这对她捡破烂的事业可谓大有裨益。

可怜的叶崇被看上了。捡破烂婆满心欢喜地给坑尾寮八里沟巷的叶家装了电话（此前叶家的电话因欠费被停机卸线），添置了洗衣机、电磁炉等件（当然都是二手货）；专业喝了近十年酒的叶建国刚好积蓄告罄，便由她去批发店预订供货三个月。然后强势敦促叶崇和她一起去民政部门打了结婚证，只几天时间，十多个用于垃圾分类的竹筐便先后摆进叶家的前厅。

这个连自己的名字都不太记得的捡破烂婆，简直不敢相信自己能一口气把这些“大事”办妥搞定。成就感让她信心倍增。透过现状看本质，她觉得入主坑尾寮八里沟巷的叶家已经不成问题了。

这个出生于20世纪40年代末的捡破烂婆，面相和双手显老，隐藏着的鲜活身体被低劣的衣事所掩盖。她嫁过几个男人，最后都离婚了。在她心目中，凡物均有所值，一经收集便都爱不释手，有了这个无限上心的嗜好，家中很快便堆满了形形色色的破烂，多少要点体面或根底里喜新厌旧的男人，哪个受得了？乡里乡亲的，人家刚擦完鼻涕丢在地上的纸团，她当即捡起来当宝贝一样揣进兜里收藏了；人家丧葬后清理掉的物件，她也像饿狗见了骨头，众目睽睽之下便往家里搬。不管何时何地，不管来历，不顾世人的目光，她一门心思只想将所见据为己有。试想想看，身边睡一个让男人做不完噩梦的女人，哪个受得了？男人们虚假的“洁身自好”让她伤透了心，咬咬牙背井离乡从襄摇镇来到香城。在人生地不熟的香城，她如鱼得水，把爱好变成谋生手段。她入住低租旧房，锲而不舍地把他人的废弃物往旧房搬，垃圾的囤聚越来越多，她不舍日夜细心分类勤勉整理也难免爆满，只好不断更新，把溢出的部分卖给废品站。城区的优化和往外扩张，使她租住的地方不断被拆除，每次搬迁都意味着要抛售她的心爱之物。二十年来，香城人口翻番，城区扩了几倍，她的业务量越来越大，同时也越来越被挤离市中心。没有固定的落脚点成了她最大的心痛。说来也怪，她在香城这么多年竟没有一个真正的相识。拜托无门的捡破烂婆，目光终于瞄上婚介公司，花了钱搭上线，果然一击即中。除了最低水平的日常用度，她第一次这样痛恨交加地大把花钱，目的就是要拿下坑尾寮八里沟巷的叶家。可怜叹的，香城只剩下坑尾寮这块地还没有被开发。

拼接完线头回公司，宫满惠问钟甸甸：“钟儿，你这头怎样？”钟甸甸说：“男方是‘七叶花食品有限公司’董事长邱栋，我让郦栖儿去摆平他。”宫满惠说：“太好了，我们等着看精彩就行了。”

宫满惠说："福仔，也不知道捡破烂婆是如何让你爷爷就范的。"叶幸福说："我爷爷要推脱，我爸爸就给捡破烂婆支着说：'老家伙敢不娶你，你就声称要到政府部门告他坑蒙拐骗。'只要我爸爸同意，我那一辈子都没有拿过主意的爷爷，不逆来顺受怕也难了。"

隔几天捡破烂婆到婚介公司交齐中介费。

钟甸甸说："老婆婆你厉害啊，你连人都搬叶家住去了。"

捡破烂婆没有否认。

"既是有结果的。"钟甸甸说，"你得交另一半中介费了；虽然你俩没有打结婚证，但已形成结婚事实，结婚费用按最低三万元计算，提取三点是九百元。合计一千一百元。"

捡破烂婆说："这家人我不满意。老的是乞丐出身，后来成了扫街道的。当儿子的先前干过厂长，眼下是百分百酒鬼了。加上中看不中用的浪荡孙子，上下一个破烂家庭，是日子没得过的那一种。"

宫满惠说："那你说说看，交多少你才算满意？"

捡破烂婆拿钱的手抖着心疼说："五百。"

6

郦栖儿和"七叶花食品有限公司"董事长邱栋约在人民广场见面，邱栋打电话让商店送来一双旅游鞋，然后驾车奔赴百公里外的寻梦谷。郦栖儿，80后女孩，矜持时是纤纤淑女，若要淘气无类，干什么不出彩？周日之行，郦栖儿决定撒丫子疯它一把。这一天她盘了个流云髻，歪戴白色簪花小圆帽，穿绛紫色轻纱露背长裙，唇红涂到要滴血，婀娜身材高跟鞋，混淆了流俗与高雅，放浪着青春的无可比拟，妖冶佳人一身腻滑白嫩的皮肉，在涌动之间无疑想要勾销男人的魂魄。

邱栋一见之下内心惊悸，咬紧牙关告诫自己：此姝当女友是上乘人选，当老婆却万万不可。阿弥陀佛，切记切记！接着再加注释：何谓万人迷，此番见到的便是了。万人迷就是谁见谁爱，却要记住别去当真才好！

久经沙场的邱栋，稳稳驾车上了寻梦谷的“仙女浴”。郦栖儿换了旅游鞋，下车进入深谷密林。但见“仙女浴”顶上的蓝天，云淡风轻何其高远。眼前泉涧脉流，碧潭微波，飞瀑击崖，吸纳在葱郁绿意间的日光，以及蒸腾其中的雾息，一切一切，情景如梦如幻，俨然一派化外洞天。邱栋举着数码相机不停抓拍，在啧啧的惊叹声中，三步一个情景交融，五步一个倩影入画，把女妖郦栖儿尽收镜头之中。彼此忘情投入，早已将此行的目的抛置脑后。

出“仙女浴”，过一道仿真藤桥。经受不住摇晃中的惊吓，郦栖儿只好闭上眼睛，一手抓着护绳，一手搂着邱栋的腰，蜗牛般缓慢挪移。不足两丈的藤桥，让这对旷男怨女走了半个钟头。邱栋笑道：“自此始我的后背就价值连城了。”郦栖儿不解：“你这话是怎么说的？”邱栋说：“我的后背沾了美女的芳泽，化废为宝了。”郦栖儿说：“那你把我娶回家，不就渡成金身了？”邱栋说：“女孩嫁了男人，要么身价大跌，要么成了庸脂俗粉，不可同日而语。”郦栖儿说：“你是贾宝玉的第几代孙？”邱栋说：“我是实话实说。”

说话间来到“擎天哨”。木制“擎天哨”楼高 15 丈，游客系保险绳往上攀登，顶上是一张桌子和两个悬空座位，需要的物品可以转动轮轴吊上来。郦栖儿说：“高空对饮，一对狗男女的失心疯情调。”邱栋说：“风这么强劲，赤日当头却不觉得热，要是喝醉酒下不去了，半天时间就被风干成木乃伊了。”郦栖儿说：“开发这种景区，明目张胆想掏的就是游客的口袋。”邱栋说：“开发旅游的商家，为的是诱导消费，并不在乎你要什么真理。”郦栖儿说：“看似浪漫在这儿高坐阔谈，实际是摆荡得厉害，半点不敢掉以轻心——商家有离经叛道的想象，却体会不到半点的体贴情怀。”邱栋说：“据说有对青葱男女，攀登前做了充分准备，以为可以在上头干点出格的事，不想两个都有恐高症，攀登时自尊心作怪咬牙硬挺，往下一望早已魂飞魄散浑身瘫软，自是上得来下不去了，只好打了求助电话，这可乐坏了前来救援的小青皮。”郦栖儿给了姓邱的一个白眼说：“真想不出救人有什么可乐的。”邱栋说：“没想到那个女生除了一件宽松连衣裙，内里居然通体滑溜，让救援小青皮惊叹为百年不遇。”郦栖儿说：“你这种人，真该失足坠崖摔个血肉横飞。”

两男女在“擎天哨”上搞才情，撑大胆卖文弄墨。

下了“擎天哨”，两男女略过几处没有创意的玩点，直接来到“秋千渡”。“秋千渡”是挨得挺近的两道绝壁，游客荡绳索过崖。“我怕没有胆量荡过去。”尽管两崖之间只有四五米，但底下是绝壁深涧，郦栖儿见了不免双腿打战。邱栋说：“你身上系着保险扣，只要双手抓牢绳索，荡不过去最多荡回来。”郦栖儿说：“万一我控制不了自己松开双手呢？”“那也最多被吊着荡来荡去。”邱栋说，“我小时候看过一个叫《杜鹃山》的电影，漂亮的女主人公柯湘束腰皮带八角帽，多好一身的飒爽英姿，气壮山河地抓了藤条就荡过比眼前距离大好几倍的悬崖。当时小小的我就着魔般迷上她了。”郦栖儿说：“那么小就色眯眯地早熟，也不怕被判刑。”邱栋为她扣上保险，拍一下她的屁股说：“放心吧，助跑后要有足够的发力，荡到对岸自有专人接应你。”郦栖儿助跑的姿势软塌塌的，加上发力不够，荡出去后便掉转头荡了回来，被邱栋一把抱住：“这可是你自己投怀送抱，怪不得我的。”“你少来这一套。”郦栖儿于是发恨说，“你要用力推着我跑！”

终于荡过去的郦栖儿回头一看，只见邱栋轻轻一登，早已飞到她跟前来。郦栖儿看明白了，这是个居心险恶、工于算计的男人。

7

郦栖儿给满惠婚介的众人讲述了她这个周末的浪漫经历。

说完她在钟甸甸面前摊开手掌说：“任务完成了，给报酬吧。”钟甸甸给她两张大币说：“尝到甜头了，有没有兴趣继续玩下去？”郦栖儿神秘笑笑，说：“真是的，谁跟谁呀！”

8

几天后邱栋找中介来了：“怎么回事，刚认识就掐线，是不是挣钱烫手了？”

给郦栖儿打电话，果然“对方已停机”。钟甸甸对邱栋说：“郦栖儿想嫁人了，但对象不是你。”邱栋说：“我不管，我只想见到她。”钟甸甸说：

“你自己没有勾住她，责任不在婚介方。”

邱栋悻悻走了，放言婚介若不作为，就肯定有好看！

但是，这个好色男人居然这么执着。

可郦栖儿偏要玩消失。所以过后的这一次，在“七叶花食品有限公司”董事长室出现的，并非郦栖儿，而是钟甸甸。邱栋那拉长的脸十分难看。钟甸甸T恤牛仔裤，是一种放任青春而后有点发胖的情调。进了董事长室，懒散地坐在沙发上，打着哈欠说：“邱董果然是做大企业的。”邱栋说：“昨晚你搓麻将了。”钟甸甸说：“不单是困，需要心理转换的时候也会打哈欠。”说话间有几个职员先后进董事长室找邱栋签文件。钟甸甸说：“邱董，该打发我走了吧？”邱栋说：“你是婚介公司几次接我电话的那个女孩。”

这下钟甸甸知道自己轻易脱不了身了。

邱栋说：“我不追究你冒充，但你必须告诉我郦栖儿的详情。”

钟甸甸说：“郦栖儿，24岁研究生毕业于上海交大。她不怎么看好钱，因为父母分别是银行和上市公司的高管，她有房有车还是个白领。郦栖儿对婚姻不怎么抱希望，因为香城所有男人她都看不上眼。——她跟你疯，只不过想拿你开一回心。”

“我听出你们的别有用心了。”邱栋说，“我要告‘满惠婚介’恶意伤害！”

“扯得上吗？”

“明知不可能，却要介绍我和郦栖儿认识，——显然这也是一种欺诈！”

“可我方律师会认为这是用心良苦。”钟甸甸说，“‘满惠婚介’对大龄青年推行一种‘比较折中法’：先让你见上最好的、高不可攀的，接着来个差的、被你所嫌恶的，最后出现个中的，你就会欣然接受。”

“原来是‘满惠婚介’在给我下套子！”邱栋气得不行地说，“除非安排我和郦栖儿再见一面，否则的话我誓不罢休！”

钟甸甸说的时候张开双臂挂在沙发的靠背上，跷起二郎腿控着：“再交一次中介费，请我吃一顿大餐，想见郦栖儿我可以安排。”

钟甸甸的姿态让邱栋气得七窍生烟。

9

留福仔坐镇公司，宫满惠朝坑尾寮八里沟巷走去。

宫满惠推开虚掩的门进去，只见厅堂到处堆满了筐和蛇皮袋。屋里弥漫着让人五内翻滚的一种混合型气味。叶建国改坐皮椅，脚搁在老板桌上，歪睡过去了。桌上摆的六瓶啤酒，已喝光四瓶。他身后的墙上，贴着“废品再利用环保公司”几个字。

见有声响，叶建国撑了撑眼皮说：“是什么风把宫董吹来的？”

“捡破烂注册公司，真够抢风头的。”宫满惠笑了。

“试运营阶段，还没有正式注册。”

宫满惠说：“你家老头子呢？”

“老头子已被那个女人玩于股掌之上，每天早出晚归掏破烂，没有完成定额不给饭吃。”

“你一箱啤酒减半为 6 瓶，怎么回事？”

“没有办法，叶家破产了，我认输了，经济才是老大。”

“福仔说他回家已经没有插足之地，我还以为他说着玩的。”

“我受不了这屋里的气味，又无路可去。”叶建国面目惨淡地说，“宫董若有合适的对象也给我介绍一个——还要减免费用，我已经付不起这笔钱了。”

10

这是一种无处不在的、让人置身其中便食欲全无的气味。

捡破烂婆进了叶家的门，同时也把那种气味带来了，并且一天比一天浓。起初无所适从的叶虫，很快就像回到阔别多年的故乡一样，成了捡破烂婆的摇尾巴狗和跟屁虫。叶建国记起来了，小时候他也常常似有似无地闻过此种气味——闻到的时候，他充满杀气的目光往四底下搜寻，当时那个叶虫总是贴着墙根畏惧万分地避开。

坑尾寮八里沟巷的叶家，成了捡破烂婆和老乞丐的天下。

捡破烂婆捡回一副半旧的老板桌椅，摆在厅堂正中。她称叶建国为老叶，说:“我们来成立一家捡破烂公司。老叶你坐老板椅吧，每月发你600元工资。”叶建国觉得不错，说:“行，我们先把牌子挂出来，就叫‘废品再利用环保公司’。”这个只过读过初小的女人也不含糊，几个小时后便把“牌子”带回来了，贴在他身后的墙壁上。用的料是扎花圈那种黄纸，面目和厅堂上那些筐和包十分协调。

至少叶建国被酒精麻木的神经还懂点盘算，每月600元加上每天一箱啤酒，虽非经理待遇，但已经过得去了。不料隔天捡破烂婆便把他的酒减半为6瓶。

也不知道这日子怎么过。叶建国再次为弥漫在家中的气味拼命干呕，赶紧咬开瓶盖往嘴里倒了一大口啤酒。郁闷不堪的叶建国看见捡破烂婆和老乞丐的生活正在紧锣密鼓地进行，每天都起早贪黑，就像蚂蚁一样大包小包大件小件往家里搬。入夜回到家中，两个人便烧了温水，站在天井中用瓢相互淋洗对方。坐着懒得动弹的叶建国，游离的目光无异于幽灵，老乞丐和捡破烂婆的双手与那张脸隐失在昏暗之中，只剩下穿背心女人白白的一段皮肉及淋水声。捡破烂婆把脏衣服丢进滚雷一样的破洗衣机，两个人就上床去了。

大概个把钟头后，两个人又分别去上卫生间。

多年前叶建国与艾欢莲的情形也是如此。

叶建国从昏暗中走出门去。许多年了，除了万不得已，他已经不怎么出这道门了。

11

钟甸甸再次出现在邱栋面前。邱栋说:“为什么是你?”钟甸甸说:“郦栖儿‘欧洲七国游’去了，行程是半个月。”邱栋说:“那你来是什么意思?”

“我来看看你的思念是什么颜色。”

钟甸甸其实是个有意思的女孩。她的慵懒与她的心情一致，她的捣蛋精灵就躲在她的见怪不怪里面。她的长相也挺好，但她不修边幅，她与生俱来的意愿就是要活得漫不经心。她显得既独立又放荡不羁。这种女孩，有多少男人不明就里，只好望而却步。

但是她出现在郦栖儿之后。

邱栋说：“我没有思念，颜色是臭的。”

钟甸甸说：“你捧着一束花想见一个姑娘，等了很长时间，等得心都焦了，颜色也臭了，但是没有办法，她不属于你。”

此刻他俩约见的地点是“白荷塘”。夏荷白蕊，绿叶田田。曲折廊亭里坐着的男女，与其景致并不相称。

邱栋说：“我不相信你和郦栖儿是亲密朋友。”

“你的意思是，亲密朋友需要某种标签？”

“你太随意了，”邱栋说，“相反，郦栖儿的装扮会让人摸不着北。”

“还有吗？”

“郦栖儿吹气如兰，她很是健康。”

“郦栖儿了无挂碍的，是因为她从根本上看不起你们男的。”

两人离开“白荷塘”，漫步长廊向乱石滩的自助烧烤走去。

12

两个月后，因为交不起各种费用和办公单元的租金，满惠婚介散伙了。

散伙之前，宫满惠为叶建国介绍了一个女的。两个人已经有了来往。

然后有三对男女领了结婚证。某天郦栖儿又去打那个毒杀男人的游戏，几乎就像飞蛾扑入映着灯光的水中，没有任何反应自己就一头栽死了。

叶虫和捡破烂婆，宫满惠和叶幸福，钟甸甸和邱栋。——岂有此理，分明是在玩小猫小狗游戏，这怎么可能？！

屿园 80

1

接到报案，丛绪率刑侦小队几个人直奔屿园花苑 8 栋 803 室。是一个圆圆胖胖的眼镜姑娘报的案。她打开门，站在门外等公安到来。这是建筑面积仅 80 平方米的单元房，简单装修。卧室的席梦思床上并没有铺放被褥。因为摆设很少，收入丛绪视野的只有单人沙发、茶几，和靠墙开三道门又分别上锁的大衣橱。

衣橱上贴一张彩笔画。画显然不是出自一人之手。单纯的画面更像一幅少儿作品，绿野、小土房，屋顶飘几朵白云和光芒四射的艳阳，门前长一棵柳树。落款是用三种颜色套写的几个字：屿园 80。

俯卧地板的是一个小伙子。毫无疑问，他已断气多时。

“他是你什么人？”

“他不是我什么人。”圆胖姑娘说。

“你认识他？”

圆胖姑娘点了点头又摇了摇头。

“你叫什么名字？”

“漆星。”

“屿园 80 是什么意思？”

“是我们给这房子取的名字。”

“为什么取这个名字而不是别的？”

“因为小区叫屿园花苑，我们仨都是 80 后。”

“这幅画是你画的吗？”

“我是其中一个。”

“另外是谁？”

“苗秀和鲁想。”

“你必须到公安局去协助破案——这是每个公民的义务。你明白吗？”

圆胖姑娘拿捏着嘴唇不置与否，等抬了尸体，她倒也不犹豫便上了警车。

到了分局，法医摆弄尸体去了。接到通知，苗秀和鲁想也很快到场。丛绪利用几分钟给小队开了个通气会，布置了各人的任务，为了破案不受干扰，交代对这起案件暂时保密，这才分别开始给屿园 80 的三个姑娘做过堂笔录。

“姓名、出生时间？”

——“鲁想。生于 1986 年 8 月 23 日。”

“婚姻状况？”

——“未婚。”

“你干的是什么工作？”

——“‘湘湘食品厂’市区送货员。”

“谈谈你的父母。”

——“我爸爸鲁金财，妈妈覃阿粉，原先是香城罐头厂工人，后来厂倒闭了，在铜鼓里开了一家卤面店养家糊口。”

“你认识程观？”

——“谈不上认识。两个月前公司派我给‘惠都超市’送货，签收的就是这个程观。几天后我和苗秀、漆星在‘洋伙头’吃牛排又碰巧遇见他。他吃得快，赶前面把我们的单也买了。所谓和他认识，仅此而已。”

“请说说屿园 80 是怎么回事。”

开发商在城北征地皮建了五六栋商品房，圈出一个叫“屿园花苑”住宅小区。三个 80 后姑娘合资购买了 8 栋 803 室一套 80 平方米的小单元。这小单元就是三个姑娘心目中所谓的屿园 80。

屿园 80 共有人分别叫苗秀、鲁想和漆星三个姑娘。三天后丛绪基本上搞清这样一些事实：苗秀系香城高干子女，鲁想出身小商贩家庭，圆圆胖胖的眼镜姑娘漆星来自香城蒲头溪一个叫坳门沟的乡下。苗秀和鲁想都是独生女，在市区均有父母宽敞的住宅。漆星在坳门沟的父母、哥哥勤力耕作，家底殷实，入城打工的漆星是个随遇而安的姑娘。三个姑娘，在内心都渴望能拥有真正意义上属于自己的一套房子。既要房子又不想惊动父母和亲朋的姑娘，无法独力承担其巨额费用，于是她们选择了合资方式。

在印制成名片状、外加塑封的《屿园80协议》中，丛绪看到这样一个条款：每月上中下旬，屿园的居住权分属苗秀、漆星、鲁想，按序逐月排列，不得争占。若有变动，当与该时段主人正式协商调换方可。

“程观是一个入侵者，他的死和我们毫不相干。”在问及和死者程观的关系时，她们各自犹豫了一下，后又表示认识这个人。

“程观得寸进尺，是个死皮赖脸的人。”圆胖姑娘漆星说。

进一步审讯时，丛绪和这三个姑娘竟像是在开一个小型座谈会。

2

从男方有了外遇引发矛盾而离异到闪电再婚，已和丛绪一样身高的十五岁儿子丛阳，其生存姿态竟发生一百八十度逆转。从品学兼优到街头混混，儿子用的时间只有半个月多一点。父母重新建立的双方家庭立即成了重灾区。温良不见了，铁青狰狞着一张小脸的儿子六亲不认，专门结交父母离异的弃学恶少，烫银灰色刺猬头，放任自己吸烟和酗酒。家中的每一分钱都被翻箱倒柜的儿子洗劫一空。可以想见的是，为了“活动经费”的儿子，不几天便开始变卖家当。大模大样带同样乳臭未干的女友回家，在父母眼皮底下肆无忌惮干成年人的勾当。冷不丁骑走父母的摩托车，拉同伴撒野狂飙，吓得街面上躲闪不及的车辆人流乱成一团。为免于祸患，当父母的只好将摩托车低价抛售。“我父亲是香城公安分局刑侦支队小队长丛绪；我母亲是香城二中教师骆小玉。”这句话成了每次肇事被拘时儿子的开场白。由于不堪忍受，前妻刚建立的新家再次解体。丛绪对新婚妻子甚为歉疚，觉得她不应该得到家庭如此动乱的波及。刚开始时，面对翻脸无情的儿子，丛绪几欲崩溃，多次接近被逼上自杀的门槛。

接连两个夜晚，丛绪都借口办案躲进屿园80。他撇开自己先前对线索的执着，不开灯，坐在黑暗中，不停地吸烟和梳理心事。屿园80三个姑娘，和丛阳一样，属于下一代人。但他们却有着重大区别。男女的区别，时间的区别——十年无疑已是另一个时代。社会变化太快了，几乎没有一个人真正做好应变的准备。丛绪觉得自己很无奈。

半年前的国庆节那天，丛绪接到一个从重庆打来的长途电话。对方是丛绪的高中同学，要丛绪帮对方一个忙。丛绪帮了那个同学的忙，就把自己的家庭给帮解体了。当然把他卷进去的，不只是这个覃娟姑娘庸俗不堪的失恋故事，而是这个年近30的老姑娘天生拥有的穿透力一次性摧毁了他的底线。覃娟的男友从前是一个连队，然后是一个排，一个班，最后是时断时续的零星个人。当她意识到年龄问题必须将就时，那个曾死缠烂打的男方反过来把她给炒鱿鱼了。失恋的覃娟成了问题姑娘，远在重庆的哥哥希望丛绪能帮忙小妹从失恋泥淖中解脱出来。当天下午两人相约在"神农咖啡"见面。在覃娟露面的一刹那，丛绪就发现自己彻头彻尾完蛋了。在覃娟身上，冲击丛绪的是关于曼妙女性那种无以复加的全部内涵。覃娟或许是不健康的、是偏差的，但在丛绪心目中，她却成就了作为一个女人形体上的最佳建构。那种感觉无法用语言表达，其体形情态勾走了男人的魂魄，看了覃娟一眼，整个身心被麻倒的丛绪便做出一个石破天惊的决定，那就是非占有她不可。落座后覃娟说："丛绪，希望我叫你大哥吗？"丛绪说："不希望，我希望自己在心理年龄上和你一个样。"覃娟说："我大哥评价你说，当年你在班上最牛逼，可你今天40了才混个股级小队长，我大哥认为你可能在什么地方出了问题。"丛绪说："你大哥抬举我了，我岂止在什么地方出问题，而是从上到下都出了问题。"覃娟说："可我见到你，才知道我大哥自以为是了。""这是怎么说的？"丛绪笑笑。覃娟说："我大哥当上处长后，就喜欢拿级别衡量别人。全家人只有我意识到他的病态。"丛绪说："你大哥说你失恋了，并深陷其中难以自拔，可依我看你一点都不像。"覃娟说："我有足够的理性说服自己，可我觉得自己这一次就像是慢性中毒，不知不觉的那一种，把我折腾得够呛。”

在丛绪近二十年的刑侦生涯中，有一种越陷越深的罪犯，跟吸毒一样，也就是不知不觉的那一种。丛绪说：“我佩服你大哥了，相信你大哥只是和你通了电话，便了解到你目前的处境。身边的人反而觉得你没什么事。”覃娟说：“凭丛哥你这个推断，当公安局长也没问题吧？”丛绪不以为然说：“看来你大哥多虑了。其实谈恋爱谈不死人的。当然想把自己谈死了除外。”

覃娟说：“丛哥的弦外之音是，你完成任务了？”丛绪说：“覃娟，说实话跟你见一面后，我倒觉得自己出问题了。”覃娟说：“请原谅我把问题转嫁到你身上。要是觉得你的问题没有找到解决的出路，随时请我喝茶喝咖啡吃饭都可以。”丛绪说：“能理解成你也需要和我聊聊吗？”覃娟说：“好吧。这些天来我苦思冥想的结果，就是不管什么时候都必须给男人一点面子。看来你也不例外。”

3

征得程观母亲的同意，法医解剖了程观的尸体，结论是心肌梗塞猝死。奇怪的是这个当母亲的并没有感到意外，或无理取闹。原来她的公公、丈夫都死在儿子这个年龄上。所不同的是她儿子此刻还没有结婚。这个含辛茹苦的寡妇原本指望依靠儿子过完余生，无奈家族的诅咒还是没能让儿子逃过这一劫。这个看破命运的女人没有隐藏夫家的可怕遗传，并因此讹上一把。案件也就在无声无息中结了。由丛绪作东，邀三个姑娘和这个中年失子的女人一起吃了一顿饭。饭后丛绪把思绪理了一遍，对程观的母亲说：

“程观对漆星肯定有追求的意思，他总是有意无意出现在漆星面前。那天傍晚程观原本打算去大排档吃套餐，在路上偶遇漆星，于是邀请漆星和他结伴去吃西餐。吃了西餐又去酒吧喝酒跳舞。散场时夜深露重，程观送漆星回住处。到了屿园 80，程观赖着不走，漆星没有开锁取出衣橱中的被褥便生气离开。漆星本以为留在屿园 80 的程观也会随之走人，没想到他竟心脏病发作。次日凌晨漆星回屿园 80 一看，没有随后离开的程观居然僵死在属于她们的房子里。”

程观的母亲说，她总是在为一个日子担惊受怕，谁料这个日子快得像掉一块铁，一下就把她的心给砸碎了。

大概这三个姑娘都没想到亲人之间的联系会如此紧密与神秘，更没想到这种紧密与神秘再怎么样也摆脱不了。

4

儿子丛阳被那个叫小泥猴的姑娘昵称为羊羊。显得娇弱的小泥猴浑身上下是脏兮兮的灰衣服，有限暴露在外的皮肤却如羔羊般白净细腻。羊羊带小泥猴回家，如入无人之境。没有任何约束，可以随时唱歌跳舞，可以肆无忌惮挑逗拥吻，可以赤条条一起进浴室洗鸳鸯浴。在他俩眼中，丛绪似乎只是无识的一座泥雕，一个木头人。

焦头烂额的岂止丛绪。骆小玉给他打电话说：“丛绪，我的住处被抢劫了，你说我要不要报警？”

“你的事你自己决定。”丛绪面无表情说。

“关键是报警了，到时候又要你去保释嫌疑犯，你怎么办？”

“我不想管了，你报警吧。”

有人通过礼品公司给丛绪送来一个密封的小盒子，盒子里放着几把可以打开“悦然小区”18 栋 506 室的钥匙。送达时丛绪的手机也响起了铃声，覃娟说：“丛哥我又出问题了，我在想要不要让我大哥再给你打个电话，请你过来帮帮我？”“不用，我十分钟后就到你身边。”满脑子都是覃娟倩影的丛绪说。

“悦然小区”18 栋 506 室是覃娟名下的一处单元房。

“你这是什么意思？”来到“悦然小区”18 栋 506 室的丛绪用他收到的三把钥匙打开了楼梯口的门和 506 室的两道门，然后在卧室里见到躺在床上的覃娟。覃娟说：“不好意思，我病了。”丛绪说：“但愿你不是通过诈病来骗取同情心。”

当警官的丛绪企图以不近人情的刻薄控制住自己。

但覃娟不买账：“我以前就是这样考核男人的，结果没有一个合格。”

“不会吧，那你失恋是怎么回事？”

“是一个例外。”覃娟说，“那个坏蛋勉强通过考核，但他害怕了。害怕接下来的恋爱和婚姻会使他死无葬身之地。”

“请问此刻我脚下埋地雷了吗？”

“放心好了，只有踩下去脚感不错的软地毯。”

“你舒舒服服躺着，我却要站着。是故意想让我难堪吗？”

“你可以坐到床头来。我这样躺着和你说话，就能营造一种被眷顾的感觉。”

从绪在床头坐下。覃娟说：“从哥你第一眼见到我就想占有我了。可你今天的心态很矛盾，你想到贤妻良母骆小玉，想到就快十五岁的儿子从阳。”

从绪被戳穿了心事，但他的心堵一下就感到自己放开了，然后不争气地哭了起来。这是一个男人拿自己没有办法时，干 脆放弃坚守流的泪。

“从哥你哭什么哭，我又没惹你。”覃娟见这个仪仗队员般强壮的男人居然可以哭成那样，赶快缩头往被窝里躲。

“我没有怪你，我只是觉得自己很丢脸。”从绪不明白一个大男人为何会在覃娟面前如此失态。可以说绝大多数男人都想在美女面前扮演硬汉，但这一天的从绪在覃娟面前却感到自己的服软和无能为力。

5

以执行公务为由，从绪开始频繁夜不归宿。

骆小玉对丈夫的异常有所觉察。她对同事兼好友的孟天椒诉说了自己的担忧。孟天椒自告奋勇充当了私家侦探。跟踪几次后，他便和骆小玉一起堵住“悦然小区”18 栋 506 室的门，捉了丈夫和覃娟的现行。

气急败坏的骆小玉以为丈夫在外购房养小三。在没有弄清楚一切的情况下，便和从绪协议离婚。住房归从绪，90 万存款归骆小玉。企图挽救父母婚姻的儿子丛阳不想从属哪一方，他相信父母曾经对他的无限疼爱，可以通过他的撮合使双方重归于好。但十五岁的儿子丛阳没有想到，分手的父母闪电再婚，再婚的对象他均无法接受。在丛阳看来，父母的高度自私因此暴露无遗。父母的形象和地位在丛阳心目中瞬间分崩离析，父母成了必须无情打击的对立面。

骆小玉再婚的对象就是那个孟天椒。在此之前，只要私下有机会，孟天椒总以玩笑的口吻说骆小玉是他的红颜知己，是他平生最为倾慕、最愿意为她赴汤蹈火的异性。骆小玉离异的第二天，孟天椒说只要骆小玉愿意，他也可以为她选择离婚。这句话使骆小玉多少挽回一口气，虽非等量齐观，却也因此收割一回男人为自己抛家弃子的壮烈。本来再婚双方都是没有回头路的，若不是极端敌对的儿子从中横插一杠的话，骆小玉和孟天椒也许可以携手走完后半生。骆小玉和丛绪没想到，儿子丛阳居然和那个外号叫小泥猴的女孩形成统一战线。更没想到的是，小泥猴居然是孟天椒和前妻的女儿孟漪嫣。

谁曾想一个乳臭未干的小屁孩能将三个成年男女搞得惨不堪言？

“覃娟，我恨你！”丛绪向覃娟陈述了自己举步维难的困境，咬牙切齿地说。

“我告诉你，你恨我的理由并不充分。”覃娟说，“首先，是你这个有妇之夫经不住诱惑，色胆包天登堂入室把我这么一个黄花闺女给糟蹋了。尽管如此我也没有提出要你离婚然后和我结婚。其次，虽然我和你结婚了，可我并没有花你一分钱，要你的房子和汽车。相反是你占了我的便宜。——想想看，你现在拥有一个年轻貌美的妻子，没有任何经济负担，还有居住两套房子的权利和来去自由。”

丛绪不得不承认：“比较起来我的确是背叛婚姻的最大受益者。”

覃娟说：“我知道你接着想说骆小玉的日子过得惨不忍睹。”

“骆小玉的确很可怜。”丛绪说，“她从前的所有骄傲和尊严一下子被掀翻，留给她的是面目全非甚至是四面楚歌。她从前最亲近的丈夫和儿子，一下子成了她最可恶最可恨的人。”

覃娟说：“我知道你的潜台词是，要不是因为我覃娟，这一切就不会发生。”

“我没有埋怨你的意思。”丛绪说，“可事实的确如此。”

“那你想怎么样？”覃娟说，“反正我知道你就是一门心思想往我身上栽赃。”

两口子对话的时候，丛绪其实就窝在女人的怀里。丛绪说：“我没有别的办法。一方面，你是我爱的全部理想。另一方面，因为你的出现，把我的人生秩序全打乱了。”

覃娟说：“没想到我爱的是一个可怜男人，一个自己跟自己纠缠不清的男人，一个跟自己过不去的男人。老天爷，我这不是比窦娥还冤吗！”

6

案件结了，但丛绪忘了把钥匙还给那个圆胖姑娘漆星了。丛绪给漆星打电话，漆星说她不在香城，回蒲头溪坳门沟住一段时间。她让丛绪把钥匙放进屿园 80 就可以了。

这天下午三点钟，丛绪用另三把钥匙打开了屿园花苑楼梯口的门和屿园 80 的两道门。

“丛警官，知道你今天是私闯民宅吗？”

“我是根据另一个房主的吩咐来交还钥匙的。”苗秀居然还敢在刚死过人的屿园 80 午休，的确让丛绪吃惊不小。但事实是此刻的丛绪利用警官身份，闯入一个午睡未起姑娘的闺房。

“可本月上旬的居住权却是我。我才是真正意义上的房主。”

“是我疏忽了这一点。”丛绪说，“我放下钥匙就走。”

转身就要离开的丛绪听见身后的苗秀说：“丛警官你知道吗，我有一个叫覃娟的同事，最近她的脸色是既娇艳又甜蜜，看来她是嫁人嫁成功了。”

丛绪临离去的脚步一时没能迈开。

“下午三点多了，你不用上班吗？”丛绪一边退出卧室一边说。

“我请病假了。”

“要我说你根本就没病。”

“你是警官又不是医生。”

从绪有意在卧室外磨蹭时间，本以为他再次进入卧室时，苗秀就会穿戴完毕。

“我知道你心里在想什么。”苗秀说，“可屿园80是我的私宅，我没有义务按你的心思办事对不对？”

“请你把这几把钥匙转交给漆星。”从绪不免对此时此刻的情景感到发怵。不管以后会发生什么，他都必须选择尽早离开。

7

苗秀和覃娟居然同在香城医院办公室上班。

从绪骑摩托车经过铜鼓里的“阿粉卤面店”时停了下来。因为在旧城区，加上经营者是面目黯淡的老两口，使这家只有十多平方米的小吃店更见灰头垢脸。老两口过的大概就是这种日复一日的一成不变的平静日子。不过还好，老两口当真不知道女儿鲁想拥有三分之一的屿园80，并且在那里死过一个人。幸好那个案件还算不错，还没有把那三个姑娘牵扯进去，在外界不怎么知晓的情况下，便悄无声息地结了案。老两口还是老两口，日子照样是慢节奏的波澜不惊。

从绪要了一碗卤面，外加肺片、酱大肠、酸菜，竟是意外的开胃好吃，付的钱一共才三块五毛。因为餐桌上没有放盒装面巾纸，从绪下意识用手抹了抹嘴。

从离了婚，骆小玉与孟天椒结合，到婚姻再次解体，从绪就一直在犹豫要不要见骆小玉一面。经过几次变故，不管是谁都能意识到，世界提供给个体的空间实际上是狭窄得可怜。找什么地方见面好呢？从绪最后选在“阿粉卤面店”。“从绪，你是不是在幸灾乐祸？”骆小玉刚进店时明显有不适感，怀疑她在从绪心目中的分量是不是轻得只配到这种地方来。“小玉你别再刻薄了行不行？”从绪说，“其实我日子过得并不比你好多少。”骆小玉说：“按说儿子应该站在受害者妈妈这一边，谁想他同样把我看作是死对头。”“我们的时机不对，刚好撞在儿子青春期的枪口上。”从绪说，“儿子是提前进入人世间这所大学堂了。我们得一忍再忍才行。儿子的危险期应该很快就过去了。”

骆小玉说：“我到今天才知道弃妇是什么滋味。”丛绪说：“你是急于恢复甚至想超过以前，忘了应该调整一段时间，才无形中加剧了处境的不堪。”

“丛绪，你我之间的感觉一直是那样稳定而美好。”骆小玉说，“可你变得太快了，我一点思想准备都没有。”丛绪说：“要不是出现覃娟，我也相信我们可能和和美美过一辈子。”骆小玉说：“这世上漂亮女子何止覃娟一个！”丛绪说：“这可能是一种唯一的情况。一个女人身上如果拥有一个男人爱欲的全部理想，而且这个女人的生存状态又恰好能给这个男人提供可能性。”“长期以来，孟天椒对我可能也是这种感觉。”骆小玉说，“可惜在我心目中完美无缺的男人是你丛绪而不是他。现在看来，根据你的理论推断，我大概是一直都没有给孟天椒提供那一种可能性。”

“我知道这十五年来你对我投入了全身心的爱。”丛绪说，“正因为这样，我才加深了对你的伤害。”“十五年来我也得到你全身心的爱。”骆小玉说，“本来是互不相欠的。可你另有新欢，变心了，等于一下子将我拍死了。”

丛绪说：“小玉，这卤面和这些配料的味道怎样？”

“还行吧。”骆小玉说，“你那个覃娟怎样？”

“她挺好的，”丛绪说，“她独立，又能看得开。”

“可我彻底完蛋了。”

看起来骆小玉身心俱疲，绝望透顶。

“其实你和孟天椒用不着真的罢手。”丛绪说，“你要给丛阳时间，也要给自己时间。”

“我知道覃娟给的是我给不了的东西。”骆小玉说，“你现在是饱汉不知饿汉饥，我永远也不会原谅你。”

8

丛绪喝醉了，摸回的是原来的家，一接触床便沉沉睡去。儿子丛阳从他的手包里取出三把钥匙，来到“悦然小区”18 栋 506 室。

“叫你后妈、阿姨还是姐姐好？”丛阳在客厅落座。

“只要你不在我的客厅抽烟，不把你那双脏脚搁在茶几上，随你怎么叫都可以。”从卧室传出覃娟的声音。

丛阳狠狠吸了一口烟：“我今天来就是想掐死你。不管你是后妈、阿姨还是姐姐，我都奉劝你赶快把自己穿体面一点。”

“我觉得穿睡衣被掐死，样子更休闲一点。”

“要是不想白死，你现在就报警吧。我计算过了，掐死你我大概要用十分钟。派出所按时出警的话，掐死你时公安刚好能抓我的现场。”

“丛阳你知道吗，”覃娟说，“我十五岁开始拜师学瑜伽和跆拳道，真要打架连你老子丛绪都不是我的对手。”

就在这时候，可视门铃响了。

覃娟说：“丛阳你想不想让我猜猜是谁按的门铃？”

“别自作聪明以为是那个刑侦小队长发现丢了钥匙，救你的驾来了。”

“你快按键开门吧。”覃娟说，“是你那小泥猴孟漪嫣来了。”

按了开门键，客厅和卧室处于相持的静寂之中。

“羊羊，算了。”气喘吁吁的小泥猴撞开门说。

“你凭什么认为是小泥猴孟漪嫣，而不是那个刑侦小队长？”

“你爸爸要是连这点智商都没有，我会看上他吗？”

“小泥猴，我们走。”丛阳拉起小泥猴的手就想走。

“丛阳你听着，昨天你爸和你妈约会了，我还没找他算账呢！”

“别指望我会帮你砸断他的腿！”

随着砰的一声，说话的人早已甩门离去。

9

苗秀给丛绪打电话说：“鉴于你和前妻幽会的事实，你必须 18 点准时在‘桥头堡’9 号包厢请我吃一顿内山菜。”

“覃娟，晚餐在‘桥头堡’吃内山菜你去吗？”丛绪给覃娟打电话。

覃娟说：“你去吧。我上午就应了人家的请，还是铁板钉钉不让反悔的那一种。”

从绪有某种预感。这一天在“桥头堡”9 号包厢等他的果然是覃娟和苗秀。

“不关我的事，是苗秀设了个局，把我也套进来。”覃娟说。

“请吃这顿饭我是动了脑筋的。”苗秀说，“既已准时践约我就可以明说了，我想以一个实际行动祝贺你俩缔结姻缘的，没想有别的意思。”

“幸好我事先汇报，否则误会可就大了。”从绪有点自嘲。

覃娟笑道：“假话被揭穿，谎言不攻自破，还能不感到压力，看来这些年你没白混，心理素质还过得去。”

这一天菜是一道道慢腾腾上，话是东拉西扯，玄机藏于漫不经心之中。从绪庆幸自己在此前曾和覃娟聊起“屿园 80 案”。

从绪对苗秀说：“有一点我不明白，不管是社会圈，能量圈，还是交际圈，你都不可能和鲁想、漆星是同一层面的，怎么会三个人伙同买房？”

“鲁想是我的初中同学。重要的是，我在面对她俩时用不着防患之心。”苗秀说，“不像我和覃娟相处，总有几根肠子被看通透的感觉。”

“苗秀是香城少有的高知女性，必须为思考付出不能自处的代价。”覃娟说，“在一时没有出路的情况下，暂时寄身于状态相应单纯的群体肯定是最好的选择。”

“从队长看到了吧，和覃娟生活在一起会很辛苦的。”苗秀望着从绪发笑。

“眼下是阴盛阳衰时代，男的陪不起但躲得起，只有我这一根筋地撞在枪口上。”

夜里覃娟向从绪描绘了从阳明目张胆找上门寻衅的经过。

“这小子遇上对手了。”

从绪接着说：“怎么样，你有没有觉得受到伤害？”

10

骆小玉和孟天椒并没有急于复婚，他俩会偶尔碰一次头，也有可能和从阳或孟漪嫣坐在一起用餐。

从绪和覃娟永远都有一段美好的距离，日子过得很平静。倒是从绪一直觉得自己怪怪的，明明睡的是“悦然小区”18栋506室，但在睡梦中他却总感到自己置身于屿园80，吓得他惊醒时，首先要开灯确认一下睡在身畔的人到底是谁。被弄醒的覃娟也不用睁开眼睛，以无奈夹杂着讥讽的口吻说：“又在内心深处干见不得人的事了吧？”“近日总爱做莫名其妙的噩梦。”从绪叹息说。“你也不用自责了。在睡梦中艳遇，醒后不要念念不忘而付诸实践就可以了。”覃娟呼吸均匀，好像就在半睡眠状态中说的话。从绪赶快睡回被窝，感到身边就像睡一台检测内脏的医疗仪器似的。

在白天，从绪时不时就会想起屿园80，却一点都不想去打听她们的近况。

11

骆小玉好像时时刻刻活动在从绪的视野里，却也有意无意的不曾见过面。直到有一天，从绪听说孟天椒得了癌症，电疗一番接着化疗一番，本想去看望一下病人，又跨省追逃去了，回香城时年底了，等忙完已是新年二月中旬，正寻思好像有什么任务还等着他去完成，却在料峭春寒的街上走路时，无意中撞见骆小玉搀着孟天椒在做漫步晨练。头戴线帽的孟天椒，一脸的老相寡绿，见到从绪本想咧嘴笑笑，骆小玉抢先开口说：“前天到医院复查，医生认为天椒恢复得挺好。”。

从绪呆呆站在那里，望着骆小玉搀孟天椒一步步远去。他突然觉得，骆小玉搀的不应该是被治疗成秃子的孟天椒，应该是自己才对。夜里他窝在覃娟的怀里，想想泪就止不住流了。覃娟感到黏糊糊的，把他从怀里翻出来一看，说：“一大把年纪的人，谁又惹你哭鼻子了？”

从绪只好说：“我做梦了，梦见我妈了。”

“从绪你知道吗，其实我爱的就是你这些七七八八说不清道不明的情怀。”覃娟说，“不就多我十几岁吗，心目中咋就有那么多隔代的东西呢？”

“大概是，每一个人都要为自己的出生和来历付出代价吧。”从绪赶快让自己进入半睡眠状态，给覃娟一个模棱两可的交代。

从绪知道自己其实是没有办法给任何一个女人幸福的。但他很幸运，居然有两个女人让他感到这一点。他现在只希望，自己对他人的伤害能尽可能少一点。

山重水远

1

1949 年 9 月初，国民党丰浦县县长邹勉率部起义，县城被丰浦县军事管制委员会、丰浦县独立大队接管，丰浦和平解放。首批南下干部近 50 人到达丰浦，重组了丰浦县委员会。11 月，县独立大队被整编为解放军丰浦县警备营。当天三连连长胡虎率 21 名精锐组成的突击排和已被捉拿的上青峰匪首郝顺，奉命进剿鹩山崖黑鹰咀以拂七儿为首的另一股顽匪。傍晚路过大莽山俎家寨时，胡虎让已被废除的伪保长俎祀为战士们准备晚餐。半年前，俎家寨辖附近五六个自然村的保长一职空缺，医生俎祀在丰浦游击中队胡虎队长的撺掇下，关了圪儿兜的药房回到俎家寨出任保长，趁时势混乱把收缴的保安费、田亩税、丁捐、猪头税等暗中送交胡虎手中充当军饷。是时丰浦解放了，人望很高却一向懦弱的俎祀把胡虎拉一边说："胡兄给俎某出具一纸证明吧，虽说我当这个保长为的是红色政权，可知道底细的却只有你一个人。"胡虎用力握住俎祀那双柔软的手说："俎先生你这是不经事，整编后我不是已经当上县警备营的连长了吗？等我干掉黑鹰咀上的拂七儿回来，我不但要给你出具证明，还要带你向新政府请功！找个时间你写份申请，我还要介绍你入党哩！"俎祀热泪盈眶说："胡兄一定要平安归来！"胡虎说："什么话，拂七儿虽然凶悍、虽然占据险要，可我把三连的精锐全带来了，还带了郝顺这张牌，我敢保证拂七儿就等着收尸吧！"豪气干云的胡虎说着，又把堂弟叫了过来："一直和你单线接头的胡春也是证人呀，他现在是三连二排的排长。""是啊，我怎么把胡春老弟给忘了！"俎祀这下放心多了。胡春抓住俎祀的手说："终于可以像同志一样公开和俎先生握手了，新政权一定会记住俎先生你对革命所做的贡献！”整编前的集训和政治学习，让俎祀欣慰地看到这个农民子弟的变化。

晚饭后，俎祀目送胡虎率领的这支队伍融入茫茫的月光山色之中。

2

这一天是农历十五，队伍踏着满月的清辉来到鹈山崖的半山腰，抬头仰望黑鹰咀，只见几点灯光荧荧亮着，比白天更觉神秘与凶险。鹈山崖的地形酷似一只雄狮，上下左右均为悬崖绝壁的黑鹰咀，就像一张血盆大口。据说四五百年前有三个书生，攀爬绝壁登上黑鹰咀，在此揭穴为室隔世苦读，先后赴京考取状元榜眼探花，后人为了纪念黑鹰咀的钟灵毓秀，在巨大的石室正中建了座文庙，在庙后叮当滴泉处砌了一口“七星井”，在石室左边伸出的“舌尖”上建了一座“仰止亭”。拂七儿在仰止亭上装了绞盘，绳索的末端系一只藤筐，转动绞盘把人、物吊上来或缒下崖去。站在文庙门前，朝前是浪涌般远去的山峦，山底下的鉴湖，就像一面镜子倒映着深邃的天幕。收回目光，近处仰止亭上下的动静清晰可见。仰止亭与黑鹰咀形成呼应，站在仰止亭上，便可对悬崖上下及半山腰的情况了如指掌。企图攀爬绝壁者，要么在黑鹰咀要么在仰止亭的射程之内，很难避免中弹后落了个粉身碎骨的下场。

胡虎不敢造次，让战士潜伏在浅林中待命，等天亮再布置作战方案。

天亮后，胡虎对部下说：“我们来演一出好戏！”胡虎让曾经和拂七儿是师兄弟的郝顺在鹈山崖的半山腰且战且退，将包抄他的四个剿匪队员一个个撂倒后，鸣枪向黑鹰咀求援，拂七儿果然朝仰止亭发出信号，缒下的藤筐吊了郝顺又很快向上升。可惜这一天被郝顺撂倒在斜坡上的剿匪队员“复活”得太快了点，引起了拂七儿的警觉，接近被吊上仰止亭的郝顺也于此刻间意识到危急，师兄弟同时举枪射击对方，拂七儿的手下大惊之余放开绞盘的推手，郝顺坐在飞速下坠的藤筐里，触地时像球一样弹了出去，撞在岩石上脑浆四射，登时咽了气。拂七儿被击中要害，已失去抵抗能力，群匪无首的黑鹰咀挂出白旗。先是放下受重伤的拂七儿，接着一个个举着手坐藤筐从仰止亭缒下来。一切都很顺利，藤筐在剿匪队员的监视下起起落落。但在某一刻，藤筐升起后就不见下来了，等在黑鹰咀脚下的人再也见不到仰止亭上的任何动静。毫无疑问仰止亭上还有人，但他不想下来了。慌乱之中，匪徒们忘了黑鹰咀储备有大量的粮食、枪支弹药和金银细软。这是负隅顽抗，不得了的。幸好逐一排查后很快弄清仰止亭上的匪徒实际上只有一个人，此人是来自响廓山的郦富财。

偏偏就在这时候，骑快马的通讯员传来警备营的一道命令，要胡虎带领突击队火速开往川峰大镇。原来匪首尤承勾结原县保安大队长章杞鸿，纠集近千名匪徒在川峰大镇进行反革命武装暴乱。解放军侦察营和县警备营奉命前往镇压。

商议过后，有七八个队员解下粮袋堆给二排排长胡春，要他坚守黑鹰咀捉拿郦富财。另派两名队员押送匪徒回丰浦县城，胡虎则率领另18名突击队员奔赴川峰大镇。

3

发生在川峰大镇的反革命暴乱，毕竟是乌合之众，在解放军侦察营和县警备营强大火力的夹攻下，几个钟头便土崩瓦解了。但是胡虎牺牲了。冲锋的时候，他的绑腿松了，压下腰来扎紧它的时候，一颗流弹刚好击中他的脑门。

4

突击队离开鹅山崖后，胡春向仰止亭打了一枪：郦富财，全国都解放了，你还顽固不化，你这不是在自找死路吗？！郦富财朝他扔下一颗手榴弹，手榴弹的爆炸对胡春没有构成威胁，却说明他的高声叫骂郦富财听见了。——郦富财，好歹你我也算认识，你下来吧，我带你去自首，活你一条狗命就包在我身上了！郦富财没有搭理他。他看见郦富财往黑鹰咀跑，很快又回到仰止亭。郦富财开始这样反反复复地跑，不知道在搞什么鬼。胡春也感到自己有点沉不住气了。但是没有办法，他和郦富财隔着悬崖绝壁，唯一的通道就是和绞盘、绳索连在一起的藤筐了。

郦富财不放下藤筐，他也不至于傻到去攀爬绝壁，自行送入郦富财一枪就能干掉他的射程之内。唯一可行的就是两相对峙，一个占地利，一个占心理优势。

天黑前，胡春为自己烧了可吃两顿的一锅饭。一方面要盯住郦富财，一方面要找水源、筑灶、刷锅淘米、拾柴生火，烧饭的忙碌让胡春十分无奈。可他明白了，郦富财在仰止亭与黑鹰咀之间跑来跑去，无非是为了喝水、烧饭，另一种可能就是去翻找金银细软。黑鹰咀只有他一个人了，他除了恐惧肯定还有别的许多想法。

一个白天过去了。在圆月升起前，有那么一刻间似乎整个视野都沉入夜色之中。月光扯白布一样照亮鹩山崖时，胡春听见身边有个响动。原来是野兽嗅到米饭的香味，把铁锅扒翻了，米饭撒了一地。胡春开始担心自己在野地里过夜，不仅人甚至粮袋都将受到威胁，而对方却用不着考虑这个问题。

胡春每隔一段时间就朝仰止亭上放一枪，以示他冒夜坚守在悬崖下。但到后来，胡春便记不得自己从什么时候开始没有放枪了，他太累了，困得忍不住睡着了。等胡春再次睁开眼睛时天已大亮，他第一眼看见的就是十几丈外那只缒在地上的藤筐，藤筐上头还挂着那条绳索。胡春咯噔一下就明白了，郦富财趁更深他睡觉的时机逃走了！——胡春想象得出，郦富财先是缒下满筐的财物，然后他再顺着绳索往下溜。

胡春在悬崖下待了很长时间，他决定通过绳索攀上仰止亭。在攀登的过程中，他甚至希望郦富财并没有逃走而是朝他开枪射击。但等他上了仰止亭，他便确定郦富财逃走了。为了保险起见，他推动绞盘把藤筐吊了上来。

胡春平生第一次登上黑鹰咀，不免对黑鹰咀天造地设的雄奇大为惊叹。站在黑鹰咀可以看得远也可以听得远，山内山外此起彼落响着让人慌乱不逮的枪炮声，震撼着大地。文庙内，孔夫子的神像前放两张八仙桌，八仙桌上是被拨乱的麻将牌，周围是放着被盖的地铺，靠墙堆放着没有被带走的枪支弹药。庙后囤积大量的米、粟、面粉，几捆烟叶，七八坛酒。炉灶砌在“七星井”旁边，岩壁上挂着各种厨具和竹篮，竹篮里放的是腌肉之类的干货，角落里甚至还笼有几只鸡鸭。看了这些，胡春的眼窝不免发湿，长这么大，他每天过的差不多都是饥寒交迫、东奔西跑的生活。要不是山外正在发生翻天覆地的变化，他真想在这山高皇帝远的黑鹰咀里过几天神仙般的日子。

太多的战利品出现在眼前，一时间胡春都不知道拿它们怎么办才好。抑制不住兴奋和烦躁的胡春，某个时刻他感到脚下有个松动，低头一看神座下的几块板砖有被撬动过的痕迹。翻开一看，下面是一个包，包里竟有好几百块的大洋！胡春不禁为此倒吸了一口气。看得出郦富财是知道这个秘密的。这么说来，被他带走的肯定是金条、宝石或其他更值钱的东西。

肃清川峰大镇反革命暴乱后突击队员回县城复命。县警备营再次由 5 名精干组成行动小组奔赴鹞山崖，接应胡春来了。但是黑鹰咀已空无一人，匪徒郦富财不见了，剿匪的县警备营三连二排排长胡春也不见了。当然，那包大洋也不见了。

5

这个差不多被当地历史忘得一干二净的剿匪镇反故事，曾在小说家俎良的心中推演过无数次。许多事对大部分人都不会留下什么痕迹。但对于个体而言，却有可能烙上深深的印记。这个接近于传奇的剿匪镇反事件，在日后一茬一茬的人事更替中，对其父亲俎祀的命运定调起着难以估量的作用。当然作为外人几乎是不可理解的，至少在内心深处，他父亲的后半辈子为此而饱尝沧桑。

2005 年 5 月，为能遮风避雨到达对岸，小说家俎良为丰浦县城的旋转楼与哨唇口之间虚构了一座古老的廊桥。站在廊桥上，身后是旋转楼，西边是哨唇口、河房街和十九渡；向东望去，是与伏壶河交汇的九龙江，九龙江畔的高佬洲，以及高佬洲上的姜太公庙。解放前一个叫谢山河的匪首，炸毁高佬洲连接陆地的惠心桥，建立了他的独立王国，掌控方圆百里达数年之久。有很长一段时间，小说家俎良甚至相信，只要在廊桥上过往，你要么留下一个故事要么去开始另一个故事。故事可能惊心动魄，也可能残缺不全；故事可能大也可能小，但无论如何，它都起源于这个神秘的三角地带。

组良在想，当年父亲俎祀伫立于此，也不知道涌现的是什么心境。

站在廊桥上，俎良缥缈的目光翻山越岭，伏壶河上游辐射式支流的细微触须似乎清晰可见。流经三旗门和兜螺镇的乌河，它哗哗的流水对于某些人而言既像是欢快的乡间小曲又可能是一道符咒；曾经灯红酒绿的上肆溪口，只不过是浃溪边上的一个小码头，盛极一时而又转瞬败落，留下令人悲伤的岁月瘢痕；越过几道山岭，当地望族嘎山奚家和畲厝马家，曾经的辉煌早已烟消云散，但后人仍旧乐于去探究此中的恩怨纠葛；再往深走，就是响廓山了。与之遥相呼应的梦凤山、上青峰、大莽山和鹣山崖，它们总是那样的个性而深藏。响廓山的东北面是襄摇乡，此间山山岭岭，村落密布。在这天地间的褶皱里，在几千年的长河中，也不知道孕育过多少良善与匪类、革命与反动或琐碎与传奇。

过了汇江口，走九龙江的下游，先是蒲头溪，接着就是香城了。香城、竞州、郤市三地互为犄角，与外省的博凉城相距也不过百五十里地。在此间演绎的，已是廊桥以外的世界了，但也仅仅是它的延伸。世间熙熙攘攘几千年，到了最后，也不外乎世道人心而已。

至此小说家俎良心中的地理人文基本定型。活跃其间的形形色色人事，在他的心目中，梦境和现实不分彼此。站在廊桥上，身下是满满当当的伏壶河水，望见伏壶河与九龙江交汇时撞击出来的浪花，他的内心充满了讶异以及被企图的愿景。在此之前，为了生存他总是拼力往现实往外在的世界调整，期望能发掘做大自己。但到了20世纪初年的某一天，情形出现了逆转，俎良日常的情绪明澈多了。这与他内在世界被打开、被初步勾勒出的一个轮廓相关。他尽可能多地退回自己的内心，与其虚构的人事朝夕相处。这让他记起马可·奥勒留《沉思录》中这样的一段话："人总是想退隐乡间、海滨或者山林，你必定也对这种退隐生活十分渴望。可这种想法只是多见于最庸碌的常人，而你则有能力收获最多的平静和最少的烦忧，尤其是如果他内心思绪万千，只需凝神内视，即可立刻回复平静。我确信宁静正是心灵深处井然有序的表现。不断地退隐到自己的心灵深处吧，这样你就可不断获得新生。你内心的宗旨要简明和深刻，一旦有求于它们，它们立刻足以彻底净化你的灵魂，消除你的烦恼，使你对原来事物的不满马上烟消云散。”此刻的俎良不无吃惊地发现，这个过程，也就是自己的情形和父亲一生的命运竟有某种相似的走向。之间形成的关联或许是可能的，却不知道这是否是遗传因素在作祟。

6

从大莽山来到襄摇，来到丰浦，来到香城，已届中年的俎良终于能相对完整地了解父亲。弱冠之前，他以为对父亲是熟悉的。父亲多才多艺，绝顶聪明，同时又无可救药地懦弱无能。父亲热爱民间，他推崇身体与精神的自由和谐关系，他的悲天悯人轻而易举便和患者打成一片。但他后来选择回乡，却是基于他对人事竞争的低能。多年以后，父亲去世了，已是小说家的俎良，在母亲对往事一声轻描淡写的叹息中，他的震惊不亚于在内心深处引爆了一颗重磅炸弹。

19 世纪下半叶，俎良的爷爷已是大莽山俎家寨小有成就的地主，拥有当地三分之二的良田，同时他还是个远近闻名的乡医，开有一家药房。爷爷大概希望自己能晋升为地方绅士。他不惜花费重金购置书籍、珍玩，结交社会名流，还时不时地坐上四抬大轿到处招摇一番。后来爷爷的理想被击碎，是他从结婚开始到年近半百期间，先后生下的四个居然清一色是女儿，绝望之余他开始抽大烟。就在爷爷飘飘欲仙、俎家行将落败的日子里，他炮制了一个惊动乡里的“壮举”。爷爷把大女嫁到镇上开豆油庄的财主爷当儿媳，嫁妆是豪门大户才撑得起的“全厅面”：居家用得着的田地（折合大洋）、家具、农具、衣饰、牲畜、种子……甚至于出行用的轿子、终年用的棺材、蒙学与治家用的《百家姓》《三字经》《千字文》《颜氏家训》几种书籍也均在其例。出嫁之日沿途点放礼炮，逢山开路遇水架桥，浩浩荡荡地由八音锣鼓阵送往男方。为此爷爷卖掉已为数不多的良田，耗费了大量家产，可大女儿嫁的却是一个智障姑爷。就在爷爷为抽大烟、嫁女倾家荡产的时候，一直以来对俎家愧疚万分的奶奶居然老树新芽再次怀孕，生下的男婴就是日后俎良的父亲俎祀。家庭获救了，但耕种几亩瘦田已入不敷出，大喜过望的爷爷毅然戒毒，重新背起行囊游医四方去了。实际上这时候行走于患者与家庭之间的爷爷只是一副随风摇摆的躯壳，如同白蚁蛀骨的毒瘾，浸淫他的是难以形容的痛楚，肉体和精神在惨烈的厮杀中被剥离开来，内心拥有巨大支撑的爷爷竟然游魂般多活了许多年，在他儿子十三岁那年死在一次风雨交加的出诊途中。在此期间前后出嫁的另外三个女儿，因为嫁妆比寻常人家还要寒酸，甚至是净身出户，也就没有资格向对方索要彩礼，与大姐出嫁的轰动相比，可怜的姊妹仨成了婆家没完没了冷嘲热讽的对象，成了不断被世人奚落和教育后人的话柄。可以想见的情形是，她们一脚迈出门槛，便无一例外地和娘家断绝了往来……

7

那个男孩，首先是他的苍白和柔弱，从出生开始，其超凡脱俗表现在他不食人间烟火的神色上面，永远见不到他有饥饿或眼馋的欲望。奶奶给够了他大户人家才有的呵护与娇纵。由于身体原因，这个男孩直到十一岁才入私塾。他胃口差，食量小，奶奶只好化整为零，给他身上挂了五六个枣子般大小的角瓶，这些精致的角瓶其实就是爷爷生前收藏的鼻烟壶。角瓶里装的可能是蟹肉酱、虾仁蛋羹、珍珠鱼丸，也可能是绿豆糕、香芋饭之类，几十种花样翻新，任何场合他都可以随时旋开瓶盖，取出耳刮子大小的银匙舀一口吃。一直到他读完三年私塾都是如此。这个弱不禁风的男孩，在学堂里没有受到同伴的欺凌，得益于全力以赴的父母之爱和他自己的聪明颖异。在游离与专注之间，他过目不忘，不费吹灰之力便通读所有的启蒙课本，书写和作文的出类拔萃同样与生俱来。私塾先生对其激赏的同时也伴随着不断的惊悸，几次婉转暗示奶奶，像他儿子这样禀赋的孩童，要么是日后国家的栋梁要么就是个短命鬼，由他柔弱的体魄看，要成就前者太过冒险了。爱子心切加上爷爷的猝亡，奶奶二话不说便把儿子拢回自己的羽翅之下。

幸好在父亲十一岁的时候，母亲出现了——奶奶花了两块大洋抱养了一个六岁的童养媳。经受两年严加管教的母亲已能把家务料理得井井有条。母亲父母双亡，有两个同样年幼的哥哥和一个严重残疾的姐姐，由亲邻有一顿没一顿的接济存活于世。虽然这时候抱养母亲的婆家已破烂不堪，却有一对见多识广的公婆和几亩薄田为她提供庇护，特别是当她第一眼见到她未来的丈夫时所涌起的翻山倒海的母性，比起现当代两性之间奢侈的爱情也不知道要强大多少倍。这种感觉差不多延续了母亲一辈子。大概母亲心中的拥有太过美好，导致她终其一生不讲条件地认命还有她一辈子无边无际的劳碌与艰辛。

8

俎良的爷爷成了形销骨立的大烟鬼，但他的学识还在，旧日的声威也有所残余，他为幼子毅然戒毒也得到亲邻的谅解和尊敬，俎家的日子难堪却仍可为继。爷爷的猝亡，俎家曾经的拥有便土崩瓦解了。留下一个小脚女人，一个弱不禁风的男孩，一个年幼的童养媳，以及谁也不想租种的三五亩薄田。小说家俎良至今仍然理解不了，重体力或许可以雇请帮工，余下的农事和家务仅靠一个八岁的母亲如何去操持？据说十三岁的父亲只能给八岁的母亲打下手，他似乎生来便无法胜任劳作，一切体力活他都干不了。挨个暴晒、置身水田或雨天，他要么中暑要么大病一场。奶奶和母亲干脆不让父亲出门。父亲却利用这个近似被禁锢的一年多的时间浏览了家中所有的藏书。开始考虑出路的父亲经上辈故交的介绍，不足十五岁便到八里外的马仔墩当上三个孩子的私塾先生。父亲为生计而去，却没有薪酬观念，一年后两个学生只交半数的学费，另一个叫程昌禄的学生甚至一个子也掏不起。没有办法，父亲只好到三十里外的麒麟铺执教。这一次他教八个学生，学费可用大米、布料或猪肉代替，允许家长分批不定期缴纳，隔三岔五差人送回大莽山俎家寨养家糊口。父亲几乎天生就是为了悬壶济世。在麒麟铺的四年，体弱多病的父亲一边教书一边如饥似渴地阅读家藏典籍，羸弱的身体为他提供了临床体验以及对病人的体贴心情，他对自己不断地小心翼翼的尝试很快惠及他人，处方能力渐渐得到认可。一次偶然的机会，他治愈了区公所小队副凌子固的顽疾，凌子固因此邀请父亲到他的势力范围圪儿兜开药房坐诊。

在圪儿兜“惠仁药房”开张之日，父亲俎祀年仅十九。他既是坐诊医生，又是药房伙计。家传似乎浸淫于骨髓的深处，他的医术触类旁通，越来越精。父亲没有生意经，但他勤勉而不事张扬，获利微薄却稳中有升。凌子固患有不时发作的哮喘病，父亲切了三钱上等人参，加少许冰凉的山泉水，密封在玻璃瓶里，坠入井中浸泡十二小时，连续三年在冬至日令其服下，虽然没有祛除病根，但凌子固的哮喘转为轻微，对他的生活已构不成威胁了。凌子固送上六块大洋的酬谢，父亲没有推辞便收下了。过几天凌子固的母亲生日，父亲送上八块大洋作为贺礼。这大概是父亲平生第一次也是唯一一次理会世事人情的明智之举。有很长一段时间，凌子固几乎每天都到惠民药房喝茶，笑吟吟看着进进出出的村民，还有每天都闪忽身影前来取走脏衣服去漂洗的妹妹凌子春。年轻的父亲还没有医生的形象，更像一个心无旁骛的私塾先生。他身穿被洗白却十分整洁的老式唐装，要么忙抓药要么在为病人做诊断。每当这个时候，父亲应能意识到在某个角落凌子春对他倾注关切的一双眼睛，一边想着俎家寨家里那个一声不响伺候着奶奶和田地的名叫满银的童养媳——她身量虽小，但已是一个勤勉务农理家的姑娘。

9

母亲很勤快，这个叫满银的童养媳天生一双干活的手，但她没有在父亲的期待中漂亮起来，她仅仅是个小姑娘，身板瘦弱，和与其瘦弱不相称的吃苦耐劳。前半生荣华富贵却备受煎熬的奶奶没有忘记私塾先生的话，她决心让苍白柔弱的父亲和贫贱的母亲结合在一起。父亲没有反对，但他却让满怀胆怯希望的母亲等了七年。1939 年 6 月下旬，日本侵占潮州，在大量涌入丰浦涌入深山的逃难人群中，有一个叫苏敏的姑娘赖在惠民药房不想走了。姑娘婀娜多姿，是个秀外慧中的高中生。仅能供她吃住的父亲心存爱慕却道学呆板、不知如何是好。尽管如此他的举动也伤透了另一个姑娘的心。深夜前来窥探的凌子春，回家向兄长报告说，父亲把床让给那个逃难的姑娘，他自己和衣睡在药房的柜台上。凌子固说："好妹妹算了吧，俎祀是个书呆子，是个柳下惠，是个死心眼，尽管他对苏敏流足了口水，对你也心存爱意，但他却放不下俎家寨的母亲，还有那个叫满银的童养媳。"两个月后，等待无望的苏敏姑娘一步三回头，恋恋不舍走了。凌子固不得不服气，苏敏姑娘走后，父亲足足通宵达旦读了一个多月的书。凌子春出嫁前一天找到父亲，她让父亲明白，只要他开口说喜欢她、想娶她，便一切都还来得及。父亲满眼是泪地把一封贺礼放在凌子春的手中，任由凌子春远嫁他乡。为此父亲再次通宵达旦读了一个多月的书。一年后，父亲回俎家寨和母亲结婚。办完婚礼不久，年已古稀的奶奶把接力棒传给母亲，了却世事后溘然仙逝。

俎良是父母最小的一个儿子。从20世纪40年代到60年代初的二十年间，极度自卑而又万分庆幸的母亲并没有随父亲离开过俎家寨，她前后为俎家生了七个儿子。生产的时候，父亲都不在家，堂伯母用一把锈迹斑斑的剪刀放在火上烤了烤，剪断婴儿的脐带，包扎一下，裹件棉袄放进摇篮就离开了。母亲翻身下床，煮一碗红糖蛋汤吃了，便抱起沾满血污的衣服床单到溪里漂洗去了。上天垂怜，婴儿没有染上脐风，母亲也不曾染上产后风或风湿病。喂了三天的红糖水，母亲挤掉初乳，开始给婴儿喂奶。父亲从圪儿兜或从后来的县医院、镇保健院回来，看见母子平安，住一宿，留点钱，就又赶回药房或单位去了。坐月子期间，每天清晨，母亲必做的一道工序就是手沾父亲提前配制的祖传"婴儿散"，轻轻给婴儿摩擦牙床，把婴儿的痰等黏液勾出体外。这样做的结果是，她的儿子们在此后漫长的人生中，没有谁患过疳积、中过绞肠痧，个个口齿健康，从不因为上火而导致牙痛，没有谁得过胃肠肝胆方面的疾病。当然，那时候的母亲并没有任何预期，她有的只是对父亲奉若神明和言听计从。

母亲生下第四个儿子时，抗战胜利了，紧接着解放战争开始了。母亲的两个哥哥被抓壮丁渡过台湾海峡，残疾的姐姐沦为乞丐。对此已有一定名望和地位的父亲竟连一点作为都没有。实际上，父亲从一开始就以他的宿命观掩盖自己在社会人事方面的无所适从。只读三年私塾的父亲，可以通过自学掌握丰富的学识，可以在新中国成立后的香城地区第一届医士班上讲授《黄帝内经》《金匮要略》或《伤寒论》，可以自得其乐浸淫于《周易》，热衷阴阳五行、文王八卦、风水地理，能吹拉弹唱甚至谱曲，能挥毫作画，他的小楷甚至不亚于时下所谓的书法名家，然而一旦置身体制约束或人事斗争，他便会显得出奇地无知与低能。父亲的这种无知与低能，加上当过半年伪保长的“历史污点”和时运不济，导致他无限坎坷的一生。也正因为如此，他对母亲的感情，是从听凭命运安排、接受到爱一步步演变而加深。

父亲对母亲的忠贞在婚前婚后都获得最大的回报。大概有近三十年时间，这个父弱子幼的家庭，差不多每年都有五个月的日子难以为继，只能靠母亲挨家挨户告借艰辛维持。这也同时进一步加剧了其父子对应社会生存的无能。

俎良九岁那年，父亲带上他游医兜螺镇，途经大莽山顶小歇，其时山高云淡，草坡泛黄，心思飘得很远很远的父子俩，不过是晴空下被一座大山高高托起的两个小黑点。神情幽幽的父亲对他的小儿子说，他在圪儿兜开药房的时候，收留过一个从潮州逃难的女高中生，因为家里已有你母亲，他选择放弃。女高中生离开时带走一个一直盘桓在圪儿兜行乞的老人，原来那个老人竟是女高中生的父亲，两个多月来为了女儿的前途，他竟装着和女儿素不相识。回首起这段往事，也不知发自父亲心中的是何种感慨。年幼的俎良一听大为震惊。其时，这一老一小的薄弱男人，都深深爱着家里那个唯一的女人。当时的父亲，已辞职回乡六个年头，他甚至连生产小队的口粮也分不到，其身份仅仅是自由职业者。

也就在这一天的大莽山上，父子俩惊异万分地看见一轮红日从西边坠下山去。日头状如巨匾，红艳如血。其时四野静寂，大地浑噩，竟没有一丝风刮过。父亲对小儿子说，这奇观他是第二次遇到，第一次是在上青峰上，看见时他不能自已，就像身体在那一瞬间飘了起来，心是悠游的，似乎可以从这个山峰飘向另一个山峰。在这神奇的意象之中，父亲告诉小儿子俎良说，人世间的种种纷争其实都很可笑。

10

或许最初发情的男或女，对异性的冲动都是一样的，而可否合适却需要一个过程。婚前，文盲的母亲在绝顶聪明的父亲心目中，只不过是来自奶奶对母亲的一种认可。作家俎良迈入不惑之年后，有一天他终于明白，母亲别无他求，她要的全部只是她心爱的男人给予婚姻（虽然母亲的这种情怀被后来呱呱坠地的儿子们瓜分了绝大部分）。

1950 年 4 月，解放军军转干部近 50 人由吴汉秋带领抵达丰浦。县政府在大莽山一带的圪儿兜举行首次万人公审大会。此前父亲已得悉胡虎在川峰大镇镇反时牺牲了，但他没有想到的是，在公审大会上，见财起意、临阵叛逃的胡春也被拘捕在场。两个证人一个死了一个自身难保。更糟糕的是，父亲的好友、恶贯满盈的伪乡长凌子固逃往台湾去了。在当时全国局势已经明朗的情况下，当伪保长的父亲百口莫辩，被判处决。在这一天，宣判每一个反革命分子、罪大恶极的地主恶霸或匪特分子时都会全场高呼口号，唯独在宣判父亲时一下子哑了场。闻讯赶到的母亲出现了，站满场地的群众自动为母亲闪开一条路。——这一天，母亲背着三岁的三哥、怀里兜着还在襁褓之中的四哥、左右手拉着大哥和二哥一路狂奔，顾不上跌倒滚爬，顾不上头发、衣服的凌乱，她坚信父亲无罪，不但无罪而且是绝对的善良之辈，她向新政权跪地求情，说如果她丈夫有罪，她愿意率孩子们一同受死。担任这次公审大会的文书程昌禄，也在众目睽睽之下离座走到母亲身边跪下来，对主审官吴汉秋说："俎祀是我程昌禄的私塾先生，此后是他近二十年救治无数的医生生涯，当伪保长仅半年，据我所知他并没有欺压百姓或谋取私利，家庭比他在任之前更为穷困潦倒，我愿意以党员和生命名义担保俎先生的清白！"平时对财物不怎么上心的父亲，在这个人生的拐角上救了他一把。曾经被父亲救治过的病人或家属大都挤到台前跟着跪了下来，数百之众都愿意证明父亲无罪。而后现场回归一片静寂之中，等待这场公审对父亲的改判。公审一开始就跪在台前的胡春也于此刻开口大声说："我胡春知道今天没有说话的权利，可看在我参加革命已有五六年的经历，请允许我也为俎医生说句公道话！”获准说话的胡春接着说：“在俎医生当伪保长的半年间，我受上级指派与俎医生单线联系，暗中把他收缴的保安费、田亩税、丁捐、猪头税等送交丰浦游击中队充当军饷。半年前游击中队被整编为县警备营三连，我堂兄、也就是连长胡虎还打算带俎医生到新政府请功，可我堂兄在川峰大镇镇反时牺牲了！本来我也是可以证明的，可我在白花花的大洋面前变节了！是我和堂兄把俎先生害苦了！”胡春说完痛哭失声。

父亲得救了。第二天，吴汉秋便由程昌禄带路，深入圪儿兜、俎家寨等地调查核实。很快，被拘押的父亲获释回家。

11

“1950年4月25日丰浦县人民政府在圪儿兜举行首次万人公审大会，枪决大癞头等罪犯。”在县志里，记载的也只有这样一句话。俎良至今无法弄清，当年父亲为何会被推上丰浦首次万人公审大会，又依据什么被判处决。仅仅是因为当了半年的伪保长吗？俎良多次在梦中为父亲当年的处境感到不寒而栗，他甚至在档案馆也无法查到与此相关的文字。

实际上父亲经历了这一次生死劫难后，使他更坚定了做一名良医的心愿。“夫医者，非仁爱不可托也，非聪明理达不可任也，非廉洁淳良不可信也。是以古之用医，必选名姓之后，其德能仁恕博爱，其智能宣畅曲解，能知天地神祇之次，能明生命吉凶之数，处虚实之分，定逆顺之节，原疾疹之轻重，而量药剂之多少，贯微达幽，不失细小，如此乃良医。”这段医训，被父亲抄录在医学典籍《伤寒论》的扉页上。

在改朝换代的惶惶人心面前，父亲首先体验到的是一个组织的巨大能量。过后不久，不知所措的父亲加入了几个同道自愿合作的大莽山联合诊所。1951年秋，县卫生科在公立医疗单位和个体开业医生中实行统一调配，建立区卫生所。这期间，父亲以被驱使和忙碌为荣，置家中妻小于不顾，对财物的意识更加淡薄。5年后，父亲被抽调到刚开设的丰浦县医院中医门诊部。过几个月，香城地区首届医士班在丰浦开学，俎良刚从小学毕业的大哥考上了这个班，坐在班上听父亲主讲《黄帝内经》和《金匮要略》。医士班毕业前县领导找父亲谈话，想让他到省城培训，结业回来担任院长一职。父亲以母亲怀孕为由推辞，力荐同事章少丛为适合人选。章少丛获此名额欣喜万分，送父亲《医方捷诀》和《脉诀集解》两本书以示谢忱。

当时母亲怀的是五哥。实际上父亲借口母亲怀孕不过是托词而已，因为此前母亲怀孕生子，从来就没有耽误过父亲的“正事”。对此俎良有了几种假设。要么父亲对解放前夕当过半年伪保长所招致的后患仍心有余悸，要么就是父亲对组织的约束和潜流暗涌的人事竞争早已惊惧于心。多年以来，俎良不断思考父亲的一生，当他偶然从母亲口中获悉父亲降生于爷爷抽大烟期间时，他似乎一下子明白父亲身上泾渭分明的优劣，以及父亲为何一直游离于人际之外的成因。

人这个社会的个体，实际上是对付自己比对付他人更为无能为力的一种动物。

12

“他感到咽喉阵阵发热，一股强大的力道传遍四肢百骸，内脏沸腾，血液燃烧。沿着皮肤，好像谁布置了一排排小炸药包，被火点燃，噼噼啪啪像节日礼花一般，闪着银色的光，按顺序爆炸。无穷的烟雾从脚下升起，朦胧地缠绕着他。他轻轻地走了一步，地板上就好像布满了弹簧，飘飘欲仙。一种难以说清的感觉，像潮水般浮起他……”

“只要吸食毒品超过一年，他就会变得一步三摇、面色惨白、一级风就能把他吹倒的骷髅样……吸毒男女，长相各异，但都极瘦，个个都是骷髅架子，三根筋挑着一个头，好像刚从坟墓里爬出来，脸颊是淡苹果绿色，眼眶湖蓝……”

这是来自一个著名女作家对吸毒的形象描写。

俎良不知道当时的爷爷是否就是这种情形，但他被排斥在人群之外却是肯定的。爷爷被鸦片麻醉的 Y 和奶奶已经绝望的 X 不期然磕碰在一起，他的父亲毫无选择，就在这种背景下来到了人世间。

这种背景下造就的肉身，成了无法摆脱虚幻和苦难的载体，似乎尽在情理之中。

据说父亲每逢身陷困境，他都会变成一副骷髅架子，三根筋挑着一个头，脸颊苍白，眼窝深陷……见过爷爷的乡亲都会惊呼他简直就是爷爷的翻版。种种迹象表明，大量吸毒的爷爷不但实现了物质上的复制，而且遗传了身体、大脑等个体不能决定取舍的种种微妙信息。

不管在主观上还是客观条件，父亲都不可能接触毒品。就像尝遍百草的李时珍一样，作为医生的父亲肯定有过好奇，诸如鸦片之类的麻醉品是否会在他的身上获得某种忘我的共鸣之类。但自律的父亲终其一生都把毒品看作是洪水猛兽。体弱多病的父亲，频繁地身染微恙或稍有不适，他都会无一例外释放出沉郁节奏之下拖拉的呻吟。这种没完没了的呻吟，把他的下一代的积极心态和向上意志消磨得七零八落。整个家庭中对此无动于衷的，唯有母亲一个。大概母亲是见得多了，习以为常了。戒毒后的爷爷，他接着顽强地活了十多年。类似父亲的这种备受煎熬的呻吟，在当时那个破落之家肯定也不绝于耳。

13

“文革”前几年，父亲开始选择撤退。俎良的大哥紧随父亲先是从县医院调往兜螺公社卫生院，调往大莽山公社卫生院，接着申请回到俎家寨医疗所，过不了几天，父子俩干脆歇业回家。没多久，“文革”爆发，父亲在乡里乡亲面前却没有受多少皮肉之苦。由于父亲盘掉药房出任伪保长，解放后他成了一个带有问号的自由职业者；俎家耕种几亩瘦田，农具残缺不全，家庭成分只够得上贫农。

就在这时候，小儿子俎良到了记事年龄。也是在这时候，俎家进入极端贫困时期，他最初的记忆就是全家人那饥寒交迫的无奈与凄惶。但是事情总也并不绝对，每当进入青黄不接的四五月，按说是农家最难熬的日子，对于小小的俎良而言却是近两个月不怎么间断的节日，大莽山迎来了制作蓍兰茶的春夏季。蓍兰茶供外贸出口，为生产集体换回一定量的化肥和现金，具有种粮无可比拟的优势。时令一到原产地俎家寨便以生产小队为单位，白天所有的女性全部上山采茶，按斤计酬，挣平时数倍的工分。蕃兰茶属乌龙茶系，日出晒干露水即行采摘，成品必须在制茶房经过抛青、半发酵、炒、揉、烘焙等，工序繁复，男性在制茶房里昼夜劳作，享受每天四餐油水很足的腌菜或萝卜干烩饭。母亲上山采茶，上头的五个哥哥加入制茶房行列，俎良成了喷香烩饭的受惠者。

与此同时，俎良也成了几次灵异事件的目击者。

从俎家到制茶房，得走一个状似大莽山伸出爪子的小于号<，实际上对面距离不足二百米。每天深夜，俎良都坐在门槛上一眼不眨地望向对面的制茶房，期待那儿出现火光，哥哥们把烩饭点心端回来与家人共享。一天更深，正在出神的俎良看见一颗鸡蛋大的火球从西边倏地划过夜空，落入山岙里的某户人家，讶异不迭的俎良赶快将所见告诉父亲，父亲叹息说："也不知道是谁家要遭受火灾了。"两天后刚入夜，俎家寨的旧学堂起火，旧学堂里堆满了村民的干稻草、铁蕨芒和木料，火势不可遏制，蹿起了几层楼高的火柱。由于父亲有言在先，俎良觉得村民们的救火肯定是徒劳无功的，果然几个钟头后旧学堂便被烧成灰烬。父亲由此在俎良小小的心灵里变得神秘高深起来。十多天后的一个月夜，父亲的神秘高深再次被掷地有声地渲染了一次：身体不适的四哥提前离开制茶房回家，他神色惊惶说在路上看见一条类似白练的东西，在空中飘忽着往山岙里飘过去，然后落入某户人家不见了。正如俎良所期待的那样，父亲再次报以叹息说："夜里千万不要有人生病，生病就没得救了！"过了十几分钟，心跳加快的俎良便听见急促的脚步声，山岙里的兜郎家把女儿小雅抱过来求医。就像有一双看不见的大手把薄弱的小雅当麻绳一样死拧，痛楚不堪的小雅在湿漉漉的汗水中惨烈挣扎。父亲让兜郎赶快送医院，越快越好！兜郎带女儿走后，父亲说："小雅的病是最为险恶的绞肠痧，在剧痛中肠子打结了，随着不断的剧痛，肠子打的可就是死结了。"父亲说完神色黯淡下来，他为自己的无能为力感到非常难受。小雅最终没能逃过劫难，在送往医院的途中死了。

六岁的俎良开始最大限度地在父亲身上猎取传奇、虚幻以及宿命。在俎良小小的心灵里，慢慢被游荡着的不像疑问的疑问所占据。父亲经常冒夜去邻近村落出诊。偶尔，父亲会说他又遇上雾人了。何谓雾人？那就是在父亲出诊途中，在他眼前出现一个由雾组成的人，其形大抵霄汉，挡住他的去路。父亲说：“它是代表病魔一方的力量阻挠你出诊的。你要是埋头走路，永远也别想走出它的势力范围。要是从它的胯下走过去，那你这次出诊用药肯定会功败垂成。”“当医生是不用怕这些的。医生甚至可以穿行于瘟疫之中而若无其事。”父亲说，“可你一旦遇上雾人，最好能朝它吐一口唾沫，或发出尖利的叫声，让它胆怯或羞愧而土崩瓦解。要是这几种办法都不奏效，那你这次出诊用药也就徒劳无功了。”

俎家的夜一般都聚集着前来听父亲说古道今的近邻。而最具才分的听众莫过于小小的俎良。但是随着年龄渐长，俎良也很快被生活的艰辛所逼迫，那些虚无缥缈的东西便随之被抛弃于脑后。等再次回想到这些，他已经是中年人了。

不知道为什么，随着岁月的消逝，俎良却永远记住了在父亲描绘之下的那种由雾形成的雾人。

14

俎良十岁时，曾经被打倒过、后恢复副院长一职的章少丛，给父亲写了一封带有威胁口气的信，索要他为了表示感激送给父亲的《医方捷诀》和《脉诀集解》两本书。当时的交通极为不便，俎良随父亲从俎家寨辗转来到县城。在丰浦县医院的副院长室里，父亲还上这两本书。与章少丛相对坐着，竟找不到交谈的话头。章少丛连水都没有给父子俩倒一杯。大概在那儿呆坐了几分钟吧，父子俩就站起身来离开了。

多年后俎良谋到一份公职，后来他又从大莽山调到县城，这时候他已经是一个小有名气的小说家了，再次见到那个叫章少丛的人，不知道为什么，章少丛神色的萎黯让人极不舒服，几天后便听说此人失足掉进粪坑淹死了。

“掉粪坑事件”使俎良对这个章少丛的了解又多了些。生性贪婪而又极端自私的章少丛，看起来不怎么起眼的老婆很早就和他分居了，沾不到什么光的子女们也个个远走高飞，偶尔回来也是只认妈不认他这个当爹的。章少丛除了一份工作和工资，心目中基本上没有什么亲人和朋友。

父亲说过，人身上有诸如口、鼻、眼、耳、毛孔、谷门、水道这些像窗户一样的孔窍，不可能把它们全部关闭或打开，全部关闭灵魂就被闷死了，全部打开灵魂就溜走了。有的人死时还睁着眼睛，是他心犹不甘灵魂就那样离开了他的身体。像章少丛那种人，大概是属于时刻紧闭自身窗户的人，最后他只能一头扎进粪坑闷死自己。

15

俎良不知道怎样来形容自己的父亲，父亲在莫名其妙的状态下走完他的七十五个年头。死的时候后辈都很无能，场面悲怆而凄惶。出殡时阴风阵阵刮过，俎良突然想起父亲看见雾人的情景，发自内心深处的哽咽让他一片迷茫。

把父亲送上山头，回家后俎良坐在年迈的母亲身边。母亲一脸平淡，就像什么事也没有发生。

三十岁之前，俎良置身于大莽山怀抱的岁月沟壑之中，他连做梦都感到自己无论如何也走不出那重重叠叠的山水。四十岁后回过头来，发现先前几乎闷死自己的峰峦叠嶂才是他生命的依托，才是他的灵魂所系。只是此刻他再也用不着和父亲一样，以一种舍弃的姿态回到大莽山的俎家寨。

网眼

1

读小说的时候，有一种说法挺好，比如你和某个人关系密切，就认为是走进他（她）的生活。我不知道我薄雅卡是否称得上真正走进鲁豫源的生活。有时候我觉得，我和他的关系已到了密不可分、某个时刻甚至是合二为一。当然这只是某个时段或瞬间的体验。因为绝大部分时间他不在我身边，让我感受更多的是触摸不到他的那种距离。生活不是非此即彼的问题。但我的确无法说服自己，所以我便有了絮絮叨叨的没完没了的各种想法。

在我的心目中，鲁豫源，他是个严丝合缝的人。他是桐油浸泡过的，防水、防腐、防潮、防裂、防蛀他大概都没有问题。可鲁豫源你知道吗，你却因之造成你我之间三十万亿公里的“秒差距”。我薄雅卡为了有一个演绎自信人生的开始，曾经设计花漾妆容的美丽细节，打造温润皮肤的曼妙光泽，让你拥有风情万种和美妙滑行的体验。可你却浑然不觉无动于衷。就像作为一个小女人的薄雅卡，必须天生如此。

每一天每一次，在思念年纪比我大许多的丈夫鲁豫源时，我都会涌起某种隐忧，在担心我们的关系是否牢靠，在担心我们的关系是否有一天会戛然而止。对婚姻，对这种极端单纯的家庭，我有着种种不能持续不能恒久的恐惧。鲁豫源你哪知道，有多少个夜风泠泠的窗口，一个玲珑婉约的女子茕茕孑立？又有多少个冷雨秋灯、夜击风铃的日子，薄雅卡四顾无人，目光微茫，不知所措？

——鲁豫源，你没有给我导航，你也不是工地上的强力工作灯，我对你的行踪一无所知，此刻你在哪里？

鲁豫源，那一年夏天，你先是摩挲我松软的秀发，感叹之余把我搂进怀里说：“我可怜的雅卡，症结在于你还没有建立一个属于你的社会信息支持系统——雅卡你知道吗，哪怕是虚拟的也行。”鲁豫源你是有多聪明啊，一下便击中我的要害。可你知道吗，除了遥远乡下那个姓薄的虚怯无能的小老头，在这世上我没有别的亲人了；读了十七八年的书，我有无数同窗，因为自卑我拒绝和他们联系往来。此刻我所依凭的就是这套单元房和思念中的你。我没有任何别的社会资源，没有信心，内心抑郁惊慌，我宁可春锁深闺也不想面对外界。有了你，有你对付世间人事，哪怕是近乎封闭的庇护，我也不觉得有什么不好。

当然，虚拟的我倒是可以考虑。虚拟的，以前是读书，尤其是读小说。眼下是更便捷更直接的网络。我不喜欢时下流行的博客、微博，这两种方式太招摇了。在网上 QQ 聊天，我读大学时就熟稔了。后来觉得交流的要么是泛滥的情感垃圾，要么是浅薄的呻吟碎片，我也就在了无意趣中金盆洗手了。但现在情况不同了，我觉得 QQ 挺好。QQ 可以昵称，可以虚拟情景，可以隐身，很符合我此刻的心境。我“重操旧业”在网上飘来飘去，不知道为什么，我很快和一个叫“豫园女”的黏糊上了。我一见“豫园女”三个字，就毫不犹豫把她给“加”进来了。我知道上海有一个叫“豫园”的明代园林。这当然不是我喜欢她的理由。喜欢她是因为“豫园”和你的“豫源”谐音。当我有这样的觉察之时，我悚然一惊，空幻的一颗心似乎被一碰就变得零碎了……“豫园女”是什么意思，和你有关吗？我知道茫茫网海，这样的揣测很愚蠢，可我却无论如何也不想放开这个疑问了。不是吗，如果它意味着某种可能，那就会变得很可怕。

这个“豫园女”，似乎非同寻常。和经历单纯的我相比，她对事物的感觉，对男人的理解，是那样的透彻、精辟与怪异。在我的心目中，“豫园女”是一个不可思议的女子，我不知道她了解男人的渠道从何而来，还有她为什么会冒出那些和男人对抗的意识。

鲁豫源你这一次恐怕太过自以为是了，大大的失算了。你一定没有想到，我会在无边无际的网络遇上这个“豫园女”。

2

鲁豫源你知道吗，你的薄雅卡在此前并没有家的观念。老家那个叫父亲的男人和一个不是我母亲的女人再婚了。而那个叫母亲的女人则把世界当作她的梦游空间，消失于熙熙攘攘的人海深处不知所终。薄雅卡空荡荡的没有别的了。薄雅卡需要坚不可摧的一堵墙来庇护自己。薄雅卡无心读书混到毕业，几经坎坷，漂泊无依，然后你鲁豫源出现了，那样的情景，就像上天把你派到我身边来一样。

每当我这样想的时候，这座不足百万人口的香城就会变成烟波浩渺的海洋。每当这时候，我又会进入默想和祈祷，希冀鲁豫源你最好是一艘在风浪中能确保无虞的万吨巨轮。

这样的希冀，源于我有多么的脆弱。一个人一旦脆弱，就会时刻敏感和多疑。

就在这样的情景中，通过彼此之间对话的交流，“豫园女”介入参与了我的内心世界。

聊天时“豫园女”说，男人要么把女人当作他奔跑时往后甩掉的汗珠，要么把女人当作一幅画的背景：一幅作为装点或衬托的背景。而更多的是，他们只当女人是管吃管伺候家庭的老妈子。男人只有在荷尔蒙发作时才会把女人当宝贝，过后转个身就把你的所作所为当作长在路边的花花草草。薄雅卡我告诉你，男人是无所谓的。为了工作，为了事业，为了理想，为了养家糊口……男人可以有一百种冠冕堂皇的借口，并且每一种借口都无可比拟地理直气壮，让你一想开口争辩就把你变成了不讲理的小女人。

——请问你为什么叫“豫园女”？

我见缝插针。

这个用不着告诉你，大概和我那个男人有关吧。

“豫园女”并不买账。

“豫园女”说，男人总是以咄咄逼人来掩饰其弱点。斯大林说：“一个人的死是个悲剧，一百万人的死是个统计数字。”爱一个女人是爱情，和许多女人有染，可能就会变成男人连记都懒得记的次数了。薄雅卡你知道吗，最初男人在面对他心爱的女子时，具有排他性，男人认她是唯一。但男人很快就会“量变”，并且经过的女人连数字都不用统计。广义而言，贪婪的男人具有更为可恶的兼容的属性。

“豫园女”说，她曾在网上看到这样一则报道，一位年轻高雅的女公务员因一场意外住进医院。住院后查出她患有头部胶质瘤，随着病情恶化，她的身体逐渐瘫痪，语言表达能力也丧失了。也就是说，她除了神志清醒，别的能力都丧失了。就在这样的状态下，伺候她的母亲有事临时离开她片刻，回头要给女儿擦洗身体的时候，便发现女儿竟在医院的病床上遭人性侵了。——薄雅卡请你告诉我，在这种情况下，性侵者是什么性质的一种男人？

性到处存在，但没有人知道这是为什么。这是我在书上读到的一句话。我知道这样的回答有点心不在焉。

“豫园女”说，没那么简单，至少说明男人在性爱层面上具有虚拟性，因此更具动物性姿态。

我说“豫园女”，薄雅卡有一个请求：请问你这个“豫园女”，到底与怎样一个男人有关？强烈要求你能告诉我！

你如此急切，可见你对男人还处于一知半解阶段。“豫园女”说，当然为了满足你的好奇心，告诉你也无妨：我的男人是一个身材高大，自以为是，喜欢把所有异性看作是小女人的男人。——为了平等互惠，薄雅卡也请你告诉我，你的男人呢？

差不多吧。我突然感到自己对男人的看法有了某种不确定性。

“豫园女”所指认的男人，其特征无疑就是鲁豫源。我可能是太过较真了，彻头彻尾掉进对号入座的陷阱了。我下了决心，不管天南地北，我非把这个“豫园女”搞个水落石出不可。

你那个高大男人，他应该也是个践行者——也就是说，他出格的时候，喜欢干点什么？我以东拉西扯为掩盖，紧接“豫园女”的话头实施打听窥探。

“豫园女”说，他狠的时候，就像老鹰捉小鸡一样，会用右手将我打横夹在他的腰间。我手抓脚蹬拼命扭动，可我的捣蛋和他的膂力相比根本不值一提。

一个四肢发达的家伙。在外人看来“豫园女”似乎有点答非所问，可我的脑袋却嗡了一下，立即就想到要爆炸开来。

3

“燕郊花园”住宅小区在香城东北边上。在此前我从不掩饰对房子的梦寐以求。但我对这套房子无比适意之时又感到某种风险。鲁豫源买下“燕郊花园”19 幢 801 室，直到装修结束配完家具电器，才把钥匙塞在我手里。

“我凭什么名分住这房子？”我迟疑一下，把钥匙还给鲁豫源。

就这样，我和鲁豫源打了结婚证。也是为了拿户口本，离开 5 年后我第一次回到丰浦襄摇的乡下。我无法面对襄摇乡下那个家。爹和再婚的那个女人目光呆滞，日子过得惨淡而没有生趣。看得出无能的爹已和那个女人联手构筑了坚硬的外壳，以避免非分之想和抵御外来的侵害。一直到这次回家我才知道，那个女人 17 岁的儿子犯事了。她儿子偷鸡摸狗惯了，最后竟然刨了国家埋在地下的通信电缆，当废品卖钱。当然很快案破就被抓了。

据说在我六岁那年，妈就在某一刻间愣怔一下便傻掉了，连丈夫和年幼的女儿她都不认识了。她的娘家人，夫家的族人，全村人她都不认识了。她身体单薄，目光惶悚，行为惊慌失措，她恐惧的是所有人，包括所有能动的活物。最初两年，爹会带她去求医，求的当然是行走在村社的乡医或游医。这些乡医游医，都认定妈患的是“失心疯”，要么大话要么推托，钱花了不少，却一点效果都没有。爹死心了，很快就撒手不管了。妈的灵魂出窍了，就剩下一副躯壳，除了恐惧，妈把七情六欲全搞丢了。更要命的是她失去了自理能力，连一日三餐也可有可无。不用多久，妈便变得又脏又瘦，干枯发硬的头发有如一蓬杂草，在风中瑟瑟发抖。妈活着的根基没有了，被风刮卷着到处飘荡。某一天我放学回家，不管是村里还是家里，都见不着妈那道被风刮着跑的身影了。爹只是象征性地到处找找，要么在缄默中移动几下脚步，要么叹息一声便掉头回家吃饭了。有一天爹说要出去找妈，其实是到邻村喝人家的喜酒，喝了酒颠簸着回到家里，倒头便像猪一样睡过去了。因为找不着，从此以后，爹也就懒得再提找我叫妈的那个女人了。

当初我考上香城职业学院，爹和再婚的那个女人合谋了很久，最后多方筹措给了我一学年的学费、住宿费和一个月的伙食费。那一天爹一头廉价的拉杆箱一头蛇皮袋挑着送我到车站搭车。末了他又塞给我50块钱，说雅卡，我以后会按月给你寄300块钱，钱很少，你要节俭着花。放寒暑假你不想回家也行，能省下来回的路费，还能省下一份心。雅卡你要原谅我这个当爹的。我等你妈十多年了，她回不来了。我知道你厌恶后妈，可一个家没有女人行不通的，这你是知道的。

我没有点头，也不想再伤爹的心，便目光茫然没有表情。和爹再婚的那个女人带来了她和前夫生的儿子。我看得出这个私欲高于一切的女人心胸狭窄又精于算计，那个被纵容得无法无天的男孩更使我心里堵得慌。那时候，我真不知道爹以后的日子怎么过，我以后的日子怎么过。为了那个女人可以一切不顾——我狠下心对自己说，爹，你必须后果自负。

眼下的爹和那个女人是活得既落寞又绝望。过的日子比起几年前我离开这个家时更为喑哑消沉。我爹已苍老得很可怜。我爹看我这个孤苦无依的女儿却要在外面世界混日子，我知道他的心在隐隐作痛，知道他也觉得我很可怜，但更多的已是麻木。我拿了户口本要离开襄摇乡下时，爹私下对我说不能再给我寄钱了。我说不用，我毕业了，我要挣钱养活我自己。

爹知道我拿户口本用于打结婚证。可此刻的爹活得那样猥琐，对这个世界只有无能为力，他也就什么也不想打听了。

我对爹说，用完户口本，我就挂号保价寄回来。

之前因为在本市读书，户口可以不迁。这一次我连户口也迁走了。此生若无其他变故，我大概算是告别襄摇乡下了。

4

鲁豫源的户口本上只有他一个人，我没有想过这有什么不对，而是很合我的意。不知道为什么，我不喜欢丈夫有着太多的牵连。包括我自己也一样，总在想摆脱与他人丝丝缕缕的干系。鲁豫源说他是一个多种经营的经销商。别说他经销的是什么商品，我连他公司的办公地点都不知道。这个男人有的是他的霸道与神秘，除了让你了解他是个男人，和与他相处时的个性状态外，我基本上对他一无所知。鲁豫源喜欢搞他神神道道的那一套，他对我除了吃住穿的需求外，差不多和社会隔绝这一点很满意。而在我看来，只要你塌下心来爱上一个男人，即使是他蛮不讲理的霸道你也会喜欢。

因为他和我爹相比，正好是两个极端。相比之下，我更喜欢他的霸道。

要么周六要么周日，每个双休日鲁豫源一般都会回一趟家，住一宿。这个国庆长假鲁豫源提前回到家里。我欣喜之余居然有点措手不及。和以往一样，小别胜新婚，先是一番痛快淋漓的床笫之爱，接着各自呈大字躺在床上挑逗可有可无的轻松话题。我的爱欲在这时候会像燃烧一样旺盛，变换手法让他再来一次。然后小睡片刻，再驾车到望江楼吃西餐，喝咖啡，欣赏夜景，回到家已是三更天，一起在大浴缸泡了澡，上床时人都瘫软了。

通常鲁豫源刚回到身边这半天时间，总是把彼此搞得很兴奋很累。有意夸大的男欢女爱，几乎把我五六天来囚于密室的郁闷一家伙给涤荡掉了。我希望这个长假能和鲁豫源不分昼夜如胶似漆，但迷迷糊糊的鲁豫源说不行，他明天必须赶往兖州开一个区域经销会议。鲁豫源接着歉意说，雅卡对不起，这个混账会把长假后面的5天全开没了。我心里反对又不能明说，于是四更天悄悄起来服了一剂泻药（泻药是我为了保持身材减肥用的，一般只用三分之一剂量），半个钟头后开始翻肠搅肚，相隔七八分钟便拉一次。鲁豫源醒了，家里没有止泻药，为了防止虚脱他不断催促我喝加盐的温开水。但这夜我泻药吃多了，拉了十四五次，把我的肠胃都拉抽筋了。幸好药力过后我不再拉了。自作自受耗了两个钟头，我的脸色大概由娇艳转为蜡黄，似乎只剩下丝丝一口气。鲁豫源大骂那家西餐店不卫生，同时发觉他的肚子不见动静，就又埋怨我娇气，一点病菌也扛不住。我静静窝在鲁豫源怀里由他发挥，这一次我把自己折腾惨了，在感受他烫热的体温中睡过去。

天亮后我连眼睛都懒得睁开。早餐由鲁豫源做。他让我起床梳洗，喝粥缓和一下肠胃。我说雅卡废了，一点都不想吃。鲁豫源连催几次，见我只想赖床，生气了，掀开被盖，一时间我如同布娃娃，那双有力的手不由分说往我身上套衣服，然后抱到餐桌边的椅子上一放，说：你要是不想肠粘连，就老实喝点粥！我只好趿拉着鞋上卫生间草草洗漱一下，回头喝了小半碗。

吃了早餐，鲁豫源坐在沙发上看电视。我不想看，仍然很受伤的样子，带了件毛毯，头和肩背枕在他的大腿上，双臂抱着他的腰。我不惜摧残自己，要求不高，就想他的业余时间必须属于我。

中餐仍旧是对着我胃口的皮蛋肉丝粥。我没多少吃的欲望，鲁豫源倒是把大部分风卷残云了。然后用肢体语言引导我去午休。我身体病态但头脑清醒，在等待他的下一个情节。果然他躺不了几刻钟便翻身下床，说他得赶往兖州那个会议了，否则就来不及了。

“我四肢无力，身体都虚弱成薄纸了，就希望你能缺席那个会议，留下来陪我几天。”

“不行，连公司的重要业务会议都不参加，这不等于自断财路吗？那样的话，我怎么养得起你？”坐回床上的鲁豫源轻抚着我的肩背说，“你不过是一时吃坏了肚子，吃几顿清淡的就没什么事了。”

我不说话，掀开衣服搂住鲁豫源的腰，一双手和一张嘴都在他的肌肤上做出种种暗示。鲁豫源迟疑一下，还是果断掰开我的手说：

“雅卡你疯了，你的身体都拉成一只空布袋了，还想做那种事，找死呀？！”

5

鲁豫源就这样冠冕堂皇、理直气壮地走了。

百无聊赖的我下意识地将自己挂上了网。

我要做预先设计好的一个试验。本来，只要鲁豫源肯留下来陪我，这个试验就可以不做了。但他已经离开，这个耗了我不少心血的试验就必须做。

男人回家度长假了，怎么还有工夫 QQ 呀？我看一下时间，穿上衣服喝一口水，然后打开电脑。“豫园女”果然在网上等我。

快了，我差不多听到他的脚步声了。“豫园女”说。

接下来的五六天，你大概要给人家温柔乡了，没空上网了对不对？我快速打出这样一句话。

谁说的。两天后他得参加一个会议。

是香城还是竞州？开的是什么会议？一看这样的字眼，我就急上嗓门了。

薄雅卡你如此追根究底是什么意思？

好奇呗。旁敲侧击一下你家男人，这也见怪你可就小气了。

小样的，窥探他人隐私，想判刑啊？

瞧你甜蜜的，不惹你了。男人个个坏到脚底流脓，这可是你说的。

不跟你饶舌了。我听到他开门锁的声音了。拜！

我抬头看了看时钟：18 分钟。我虚弱的身体顿时就像拧衣服一样激烈地痉挛起来。

6

我上网搜索一下症状。自残加上打击，看来我可能是胃出血了，闷胀的肚子隐隐作痛，有说不出的难受。

我捂着肚子，尽可能坚守在网上。只是“豫园女”一直没有露面。我在网上跟书店购买了市区地图。地图定价 5 块，送货上门 10 块。来人一走我便摊开地图，凭感觉琢磨在市区驾车 18 分钟可能辐射的距离。在这座南方小城，走环城路或穿行市区，鲁豫源最可能去的就是西南角。香城的西南角有几十个住宅小区，最有可能的是哪个小区呢？我控制不住自己，下楼打的去这座小城的西南角。我只能告诉的哥一个大致的方向，一边做了计时。快进入西南角时是 13 分钟，鲁豫源驾车顺畅使进某小区，然后停车上楼，18 分钟应该可以做得到。这时候的哥放慢车速，在等我作出去哪里的决定。我判断的是大致方向，根本就没有具体目标，只好让他开进前面已看得见的“松云画苑”小区，我闭上眼睛切换一口气，没有下车便让的哥往回开。大概的哥见多了像我这样莫名其妙急巴巴找烦恼的小女人，掉头不紧不慢把我送回这座小城东北边上的“燕郊花园”。临下车时，的哥说小妹，你以后要跟踪老公，知道他要出门时，你找个借口先他到小区门口上一辆的士候着，等他出来车轮一转你就让的士跟上，我敢保证他百分之百逃不出你的掌心。我边在心里骂的哥管太多了，边递给他一张百元大钞，对他说不用找了。这举动把我吓了一跳。一百元钱，差不多可以管我十天左右的伙食费。看来我已经搞不定自己了。

7

“燕郊花园”19 幢 801 室是没有电梯的顶楼，我回到家中脚酸腿软，腹部更加不适。我喝了一口水，手按腹部发了一阵子呆。在我眼里，这个平时有点蛮横的鲁豫源是极尽男人本色为能事的，对我的体贴和呵护本来是看得见摸得着的，这时候我却连这一点好像也保不准了。可怜的薄雅卡不知道这个男人的行踪，不知道他在干什么，不知道他是怎么想的。现在好了，更不知道他是否还有别的女人！一想到这些，我就又疯了，忘了胃正在渗血，开始翻箱倒柜起来。果然现场什么也没有！鲁豫源把身份证和驾照带在身上，我薄雅卡晓得这是他出行的需要。可眼前是既没有房产证也没有购房合同，没有户口本也没有结婚证，只有用我名字缴纳的有线、电话、用电等费用的凭证。我的心一下子空得厉害，这个男人太可怕了，只要他想拍屁股走人，就会什么蛛丝马迹也不留下。偏我百分之二百在念着他的好！

更糟糕的还有这套房子。

这房子万一是他租的而不是买的呢？

不过我能确定，要往香城迁入户口，就必须拥有这套房子的产权。我不知道鲁豫源藏了房产证是何想法。是对我感到不放心还是别的原因？房产证可以抵押贷款这一点我知道。但他不该把所有证件都收拾得干干净净。

在读香城职业学院时，我们女生宿舍四个人，日常总会嘻嘻哈哈拿当今出现在社会上的“老三”“闪婚”等话题逗乐。当时只是好玩，并不上心，觉得距离自己还有十万八千里之遥，谁想到今天自己上演的可能正是这样的角色？

一时间，我的心收得更紧，明显感到胃壁正在渗出猩红的血液。

8

读香城职业学院的三年大专，我申请了助学金。钱不够花，我就想到能否勤工俭学。我和所有贫困女生一样制作了一个纸牌，上面写“家教”下面写联系薄小姐的电话号码（宿舍电话）。我抱着纸牌，站在香城最热闹的“人民广场”出入口，在 18 至 21 点时段，一直站了 3 天，才和一个中年男人约了面谈。来自乡下的我第一次走进城里的住宅小区，大费周折的才在“寰球小区”找到中年男人住的单元。这个中年男人姓阎，让我称他阎先生。阎先生不咸不淡的，我来到他面前他也没有什么表示。我发现这是一个单身汉家庭，我猜不透他是光棍，还是死了老婆或离婚。从他抹除一切与女性有关的痕迹看，大概离婚的可能性会更大些。那么孩子呢？我是来家教的，所以我直接就想见到他的孩子。我的猜测不错，阎先生说孩子判给他前妻了，孩子的教育不用他操心。那我今天白来了。我准备扭头就走。这时候阎先生说，他请家教是为了教育他自己，他觉得自己有不少缺陷需要弥补——阎先生说，你是年轻人，有什么新潮、时尚的东西，不妨教教我。我说阎先生你开玩笑了，你阅历丰富学识渊博，教我还差不多。阎先生笑了，指出我是学校教出来的死脑筋。他认为，像他的年纪的确不用再学课本知识了，像他这样奔五的人需要的是年轻人的朝气和活力。然后他说，你到我这儿家教，实际上什么也不用教。每个双休日两个上午，来我这儿就像回到家里一样，看什么地方不顺眼整理一下，看什么地方脏了清理一下，和我一起说说话、吃个饭什么的，当然你有心情时为我朗读一篇文章、唱一支歌我更是求之不得。时间一到你就可以下班走人，做满一个月的八个上午，我就付给你像家教一样的工资。末了他补充说，这样的家教应该不算亏待你吧？

一个月的第一个双休日我在阎先生家做了两个上午，回到学校我和舍友、也是我长这么大唯一的至交朴凝紫私底下做了交流。也是来自乡下，家庭背景和我同样无奈的朴凝紫说，像阎先生这种男人请的所谓“家教”，肯定怀揣某种动机。不过不要紧，你只要留心搞清他的身份，谅他也不敢明目张胆对你怎么样。

朴凝紫总是用居高临下的话开导我。似乎比我更早一点，朴凝紫就在双休日神出鬼没了。朴凝紫已经很成熟，看什么问题都有她的一套理论，心里肯定藏着许多不可告人的秘密。用朴凝紫自己的话说，生活才是真正的老师，她是彻底被生存调教出来了。

上阎先生家“家教”，我在手包里放了一把折叠式剪刀，以备万一时派上用场。我提心吊胆了好些天，除了一次他在卫生间冲澡，门开一道缝要我给他递毛巾，和一次带我出去会客吃饭外，我并没有见到阎先生有什么真正的出格。直到做满一个月，我从阎先生手上领取 400 块钱要走时，他问我下个月还来吗？我朝他点了点头。这时候他说薄雅卡，我能像西方人一样和你拥别吗？见我点头后阎先生礼节性地拥抱我一下，道声谢谢，便和我说再见了。

朴凝紫说如此看来，这个阎先生可能是性无能患者。我不同意朴凝紫对阎先生这样的猜度与中伤。朴凝紫恨铁不成钢说，亲爱的薄妹妹你太过相信男人的理性了。朴凝紫说，男人都不是什么好东西。

在阎先生家做满三个月的“家教”，他告诉我要到国外去“交流”8 个月，“家教”只好告停。最后一次“家教”后，阎先生请我去吃西餐。那一天阎先生似乎有点舍不得我，在西餐厅慢腾腾地吃了很久，对我感叹说，薄雅卡你知道吗，年轻清纯是多么难得的人生状态啊！我说我都穷到不知道明天会身陷什么处境，内心总是悲哀至极。阎先生说，所以你不懂得珍惜呀。我说阎先生要是你不介意的话，能不能告诉我你从事的是什么职业？阎先生说，我是香城市医院泌尿外科的主治医师，整天拿着手术刀打开病体，把病人身上发生病变的那一部分切除掉，清理、消毒、缝合，再用药和饮食调理，让病人复原。我说阎先生你干的是很高尚的职业啊。阎先生说，救死扶伤很神圣没错，因为事关人命，我努力使自己精益求精，每一台手术我都紧绷神经，告诫自己要细心周详要避免出错。在这一方面我确实做得很成功，被香城市委市政府评为拔尖人才，是医院不可多得的业务骨干；另一方面，又觉得我把自己的人生给毁了。我整天面对的，是病态的、血淋淋的、增生变异扭曲的患者，导致我看每一个人首先想到就是那些恶心的东西。因为我很清楚所有疾病的根由，我甚至连看老婆的目光都是异样的。我总是审视她的身体哪一部分正在衰老，哪一部分已经患上炎症，哪一部分正在病变，哪一部分如果不予预防或者治疗日后将演变成肿瘤，我知道我这是职业病，我每天在家里都会目光如炬进入这样的病理分析，然后情绪烦躁，脾气变得暴戾。我老婆也是个高智商女人，她无法忍受我目光里充满了寻找用手术刀的意图，最终选择和我离婚。

这是我那一天听阎先生倾诉的闻所未闻的，一个人居然会患上那一种“职业病”。我说阎先生谢谢你，谢谢你对一个年幼无知的女孩子说了这些。阎先生说是我要谢谢你薄雅卡，你年轻、健康、完美无缺，我是花一点小钱雇你来拯救我自己。

9

毕业后何去何从，心里一点底都没有。我去面试了几家不起眼的破企业，因是生手，差不多都要 8 个月以上的试用期。见本姑娘弱不禁风的样子，老板们基本上认定我只能干文员。可谁知道读书时我最恨作文，放在心里头头是道，要落笔成文就会纠结糊涂，一个字也不听使唤，如同把我放进油锅煎熬，写出来的作文一团乱麻，没谁看得懂我要表达的是什么意思。有的老板不要你也不明说，连表格都不用填就派你到大街上或社区搞促销。面向素昧平生不相干的人吹嘘产品如何如何，简直比吞苍蝇还要叫人难受，在那种纯粹是老板意志强加的工作环境中，我能表达的只有干瞪眼，一般站不满半个钟头就让自己“下课”了。我走投无路去应聘服装店的导购，底薪 500 还不够我吃饭，我不想虚假，加上木讷，我一件衣服也卖不动，根本赚不到提成。可老板照样要你凌晨站在马路牙子上做招徕顾客的“行业操”，夸张地比画着人肉动作，丢脸丢得就像掉头屑一样让过路人侧目生厌。

你一定想不到，一个在街上漫不经心溜达的清纯靓丽的小姑娘，她差不多已经活到头了。我不想回丰浦襄摇乡下又无路可走，吃住问题转眼便冷酷到要你去跳楼自杀。我有半个月时间，为了能有一张床度过漫漫长夜，整个白天我只吃一个蛋挞加两杯水。这时候哪怕仅一面之交邀我饭局，我也会奔赴向前。然后在饭局上我的内心高度紧张，装着极端羞涩和弱小，把出风头引人注意的企图掐死在萌芽里。只有这样，我才能在那样的场合既吃饱饭菜又不用付费，避免脱不开身。

也就在那样的场合，我遇上已分开多半年的舍友朴凝紫。

饭局之后朴凝紫邀我去她的住处待了三天。舍友相伴，吃住免费，这是我毕业颠沛流离半年后最放松的三天。如果还有什么梦想，我要的大概就是那样的情景。但朴凝紫过几天就要离开香城去广州了。我一下子就又愁容满面眉头紧锁，心事重得身子发沉。朴凝紫说薄雅卡你的样子让我感到不安。我的眼泪哗一下就止不住流了。朴凝紫说算了算了，带你去赴一个饭局吧。相信我，做人用不着这么伤怀，天塌不下来。

这一天朴凝紫带我去的这个饭局有两个男人，其中一个就是鲁豫源。

朴凝紫走了。另一个男人也很快淡出我的记忆。接下来一周一次，鲁豫源连续约我吃饭，逛消费场所买衣服、KTV、喝咖啡之类。但我照样忧心忡忡。鲁豫源见状对我说，雅卡你好像有几百吨重的心事，大哥能为你做点什么吗？我说鲁大哥你能为我安排个住处吗，否则的话往后的日子我只有流浪街头了。

鲁豫源找了大学城附近一个单身公寓，八成新，包括各种电器，公寓里日常器具一应俱全。鲁豫源见我欣喜若狂，于是签了租赁协议，半年租金一次性付清。而后结伴上市场买了肉菜，当夜还在公寓里搞小家庭情调，搭档做饭，相互间温情脉脉吃了晚餐。这夜我没让鲁豫源离开。尽管鲁豫源小心翼翼，可他还是把我弄痛了。我用两只手狠狠抓住痛的地方，身子弯成一只被煮熟的小草虾。鲁豫源说雅卡，我这下孽造大了。以前我见识过几个女孩子，没有一个像你雅卡这样的。鲁豫源整夜都把我拢在怀里，心疼得不行。翌日临走，鲁豫源又给我留下千把块钱，叮嘱我千万保重。

有了住处，又有了千把块钱，即使找不到工作，我至少可以安心过上三个月。三个月可能是短暂的，但这种幸福如同天降。我不急不躁，只在白天的上班时间出去找工作，有了心情目光便变得有点挑剔，路上还买一两样零嘴带回公寓消受。

让我意外的是，仅仅才过了两天，鲁豫源再次出现在公寓里。

鲁豫源说雅卡，这两天我满脑子都是你。鲁豫源不约而至，我竟惊喜万分，搂住他的脖子在他的额头、鼻子、双颊、下巴到处戳唇印，告诉他说我跑了两天，竟连一点工作的影子也没见到。鲁豫源说雅卡有我呢，不急，慢慢来，我们有的是时间。

再次的这个夜过后，我的身体开始越来越为浓烈地想念鲁豫源。鲁豫源似乎也上瘾了。他信誓旦旦地说他要让我的手头永远都不少于五千块钱。我看得出，鲁豫源显然是成熟冷静的，他不说做不到的事情。但有一天鲁豫源还是对我说，雅卡你把我心里别的念头全给掐灭了，我想一心一意对你好，下决心为你买个单元房，让你的生活安定下来……

想想这已经是一年前的事了。

10

我脑海翻滚，心乱如麻。大概是出血的胃发炎了，隐隐作痛又胀得厉害。没有想到衣食住行都不愁的这两天时间，我竟会如此难熬。

我明白我是在等待一个求证的时间。

这天上午九点钟，“豫园女”终于出现在网上。

喂，我马上打招呼说，白马王子走了？

走了。

我差不多看得见“豫园女”既满足而又失落的心情。于是打上这样一句话：

让我猜猜你家白马王子长假离家的理由好不好？

好呀薄雅卡，你长进了，想当我肚子里的蛔虫了。“豫园女”的调侃功夫一向不错。

你家白马王子要赶往兖州开一个区域经销会议。

……

我相信在另一头电脑前的“豫园女”被雷电击中了。我的猜测继续往上传：

亲爱的对不起，这个混账会把长假后面的3天全开没了。

……

“豫园女”你咋不吱声了？

这两句话可能说得太狠了，我不免为“豫园女”焦急起来。

薄雅卡，我好像没说过我老公是搞经销的吧？

是啊，你没说过。

……

11

过后的两天，“豫园女”都没上网。

我下楼找了个小诊所，回家吞了几颗药片，上QQ坐等“豫园女”出现。

薄雅卡，约个地方见面吧。我请你吃西餐。终于露面的“豫园女”发出这样的邀请。

西餐不行，这几天我胃不舒服。“粥道馆”怎么样？

我能感觉得到，彼此间火烧火燎的情形并没有相差多少。

在“粥道馆”里，本来靠的是看不见的两头，是猜测、推理、想当然的交流，此刻面对面，大概双方都有一种怪怪的说不出来的感觉。在网上的洒脱不见了，随之而来的是拘谨、警觉和新一轮的相互探究。

从外表看“豫园女”很漂亮，也比我成熟得多。在这一点上她与我不同，而且我一眼就看出她具有独立的生存能力。

在网上聊天时约好的，在见面的第一时间我和“豫园女”要对换一张小纸片，小纸片上写的是各自老公的手机号码。

“花心贼，我会让你死得很难看！”“豫园女”看了一眼手机号码，她的拳头砰一声砸在桌上。

在“豫园女”面前，我涌起的却是力不从心。

“请慢用。”服务员将两大碗海鲜粥分别放在我和“豫园女”面前。

“豫园女”说：“薄雅卡，是不是特别想知道卢育原把长假的后三天给了谁？”

“想呀！”

我当然想。但糟糕的是，等揭开了鲁豫源（卢育原）的面目，我就又什么也没有了。此刻在我的心目中，有关鲁豫源所有的信息可能都是虚假的，可他在我面前所有的细节，每一句话，包括和他肌肤相亲，房子和钞票都很真实。我现在总算明白了，女人为什么特别喜欢钞票、首饰、衣服和房子，因为 这些东西有时候会比无法把握的男人来得更真实。

“薄雅卡，你打算给这个坏蛋采取什么样的措施？”

“我不知道。至少我现在还没有想好。”

见我不温不火的（其实我是在掩饰内心极度的慌乱），“豫园女”很是失望。

“姐姐，能告诉我你的真实姓名吗？”“豫园女”草草吃几口海鲜粥，就要起身离去时我及时开口说。

“焦喜桂。”“豫园女”说，“你打听我的名字想干什么？”

我说：“不想干什么。为了公平不是吗，我可是从一开始就告诉你我叫薄雅卡的。”

这一天我和“豫园女”焦喜桂走出“粥道馆”后分别上了的士，走几步后我让的哥掉头跟上那辆拉“豫园女”焦喜桂的的士，一直跟到看见走在前面的的士开进“松云画苑”小区，才让的哥再次掉头把我拉回“燕郊花园”。

回到801室，我上网百度了“胃大出血”四个字，读了胃大出血的症状，然后给鲁豫源（卢育原）发了这样一则短信：

老公：我胃部闷胀隐痛，昏昏欲睡，凌晨拉黑便了。上网一查，是胃出血的症状。我不知道怎么办才好。

就这转眼工夫，“豫园女”焦喜桂也在网上，不知道她在搞什么名堂，叮嘱我一定要为“我们对‘那个人’已把握的情况”严格保密。

我不想再待在网上和“豫园女”焦喜桂聊什么了。于是告诉她：

我胃病又发作了，下线躺床上休息去了。

12

我在听到鲁豫源开门声时赶快奔卧室躺上床。胃痛、失眠，加上基本上不进食，几个日夜下来，不用装我的脸色也肯定像僵尸一样寡青。

我更愿意称他为鲁豫源而不是卢育原，因为至少鲁豫源这三个字是完完整整属于我的。他比我预想的要好得多，在我发出短信三个钟头内他就回到家里。他回到家里时额头布满汗水，我当然看得出下面的七层楼他爬得有多快，心情有多急。

“豫源你回来了。”我躺在床上似乎只剩下虚弱的一口气，连眼皮也懒得抬。

“雅卡，怎么会这样？！我以为你没事的，可几天你就病脱形了！”鲁豫源俯下身，一把将我搂进怀里。鲁豫源是心疼我的，爱惜我的，我从他的肢体动作和气息感觉得到。

“天哪，身体这么烫！我这就送你上医院！”见我没有吱声，鲁豫源大概越发以为我病得不轻。

“不就是胃难受吗，吃点消炎药就行了。”此刻鲁豫源给我的感觉是很亲近很亲切。我接着对他说，“动不动就上医院，得花多少钱啊。”

“雅卡，我没想到你会这么蠢，身体都没了，留钱有屁用！”

听了我又爱又恨这个男人的这句话，我的泪水一下子涌了出来。

其实我除了胃部闷胀隐痛外，昏昏欲睡和拉黑便纯属子虚乌有，但我又不能转眼就没事，只好任由鲁豫源带着到附近诊所看病。医生开了药，交代要避免情绪波动，好好调养，吃几剂药休息三五天就可以了。

“雅卡，你没什么大碍，太好了！”最后的三层楼梯，鲁豫源干脆像抱小孩一样把我抱回家。

连我自己也感觉到了，可能是因为年轻，还有我这几天的消耗，我在他的怀里是既柔软而又娇弱。

当鲁豫源抱我回到屋里放在床上，脱掉我脚上的鞋袜，把我摆正盖上棉被时，我突然抓住他的手，示意要和他做一次爱。鲁豫源是一个懂得不去违背一个动情女人心思的男人。这一天他刚柔并济，成就了一次让我战栗不已的经历。

鲁豫源可能是一个运气特别好的男人。这一次他意外留在我身边，殷勤体贴伺候了我这个病人整两天。在这两天时间里，他曾三次重复说过这样一句话："雅卡你知道吗，其实在这世上一切都是那样的坚硬和虚假，只有雅卡你这个小心肝让我感觉到现实还有温软的一个小角落。"鲁豫源说这句话的时候，一次他坐在床头搂着我自言自语；一次他以为我睡了，吻我眉心时轻轻地说；再一次是他跟我吻别，又要出门离我远去的时候。

我记得最后一次，是我和鲁豫源相识、结婚以来不曾见过的，他的眼里竟满噙泪水。

13

每一次鲁豫源离开，我的心都会变成空洞。但我每次都会通过回忆和他相处时的种种细节，把这个空洞填满。我对鲁豫源离开这个家以后的一切都很在意。他干了些什么，和什么人交往，尤其是和什么样的女人有过接触，只要想象一下，就会引起我锥心的痛。但我对一切都不了解，我也没有能力去掌控左右这个男人，所以我即使执着地去"锥心的痛"又有什么用？我希望日子能这样过下去。因为我喜欢鲁豫源，所以才会心痛。我感到不公平，大概根源就在于此。

我的胃不知道是药物的作用，还是情绪得到缓和的情况下，已经好多了。

所以我接着想，难道发生在自己男人身上的秘密就如此重要吗？

我以"难道发生在自己男人身上的秘密就如此重要吗"为话引上网跟"豫园女"焦喜桂聊。焦喜桂说："古代的名门大户选择婚配，不但要请算命先生看对方的生辰八字，还要考核祖宗三代，更何况是发生在自己男人身上的秘密？！"

然后焦喜桂说："可叹的是，你我了解自己男人身上的秘密却少得可怜。"

我说："多又怎么样，没用的。"

焦喜桂说："多了首先可以更有效地保护自己不受伤害，其次是能更好地掌握对方。否则的话被蒙在鼓里当猴耍了你也不知道！"

此时此刻，我居然对焦喜桂把鲁豫源摆在"敌人阵线"的对立面不感兴趣。可又舍不得下线，我总是希望能在焦喜桂那儿多少获得一点鲁豫源的信息。可怜见的，天大地大，我薄雅卡心心念念的却只有鲁豫源这三个字。

倒是焦喜桂没有别的什么征兆，突然在网上消失了。

我预感到，大概有什么事要发生了。

一直等到第二天午后三点，再次在网上露面的焦喜桂十万火急地急说："薄雅卡，赶快用'孟起生'三个字搜索一下。"

我百度了"孟起生"三个字，打开了所有与"孟起生"相关的条目，包括"孟起生百度图片"。其中有一幅孟起生在大会上做报告的标准像，他的神情有点忧郁，看起来并不像所有官员那样自信。

我不知道焦喜桂用什么方法查找到，鲁豫源的真实姓名叫孟起生。

好你个孟起生！没想到你竟是郤市荆阳县的常务副县长！有人发帖称"荆阳县土地腐败案牵出分管官员，传常务副县长孟起生已被'两规'"。这个帖子被疯转了许多次。我身体发虚，就像置身冰窖，四肢被冻僵了一般，上下牙控制不住地在笃笃乱战，一下子天塌地陷了。

"薄雅卡，认清孟起生的真实面目了吗？"

"我没想到，他并非大款，而是一个政府官员。"

"孟起生这个坏蛋，竟敢如此欺瞒老娘，我要举报他，再一脚将他踩死！"焦喜桂在另一台电脑前咬牙切齿。

焦喜桂希望能立即和我见个面商量对策。我推说要离开香城到外地谋生了，并从此不再上 QQ，不想和焦喜桂再有任何关系。

我为自己呜呜地哭了起来。长这么大了，我再一次体会到一颗心在时不时发抖那种无法自控的人生状态。

14

我一直在拒绝承认鲁豫源的谐音卢育原，更拒绝那个和我形成夫妻事实的鲁豫源竟就是那个孟起生。在荆阳县的政府网上，有关孟起生的信息均被删除。那个孟起生肯定是出事了。鲁豫源的手机也从那一刻起变成空号。老天爷，但愿鲁豫源能挺过难关。至于孟起生，见鬼去吧，我不想和他有任何的瓜葛。

以往的夜，在睡觉之前我都会把“燕郊花园”19 幢 801 室的几重门牢牢锁死。但孟起生出事一个多月来，门我都留着，希望鲁豫源在某一刻能用钥匙打开这几道门，奇迹般出现在我面前。

我在“燕郊花园”19 幢 801 室心惊肉跳地度过两个多月，后来走出家门打了几次工，要不是丢三落四便总是出错，试用没几天便被辞退了。几个月过去了，我等的人还是没有出现，也许我的男人鲁豫源，他是永远也回不来了。

月底我交了季度物业费，兜里就所剩无几了。再找不到工作，我就弹尽粮绝了。

这一天我到劳务市场傻站了半天，正要离开，一辆小车在我身边停了下来。没想到竟是我以前做过家教的阎先生。

分别两年多了。我被带到阎先生的家，彼此间有点像老朋友。阎先生感叹说，薄雅卡你已经不是两年前的薄雅卡了。

阎先生阳光多了。看得出他也不是两年前的阎先生了。我这样说，是有意把皮球踢还给他。

你知道我对所谓的专业是拒绝的。我想开了，出国交流的七八个月基本上是敷衍了事，回来后我就转去干行政了。阎先生说，我看人的心态和目光也正常多了。

我不知道阎先生那样做，是可喜还是可悲，当然也能感觉得到他的显著变化。

薄雅卡你已经不是两年前的薄雅卡了。阎先生在目光里充满了可惜。当阎先生第三次说这句话的时候，我便和阎先生告别，匆匆赶回“燕郊花园”19 幢 801 室。

这个夜里我做了一个梦。跟以往一样我的梦乡永远都是迷糊一片，天地间飘着小雨，天色灰蒙，我一直企图看清在大街上走在前面的那个人。那个人又黑又瘦，她散乱的头发全是污垢，看得到的就是她长时间挨饿的身影，磕绊着双腿在往前走。我于是开始有了某种预感——天哪，她竟是我那患了梦游症的妈妈！我的腿迈不动了，不知道为什么我就在那一个瞬间警告自己不能叫住她。因为妈妈已经不认识我了。妈妈被熬干的肉体和高度的神经质，还有她对正常意识的对抗，已游离于世间以外，只能和风一起被刮裹着一点一点飘远，消失在一个我看不到的地方。我哭了起来，对妈妈的一切竟然只有无能为力……

我醒了过来，发现自己在梦中哭得脸颊和枕头全是泪水，四肢百骸处于麻痹状态，如同死在床上，使唤不出半点力气。

15

在找到一份合适的工作之前，我还干了一件事。

我分别在“松云画苑”小区内外选了几个点，伺机对焦喜桂实施时段性的观察，得出的结论是，焦喜桂大概是经过权衡利弊、经过激烈的思想斗争后选择了沉默。战战兢兢几个月后，她的生活又恢复正常了，伴同她出入的已是别的男人了。

16

鲁豫源你这个坏蛋，既然姓名是虚构的，那就说明所有的证件都属伪造，都是假的了。

要是我哪一天看开了，我甚至连离婚对象也找不到。鲁豫源你这个坏蛋，你让我当的是哪门子寡妇啊！

山地苍茫

碰山崖

1

清光绪乙未中秋，借宿嘎山丫叉口的师徒俩起床吃了早糜，凌子罟指着远处的大莽山对徒弟说：“爬过那座大山，再爬上碰山崖，就是为师的家了。”缪百寻望着莽莽苍苍的几重大山，也不知师父的家会在山地深处哪一个旮旯。师徒俩别了丫叉口的窑工们，路过汤家小瓦厝，汤佬倚门张望，孙子汤奓见师徒俩走过来，便往缪百寻怀里塞了一包锥栗。凌子罟说：“汤奓真难得呐，可你把锥栗给百寻了，你吃什么呢？”汤奓咬着嘴唇不作声，在后面默默跟着。缪百寻说：“汤奓你回去吧，我和师父要进山了。”

望塔尖山的方向往下走芒岭一段路，拐牤牯岭往下再走一段路，然后向左进入深坑涧道，天空被茂密的树林所遮蔽，从枝叶间漏下星星点点的日光，但见山涧清流汩汩，路顺着水圳向大莽山的脚下延伸。缪百寻依师父的样子将脑后的发辫缠上脖子。师徒俩喝了水，抬头就要爬大莽山了。这是缪百寻第一次进山，年过半百的师父已见老态，心里好奇也有种种未知的惊惧。正码劲爬着，半山腰出现一间土墼厝，“记住这里叫郧头沟。”听见凌子罟的声音，从土墼厝走出一个瘸脚的查埔团：“是凌先生呐。”“日昼了，郧瘸子可有什么好吃的？”“凌先生有口福，我昨暝套了头野猪，大早下锅，炖春根藤半日了。”郧瘸子把师徒俩引入土墼厝，厝内一个聋哑查某正坐在灶膛前烧火，锅里咕嘟响着，肉香满厝。身边站一个五六岁的查某团，揪住她娘的衫裾，左边的袖管竟是空的，睁一双畏怯的眼睛看着来人。

聋哑的、瘸脚缺胳膊的。缪百寻见了心头一凛。土壂厝简陋粗糙，烟熏黖黖的墙上挂着锄头、钢叉、铁夹，箬笠、棕蓑。床灶桌椅等一应家用全在这一间土壂厝内。师徒俩在原木垫起的床沿坐下。聋哑查某将野猪肉装进土埚，捧上松木桌。这一顿师徒吃的野猪肉有一股草木香味。吃罢凌子罟解开包袱，量了一升鸡爪黍和一包半斤装红糖给郧瘸子，郧瘸子也不推辞，用芋叶包了两大块野猪肉塞进缪百寻背的包袱里。

师徒俩别了土壂厝，继续爬大莽山。凌子罟说："别看这一家伙，身体残疾，谁都以为度日会难以为继，可我每次回砬山崖路过此地，也总见郧瘸子一家都还艰涩活着。"这郧头沟一家的情形，让缪百寻听了好一段路闷闷不乐。

2

经山鞍走下大莽山，树林越走越密，凌子罟折了一把樟树枝叶，分一半给缪百寻，让他学着师父的样子身前身后轻轻挥舞拍打，用樟木散发出来的香气驱赶蠓虫。"日后进山出山，百寻你要记住别随便喝山泉水，万一有毒蛇恶兽死在泉口，喝了轻则浑身发痒，重则溃烂。有一种刺毛虫掉在泉口，人喝了就会中哑垢，发不出声来。"缪百寻说："一进山，发辫便要缠上脖子，这也是有讲究的吗？"凌子罟说："脖子是身体最薄弱的地方，缠了发辫可挡住蠓虫的叮咬。在深山密林里，见身后长尾巴的，会被猛兽认作同类，它就会尾随攻击你。"人活着，竟有如此之多的机巧！缪百寻不免大为叹服。

说话间缪百寻抬起头来，见掩蔽在浅林茂草中的一道山脊，尽头是一座石峰。"师父，那座石峰，就是砬山崖吗？"凌子罟叹一口气说："等爬完一千八百坎天梯，就是为师的家了。"

砬山崖是深山密林里的一座巨幅崖礅。在外头圩镇所说的"千八坎"，指的就是它了。砌的、凿的、铺的磴道崎岖嵁碚，底下是危涧绝谷，稍有不慎打个滑脚翻滚下去，就会摔它个尸骨不存。"爬这道天梯，别老抬头望路有多远山有多陡，只需认脚下的石磴，一步一个喘息往上登。"凌子罟接而指着石磴旁边的臭菊说，"下山时要记得在这里采一把臭菊，过深涧密林用于驱赶蠓虫。”缪百寻说：“这头有臭菊，那头有樟树，长得可真巧！”凌子罟说：“这叫天地造化，非人力所能为。”登上半山，山脊两侧出现成片水稻正在孕穗的埒子田。凌子罟说：“碰山崖人吃干喝稀的全靠耕作这两片水田，农闲才走山打猎扒拉山货，由崖上一个叫凌长庚的族弟带出去换钱换物回来补贴家用。”

爬完石磴，眼前豁然出现一间巨大的石室。石磴末端是山门，进山门是一面石埕。当护栏的石砌墙头，左边嵌着一间类似岗哨的小厝，小厝仅容一铺小榻，开一面窗，侧卧即可俯瞰“千八坎”。右边护栏内堆放着百十颗大小不一的砾石。凌子罟说：“只需一个后生子守‘磡头厝子’把住山门，这些石头就变成石弹、滚石，任山下有多少人马也攻不上碰山崖。”

碰山崖是这座巨幅崖磡打哈欠时张开的大嘴，嘴里觊园一个小村落，六七十口人，一色凌姓宗亲。耕作半山磴道旁的两片埒子田，收成都必须肩挑脚登爬天梯往上搬，长年累月的苦役难以想象。可一旦登上碰山崖，缪百寻立马就服气了。碰山崖简直就是个世外桃源。崖磡底下，刚刚攀爬过的路径已隐匿于绿意浓郁的雾霭之中。碰山崖风和日丽的，目光远近，竟是别处体会不到的一片朗朗晴明。

3

推开虚掩的门，一个十三四岁的查某团冲凌子罟叫声“阿爹”，伸手便从缪百寻肩背上剥脱下包袱，嚷道：“阿爹，背你包袱的人是谁？”凌子罟说：“缨花，他是你阿哥呀，叫缪百寻，是阿爹前天在兜螺圩收的徒弟。”这下她惊讶了，叫道：“阿妈，阿爹收徒弟了！”缨花将包袱放上八仙桌，转过身来揪住缪百寻的两片耳朵说，“阿爹的徒弟，不得了的，我可要看个详细！”查某团已有小姑娘身量，也不顾缪百寻满脸通红，说要看个详细，其实也就是近距离扫他一眼，说声“还好啦”，当即放开他。听见声响，从灶间走出一个姆子来：“子罟，收徒弟这么重大的事，也不跟我商量一下！”“我这不是把他带回来了吗。”凌子罟卸下肩上的褡裢说，“百寻你也磕个头拜见师娘，她要不认你可就麻烦了！”缪百寻跪下磕头，叫了一声师娘。做师娘的赶快拉起他说：“叫百寻对吧？拜了师，师父师娘就是你爸母，缨花就是你小妹。亲像一家人，这有多好啊！”

缨花给缪百寻搬了条凳、倒水，便开始掏包袱，嘀咕道：“这次带回来的物件还真不少，可苦了背包袱的这个阿哥了。”凌子罟从褡裢取出一支发簪递给缨花说：“这支银簪你再不满意，我这阿爹就没法当了。”见是银的，缨花喜形于色，扭头对缪百寻说：“你这阿哥不能白当，得帮我别发簪！”缪百寻更是窘迫，有点抖的双手并不晓得往哪个地方别合适。“看你笨手笨脚的！”缨花夺下发簪，求她阿妈去了。师父对师娘说：“缨花她娘，芋叶包的是两块野猪肉，回锅热了，你母女吃。我和百寻在郧瘸子家蹭的午顿就是单一味野猪肉。”

师娘捧野猪肉下灶间，又端回一壶滚水，给师父泡“一枝春”工夫茶。师父说：“趁天色还早，缨花你带百寻去看看砬山崖。”缪百寻喝了水，又坐过片刻，猛要站起时双腿竟酸痛得让人发颤，一晃差点坐回条凳。缨花伸手稳住他说：“阿哥忍耐一下，你是头回爬‘千八坎’，暗暝我烧水给你浸脚。”

缨花先带缪百寻到山门看“磡头厝子”。缨花说：“崖上的男丁除了我阿爹和长庚叔，暗暝都要轮流守村口，一人一暝，一个不落。守‘磡头厝子’不许吃酒，床头准备三粒纸炮，也不问是不是土匪山贼，只要石磴上有动静，就点一粒往下炸，崖上的老老少少就会点火把，扁担、锄头全扛出来准备拼命。”说罢带他顺墙头护栏往另一头走。其时青壮劳还在崖外做工课，在家的要么老要么少。几个老货见了，都认定缪百寻是她阿爹带回来的团婿，让缪百寻看到了又气又恼又可爱的凌缨花，他竟也是发自心底的喜欢。

觇园崖磡石室的砬山崖，头顶悬崖，下是崖磡，靠西是遭砍削一样的绝壁，通往外界只有山脊上那道形同刀背的“千八坎”。崖磡上的石室旷阆开阔，临崖磡砌齐腰的墙头护栏。石室坐北朝南，日照不短光线足够。凌姓宗亲就在石室内建房造舍，师父家靠近“千八坎”路口，和其他宗亲的瓦厝一样是二进放天井格式。天井只用于采光，除了风雷猛雨，雨水一般泼不进石室。每户瓦厝左边都搭有斜披，披间后为灶间，中为饭厅，前做客房。石室的内壁长年冒汗一样潆潆渗水，底部砌了水槽，水清澈甘甜，为方便取水每户灶间都开后门。用过的水，经涵沟流到半山做灌溉埒子田的补充。经缨花带路讲解，这远离闹市的碇山崖，让缪百寻看到的居然到处都是天造地设的满眼惊奇。

4

在暗顿的饭桌上，开封的雪花糕有八小块；回过锅的野猪肉切成薄片，半小碟蒜蓉搅拌嘎山奚家的头抽豆油；野猪骨头熬白米糜撒黍粉末又吊了碱，黏而不腻。喝糜配揾蒜蓉豆油肉片，佐以雪花糕，滋味甚是可口。吃罢暗顿，陆续有宗亲前来串门，不时看缪百寻一眼，查埔的说:“这后生子机灵，收来当徒弟多好！”查某的说:“收来当团婿更好！”凌子罟不作回应，笑着给老货们泡茶。缨花看不惯他们的无理取闹瞎操心，便要缪百寻跟她去水槽提水。等宗亲们散了，缨花已烧热两脚桶水，桶旁各摆一只杌子，要阿爹阿哥热水浸脚。师娘去客房铺床，缨花给浸脚的阿爹捉肩捶背，目光却落在缪百寻身上:“阿哥你是少年家，睡一暝，明早就没事了。”坐在杌子上低头浸脚的缪百寻不知如何应对。上崖已有几个时辰，直到此刻他才晓得，这小妹缨花一直只管说她的，他答不答话无关紧要。

在碇山崖三日，凌子罟要么串门闲谈，要么泡“一枝春”工夫茶自斟自酌，与师娘有一句没一句地说着闲话。于一路上教习的功课，竟交由查某团缨花负责督查。这日吃了早顿，缨花往客房送来《子平真诠》《三命通会》《滴天髓》几本命书，还有一道沙盘。方形木槽放着细沙，缪百寻手执小木棍在沙盘里写字，缨花拿斗概不停把细沙抹平。没想到不曾上过学堂的缨花，对阴阳五行及相生相克，天干及五行所属，地支人元及对应生肖，六十甲子种种，非但倒背如流还能熟练书写。缨花说:“阿哥你知道吗，我阿爹一天学堂没上过，全靠他自己成了碇山崖上最有学问的人。”缪百寻说:“缨花你不也一天学堂没上过，可你读书认字也丝毫不差呀。”缨花说:“我可不一样，我阿爹他起初教我‘天地日月雷电风雨、雾露霜雪山水土石’，见学得快又教我‘金银铜铁铅锡锌铝、柴草竹木树叶花枝’‘禾稻黍粟糠粮、碗箸匙埚鼎灶、丝布衫鞋帽袜’……阿爹教的我记着，见什么物件都要问究竟，阿爹就说我死迷文字，要不是查某团就好了。我阿妈说我阿爹是个极聪明的人，他要是有钱上学堂读书，至少也考个秀才回来。”缪百寻说：“要是你阿爹考中秀才，你就是缨花小姐了。成了小姐，日后嫁的不是官老爷就是大财主。”缨花说：“那也好呀，我就等阿哥你当上官老爷当上大财主。”缪百寻说：“我家人口不安，生意冷淡，在兜螺圩是个破落户，幸亏你阿爹用法度给禳解一下，日子才算能过。我阿爹心想人活着一定要有一技之长，非要我拜你阿爹当师父不可！”“这个不怕，”缨花神色笃定说，“我阿爹看中你收你为徒，日后你就肯定会有大出息。”缪百寻说：“要是哪天我有出息了，就带师父师娘和缨花你到兜螺圩住大厝。”缨花说：“可我听阿爹说过，要往人生地不熟的地方迁居，得压得住地头才行。”有点向往缪百寻的设想，却因为有各种未测的忧虑而不很热衷。

山里火油金贵，点松明烟大不耐燃，未及二更，崖上十几户人家便都熄灯歇息。崖上暝时比山外凉得快，如同一下子便堕入深山的静寂。客房距离“磡头厝子”很近，睡客房的缪百寻听得见守护村口那个人的鼾声。苍穹里的上弦月挂在客房的窗口，缪百寻寄身崖磡，想想这些天的行程，恍惚间砬山崖与兜螺圩的路途已是十分遥远的了。

得意砬山崖

5

时间过了三年，也就是缪百寻虚岁十九那年初秋，兜螺圩的一个圩日。师徒俩走下顶圩时被请到大头家奚园的“奚记豆油庄”。在三山地区已小有名气的缪百寻，这一日奚园在凌子罟下首也给这个俊朗的后生子安排了座位。品茗寒暄过后，奚园说：“这几年‘奚记豆油庄’新推了酱瓜、酱豆粒、红方腐乳几样货种，加上原先的豆腐、豆干、豆花，主营的豆油又细分了等级，生理非同往日，眼下这豆油庄已显狭小，却一时不知如何去扩大摊头，为这事特地求教见多识广的凌先生！”凌子罟说：“几年来我徒弟百寻也算有所长进，要不先让他说说看，再作参详如何？”奚园说：“高足崭露头角我早有耳闻，敢情最好！”凌子罟说：“百寻你试着做个陈述，圃修先生胸怀大志，你遵循平日所学法度，不必拘谨，尽可依次说来。”

“大头家可先有个压地头的举动，从鲍奓客的遗孀手头把缪家老宅的旧址盘下来。”缪百寻欠了欠身说，“兜螺圩谁不知道缪家老宅旧址是一块凶地？大头家以他人不敢为而为之，气势已赢三分；既是凶地，鲍奓客遗孀一个妇道人家对此更是嫌弃厌畏，她手头又握无凭证，盘之既好商量，价钱上也肯定便宜；大头家若肯出资让凶死三家前来移阴收魂——实则借此名头予以适当补贴，做的更是积德好事。大摊头的生理尚未开张，早已家喻户晓深入人心了。”只开了个头，已博得奚园的赞叹：“这话在理，有见地！”缪百寻接着说：“盘下这块宅基地，便按天地人的布局建造：前为店铺，后砌围墙，墙内向东三分一为七隔间棚房，向西三分二打大埕；大埕居中筑泥坛，坛内杵可放满六担水的大缸一口，泥坛周围先摆放中缸三十六口用于泡豆曝缸，生理益发兴隆时就摆放七十二口。只要用心经营，大头家的豆油庄定是此前几十倍的红火。”眼前这个少年家果然筹划在胸，其建造布局巧妙精当，奚园听了激情难抑，其陈述正好与他还不甚明确的日思夜想相吻合，只是不知其理据之所在而已。凌子罟说：“缪家老宅因是一块火地，所以逞凶。烈日天火其灼焰威不可挡，百寻的见解，正好是天河水星的建造布局，重在水火相济方面做考虑，圃修先生经营的是豆油庄，可谓福德所至，据此而行定大可获益。”“名师出高徒，今日奚某开眼界了！”奚园大喜过望，酬谢纹银二两。师徒俩也不谦辞，笑纳离去。

路过下圩桥头，师徒俩便在缪家老宅的遗址驻足，为老缪家曾经的辉煌与苦难、为师徒俩的过往时日凭吊了一番。“对缪家而言，这块地运势已尽，却可在奚园手里获得重生，循环往复，这也正是地理阴阳之玄妙。”凌子罟说，“百寻你今日在奚园面前初露锋芒，万不可因此狂妄自大。学识修养可经天纬地，于微见著却应是道德人心，从来造次不得。”缪百寻说：“师父言传身教，百寻铭记于心，自会时时警醒。”

6

师徒俩往三旗门的方向走。“奚园当年也是你这般年纪，赴完襄摇圩正要回家，在阪陀岭上遇见从北头逃难到嘎山的父女俩。奚园喂了命悬于一线的父女俩汤水，身背老货又要搀扶查某团，一路磕碰着回到嘎山奚家，供养了半月，总算活转过来。这查某团就是奚园日后的查某蒲叶。闽南的豆油，外地叫酱油。奚园一身豆制品的本领，都来自逃难老货的秘传，不出几年奚园便由此发家，富甲嘎山。可见人生起始基调不同，命运也就有所差异。一般人只接受看得见的，无视冷落进而摒弃看不见的，结果他只能得人生局面的一半。”凌子罟说，“百寻你一定要记住，睿智必先具容纳，饱读诗书而经历世情，识大小进退，知虚实盈亏，则胸怀自有。”

师徒俩一路漫聊，来到百漠关下的樱茏岭，在缪百寻爸母的两座墓前坐下，供了酒肉，点了香烛，凌子罟禀告道：“老哥老嫂，谋害老哥的凶手已被烧死在缪家老宅，遵旧礼三年大孝已过，今日子罟带恁后生百寻前来，眼下百寻十九，小女缨花十七，已是适婚年龄，小辈两个心心相印，相处融洽，因缪家老宅已落入他人之手，为公平起见又要合乎礼俗，子罟特地给百寻和缨花安排了‘半招嫁’婚姻，日后所生孙辈，长姓缪次姓凌，不争不让依此类推，若老哥老嫂没有异议，请予明示。”说罢凌子罟取出两枚铜钱，让百寻磕头跋杯，落地一看果然阴阳合卦。凌子罟说：“老哥老嫂既已应允，也算是遂了金猴兄弟在世时的心愿，十日后百寻、缨花就在砬山崖成婚。来年清明，子罟定会敦促小两口前来拜祭。老哥老嫂在天之灵要多加保庇，让百寻、缨花姻缘美满，连生贵子！”

跪在墓前的缪百寻闻毕号啕大哭，像当初拜师、料理他阿爹丧葬时一样，他又一次转过身来朝师父磕了三个响头。

7

三年后的这个中秋前夕，也同样是暗暝明月挂窗。在砬山崖客房里，缪百寻辗转反侧难以入眠。跟随师父在山水间奔走了三年，他已可以在大头家奚园面前做慷慨陈述，给的酬谢是价值五担稻谷的二两纹银。若是这三年，他还与整天沉迷于醉里乾坤的阿爹生活在缪家老宅，他大概除了迷茫、困惑，还有的就是没有尽头的恐惧。可又因他拜师离家，他阿爹才又浑噩更甚而惨遭横祸，致使缪家老宅落入他人之手并毁于一旦。为抚慰他内心的剧痛，还一个世道人心，也因此连累师父深陷自责之中。说不清道不明的人事纠结与因果牵连，让缪百寻的心绪时不时的便要沉湎其中难以排解。

已是大姑娘的查某团凌缨花，轻手轻脚溜下楼梯，到披间钻入客房的床铺。缪百寻低声说："要是让阿爹阿妈知道了，非打断你的腿不可！""我阿爹阿妈才不会像你一样死脑筋呢！"此刻的凌缨花摆放的是要把她的百寻阿哥拢在怀里的姿势，"我阿爹说了，在这厝内，我缨花认为对的就没有禁忌，就大可做去。"缪百寻说："瞧你这样用力，憋死我了。""男子汉就不该这么娇气！"凌缨花说，"要不你搂着我？"缪百寻说："那样不好，那样有失礼体。""我这样躺着总可以吧？"凌缨花说罢平展仰卧，睡过去了。缪百寻只好侧过身来——无奈两个人躺的仅是六径床，说话的嘴巴已近在对方的鬓边："求你了，你这样胡来，阿爹阿妈听了，不生气才怪！"凌缨花说："我阿爹只要回砬山崖，每个暗暝也都这样和我阿妈在一起。"缪百寻说："可你我几日后才结婚。"凌缨花说："我就是不愿结婚那日还四底下糊涂。"缪百寻说："水到渠成，可急不得一时。""我阿爹说，我们家百寻千好百好，就是爱拘泥这点腻歪人。"凌缨花说，"我阿妈也说了，只要做了翁某，内心想做的就是美好的，就没有不可以的。"缪百寻说："你阿爹说的和你阿妈说的，明摆着不是一码事。"凌缨花笑了，也侧过身来，这样两个人就鼻子碰鼻子了。缪百寻赶快躲开说："缨花我拿你没办法，我不知道怎么办才好。"凌缨花说："男女两个一旦做了翁某，就可以很是亲近——知道吗，我阿爹阿妈就一直那样。”缪百寻说：“缨花你连这话都敢说，也不见你脸红害臊！”凌缨花说：“这有什么，我就是暗地里看见我阿爹和阿妈那样，才感觉我阿爹肯定不会在外头干坏事。”这下缪百寻好奇了：“原来你缨花是这样推断人的。”凌缨花说：“我阿妈前天就开导我说，厝内守妇道的查某，人前人后尽可温良贤淑，在床上却要有本事留住自家查埔人的心，才不会被外头不正经的花间查某勾引了去，吃了暗亏。”这一刻，说话的两张嘴巴几乎掺和在一起。清纯的气息，心思缠绵的交接，月光无语，砬山崖沉睡于恬寂寂的暗暝，就剩下两颗心的跳动了。缪百寻说：“缨花你知道吗，自从我到砬山崖来拜见师娘那一刻起，一走下砬山崖，我就开始不停地想念你。”凌缨花说：“那你说说看，到底怎样想念我？”缪百寻说：“就像你现在这样，都是极好的，我都渴望能触摸到，心疼到，呵护到。”凌缨花说：“我就想要阿哥你的整一个，在日间我会像阿妈一样伺候自家查埔人，在暗暝的床上，你就得由着我的胡来、由着我的不讲理。”这样说着，也就有了一个短暂静谧的期许。偶尔舌尖蛇信一样的探寻，便无一不是处处惊心的霹雳电击。缪百寻感到自己融化了，呢喃于口中的竟是“小妹缨花，我的小心肝”那样的字眼。“好坏的阿哥，你这是狗贼心思哩！”凌缨花说罢，身子便像抽掉骨头那样柔软。

缪百寻说：“缨花，阿哥舍不得你，可天就快亮了。”凌缨花也不应话，就像醉了酒，是那样的漫不经心，懵懂起身便离开客房走了。缪百寻心有不舍却明白理当如此。只是他并不知道，凌晨小妹缨花跌撞进去的竟是厅房卧室的那架大床。大床上的翁某俩很快就要当爸母的同时又要兼职大家倌，对查某团缨花的一举一动，不用说心知肚明，一边默默祝愿一边担惊受怕，祈祷千万别出什么差池才好，已有几个暗暝难以入眠。漫漫长夜，心事纠缠，惊讶斗转星移年华易逝，翁某俩不自觉宽衣解带行了周公之礼，“不想日子过得这么快，转眼查某团也要成婚了”，翁某俩感慨万端，兴尽各自摆放一边，也不刻意去有所收束，但想能那样睡过去最好。不料竟有人于此刻撞进厅房大床，不由分说的，紧紧抱住这边叫了声阿妈，又转过身去紧紧抱住那边叫了声阿爹。样子是被勾了魂的，更像梦游一般，懵懂起身便又离开厅房上二楼去了。查埔人说："这查某团，怕是着了魔了。"查某人说："当爸母的太过纵容了，你看这查某团竟敢胡作非为！"伴同担忧的猜测，祝愿的美好却像糨糊一般。

月没西山而去，云际已然醭白，天很快就要敞亮开来了。

8

日间查某团凌缨花的脸颊闪忽红晕，时不时走一下神，心思似乎飘天边去了。缪百寻的目光比往时要放低些，动作和心思有时候会磕碰着无处着落。当爸母的看得出却要学会视而不见。凌子罟说："几日后结婚，百寻你也不用改口，还叫师父师娘。"缪百寻晓得师父在照顾他的心情。凌缨花却说："婚后还叫师父师娘，外人听了成何体统！"凌子罟说："师父师娘，阿爹阿妈，只要亲情所系，并无多大区别，何况师徒相称也方便在外面行走。"师娘说："叫师父师娘，我听起来也习惯。"凌缨花说："看来又要便宜他了。"其语气自还是站在爸母这一边。这"半招嫁"的婚姻，自古就有允许简办的习俗。一家人自始至终都是悄悄筹备，不予声张。尽管如此，山外同样来过爬"千八坎"的几拨人，谁也不知道他们听凭什么消息，反正是大包礼物，也不说破来由，连讨一瓯喜酒吃都没有，放下礼物就走人。那个专职跑买卖的凌长庚，为操办婚事下了四趟山，必需品基本齐备。

节后三日，凌家贴出大红"囍"字，置办喜宴，供崖上族人大吃大咻。叔伯姆婶、后生子查某团个个前来援手，笑闹着，让缪百寻体会到热闹喜庆的心情。时至三更宗亲散尽，师娘特地唤缪百寻去灶间吃一碗鸡汤虾仁泡饭，缪百寻不解其意，却也遵从吃了。在二楼新房，新娘没有红盖头，只眼风习习坐床头等他这个新郎，样子就像她已经在那里等了许久。缪百寻手脚放缓，生怕楼下听见。"我的亲哥哥，你的手脚可不算利落哦！"亲昵娇柔的耳语，虫子般一下爬遍了新郎的全身。"我的亲阿哥，你这副模样，像不像是中了邪？"说罢新娘往床上摆放了自己。见有机可乘，新郎一下主客易势，倾前说："缨花你身上冒着香气，我怕拢不住叫它跑了，只想浑身上下先细细地嗅一遍你！""我的讨债阿哥，你这举止可不算地道！”新娘似有怨怼，却明确不过是承着欢的。只见新郎的嘴鼻已凑近前来，心跳得像打鼓，反复不停地一阵阵紧绷又一阵阵酥放开去。在时时处处的激荡中，新娘说：“你这个坏透了的阿哥，我今日好想拿刀子杀了你！”新郎不理会她，只认自己的固执，在哈呼着拖泥带水的喘息里，反倒无力坚持，不一刻就歪倒一边累瘫了。新娘借此歇一口气，心想绝不可轻饶了他，便撬动一下自己坐起来，不依不饶的那只手，在新郎身上戏耍着，指摘这个咒骂那个，新郎不知道自己是慌乱还是不着边际，在嘴上威胁说：“缨花你胆敢恶毒欺负我，我要牢牢记着！”新娘的手指，如同鸡啄米般四下嬉闹：“任由你记着，看你还敢不敢嘴硬！”新郎只好求饶道：“谁来救一救我，我就快死了！”于是两个人拥抱在一起，感到有一种说不出的甜蜜。连新郎新娘也奇怪，刚刚成为小两口的一对新人，拨弄着这戏耍般的枕席之欢，恩爱呼应，竟于瞬间无师自通。在沉迷贪念之时，凌缨花却说：“我要睡了，按规矩，我天亮前便要下灶间煮早顿。”新郎不管，强行要她顺从，在新郎蛮不讲理的裹挟之下，她消受着，是早已圆满地睡过去了。

9

三朝这日卯初时分，凌缨花咯噔翻身坐起，临要下灶间时咬新郎耳朵说：“你好好躺着，回头我给你梳脑后那根麻花辫子。”缪百寻模糊应着，也随后起床做早读功课。凌子罟嗜书如命，搜罗数十年的书籍五花八门，命理风水、蒙学家训、经史百科无所不包。自从凌缨花识得几个字后，这几百部书便由她掌管。已有不少阅历的缪百寻，在这些书籍里，一下子又翻开了一番新天地。他的新婚查某凌缨花，除了家务农活，早就浸淫其中，反复读遍被全家人视为宝贝的这堆故纸。以致后来凌子罟想要翻阅的内容，几卷几页她均能迅速找到。就连小两口私下相处，无形中也掺和着这堆故纸的种种情趣。

这日吃罢早顿，凌子罟决意下一趟山。缪百寻习惯准备包袱跟从，凌子罟说：“我去襄摇圩了却一件事，顺路走走圩市，七日内即回。你要静心多读书。家里的藏书，缨花早已烂熟于心，由她‘索引’，你读来就可以省下许多功夫。切记读书但求融会贯通，却不一定非要学以致用，读来自会活络许多。”

七日后凌子罟回到砬山崖，见母女俩去半山田地摘菜，对缪百寻说：“丫叉口的汤佬死了。我路过时，几个窑工已将他潦草出葬。我带汤奓到襄摇圩‘旋风拳头馆’，替他交了入馆习武的费用。馆主裘大脚，教大马南拳，学起来倒是适合汤奓的秉性。你日后路过襄摇圩，去看看他，期限一到也给他续上费用。这个汤奓，日后与你最是有缘。”缪百寻点头应承，给师父泡了茶。

凌子罟说：“奚园已依你陈述法度，在缪家老宅旧址破土动工，估计来年春末便可规模开张，到时三山地区的局面就改变了。有改变便有异动，异动于利弊之时，往往结果会不得其所。”缪百寻说：“木不可独秀于林，当有个制衡才好。”凌子罟说：“大凡人只看见利而不知其害，百寻你要用心为当地做下这个功德。”缪百寻说：“日后我设法引导‘畲厝大药房’的马长溪，到兜螺圩奚园的豆油庄旧址开一家分店。豆油庄和大药房，之间互有照应，又利弊参见，世道人心也就更见将就。”凌子罟说：“缨花自小刁蛮率性，她有没有为难你？”缪百寻说：“缨花要不是个查某囝，上京赴考高中它个进士回来也说不定。”“百寻你倒懂得抬举她。”凌子罟说，“缨花虽聪明伶俐，见识却局限在砬山崖，心思浅显可见，你要多包容她。”

嘎山商贾

10

奚园延请兜螺圩老地保做了中人，与鲍奓客的遗孀签订宅基地买卖绝契，口无二价付上纹银十六两。本来靠赌博诈取的缪家老宅，在邻里乡亲眼里无异于抢夺强占，因循果应被烧死，成了废墟的缪家老宅无异于孀寡孤儿心中抹之不去的梦魇。一处不停病亡凶死的宅基地，他人避之唯恐不及，孀寡又握无凭证，大头家奚园却不嫌弃，还情理合度立契花大把钱接过手去，压在孀寡心头的一块大石总算落了地。十六两纹银，在孀寡手里是巨资，小心用度已足够把孤儿拉扯成人了。动工之日，大头家奚园再度施予援手，资助凶死三家钱各四百，当作移阴收魂的所费，雇请师公为其作法唱祭。奚园此举在兜螺圩大获赞誉。半年后春末的圩日，在兜螺下圩桥头缪家老宅的旧址上，“奚记豆油庄”在乡民的期待中竣工并亮相开张。

刚落成的“奚记豆油庄”形构独特，仿佛一下便站稳了地头。粉白的土墼墙，灰瓦厝盖。前为单层四间毗连的店面，一间接洽批发供货，一间零售各级豆油；一间销售豆腐、豆干、酱瓜、酱豆粒、红方腐乳等制品；一间卖即食豆花、豆浆。朝东一间砌了三层，上为大头家居室兼会客，中为账房，下为大门过道。后砌石围墙，墙内向东是七隔间棚房，一间贮豆，一间浸豆、蒸豆，一间发酵，一间酿制，一间出油，一间化酱清，一间货库；大埕用于曝缸。向西大埕居中泥坛内那口灌满水的大缸，和周围摆放三十六口中缸，在曝晒豆油之前也灌满了水。只要你站在对面桥上，即可望见泥坛上那口灌满水的大缸，由三十六口中缸拥簇着，在日光下蒸腾水气雾息。过往人流不免个个惊叹，从前破败不堪的缪家老宅，经历一番重建，竟一下有了聚拢兜螺圩地气的做派！

除了看热闹的，前来庆贺的亲朋好友从早到晚都没断过。刚刚执掌“畲厝大药房”的大头家马长溪，也从襄摇圩赶来，远远望见变成大摊头的“奚记豆油庄”，竟一改医家惯有的平和，不由冒起了些许恨意：这个奚园，几日不见就“鸟铳换铁砂大炮”了！见马长溪手捧红包前来贺喜，奚园连忙将他迎上会客室。三楼上间隔折屏，一半做卧室，一半摆了桌椅，奚园在此接待客人及理会豆油庄事务。三楼东面安床，南窗一开，顶圩、拱桥的大半圩场收入眼底；北窗可以观顾围墙内部的每个角落，尤其是大埕上的曝缸；西窗望得见四间店面的门口和大片下圩。马长溪内心的艳羡恰似他一步步登上三楼的攀升。奚园为马长溪泡了好茶，说：“临川先生如此抬爱，给‘奚记豆油庄’壮胆来了！”马长溪说：“我一向知道圃修先生的雄心壮志，但今日这等规模，怕是得到哪位高人的指点了吧？”奚园说：“承蒙临川先生垂问，奚某岂敢隐瞒，不过指点奚某的高人，说出来临川先生定会大吃一惊！”这个奚园，没读几天书，客套倒是随口就来。马长溪只好跟着他掉书袋说：“愿闻圃修先生赐教！”奚园说：“他就是凌子罟的高足缪百寻啊！”马长溪当真吃惊不小：“圃修先生的玩笑开大了，凌子罟的徒弟缪百寻我见过，可他还是个稚嫩的后生子！”奚园将当时缪百寻因循法度细加陈述，感叹道：“纠缠我多时的心结，拜其所赐，可是茅塞顿开！”深知五行生克、阴阳医理的马长溪，一听大为折服，说：“可我又奇怪了，值此喜庆之日，怎么不见师徒俩的身影？”奚园惋惜地说：“临川先生只需设身处地想想，我建这大摊头的宅基地，也就是缪家老宅的旧址，今日要师徒俩露面，岂不是成了生生的羞辱？特别是缪百寻！”马长溪说：“圃修先生说的在理。这缪百寻了不得，日后我可要好好留意他！”

11

马彦年纪大了，只愿做坐堂医师，“畲厝大药房”便由大后生马长溪执掌。“医者，救死扶伤为己任也。世代行医，则后有俊彦。”这是马家高祖留给后人的家训。每逢兜螺圩日，相邻的襄摇总是备受冷落。这日晡时，药房恬寂寂的，柜台伙计借机瞌睡，马彦闭目养神时做了个梦，梦见他的孙子功课极佳，竟能吟诵《黄帝内经》，不想被莽撞赶回的大后生给撞醒了。马长溪茶也不喝，开口就是不由分说：“阿爹，我左思右想，决意盘下街尾那间店面，再开一家大药房！”“你没头没脑的，说的是什么昏话！”马彦甚是不悦，“医家当以方便疾患为着想，却不能为多赚几个钱胡乱扩张！”“马家的‘畲厝大药房’，是祖公开创的事业吧。传到阿爹你手头，也就是修葺一番，再增加一面药橱。可马家人口已增长了几倍！我时常在想，历经百年的马家药房，可不能只守着祖业，老死一成不变！”话虽这么说，马长溪却也明白，在街尾再开一家药房，虽说打大了摊头，面子上好看却未必能多赚钱。可他又心有不甘，憋着一口气，出药房朝街尾走去。

这一日午后未时，缪百寻到襄摇“旋风拳头馆”为汤奎续了半年费用，出门几步，迎头看到站在街尾发呆的马长溪，招呼道：“大头家好兴致！”马长溪听声喜出望外，拉住他说：“看来是精诚所至，马某正寻思着要请教百寻你哩！”缪百寻说：“大头家客气了。有机会为大头家效劳，开口便是。”马长溪指着与拳头馆相邻的店面说：“有意盘下这间店面，今买卖两可，反倒起了忧心。这相距才百余丈地又开一家药房，心想做大摊头，又怕事与愿违，一时拿不定主意。”缪百寻说：“要我看，大头家不用多想，只管尽快将这家店面盘下来！”“这话从何说起？”马长溪不由攥紧缪百寻的手。缪百寻说：“大头家盘下这间店面，便与兜螺圩‘奚记豆油庄’的旧址互换，若有长短当即磋商弥补。如此一来，你到兜螺圩开分药房，圃修先生来襄摇开分庄，两家通好，互为照应，天时地利人和一举全得，何乐而不为？”“我可是想破头也领会不了这一层！”马长溪大喜过望，当下改口称百寻为缪先生。缪百寻笑道：“大头家抬举百寻了。”马长溪欣喜之时，转念一想又有了担心：“想法虽好，唯恐奚园大头家只顾眼下的生理，没兴趣理会襄摇圩的地头，这谋划可就泡汤了。”缪百寻说：“你速与奚园明说设想，如若磋商不下，百寻也可帮衬说项，互惠互利的好事岂有做不成的道理！”“有缪先生鼎力相助，我还有什么可犹豫的！”马长溪说，“缪先生请随马某到药房一趟，马某另有一件事要缪先生代劳哩。”

到了“畲厝大药房”，缪百寻躬身向马彦行礼：“马老先生安好。”马彦一时惘然，马长溪说：“阿爹你忘了，他就是凌子罟先生的高足缪百寻。如今他崭露头角，定是日后三山地区最可倚仗的一个人！”马彦缓缓打量了缪百寻，说：“不错，果然后生可畏。”缪百寻慌忙招架说：“这可万万不敢，百寻尚未出道，大头家一顶大帽子就把我给扣死了，日后我连行走都难，还谈何倚仗！”马长溪从楠木匣子里取出一棵老参王，用纸包好，递给缪百寻说：“凌老先生也太不讲情面了，查某团婚嫁也不通知亲朋好友！今天补上薄礼，一是道贺；二是致歉，请他笑纳。”马长溪四下楔桩说话，缪百寻接也不是不接也不是。“我后生这个礼补得在理。”马彦说，“我与子罟交往数十年，他倒好，连查某团婚嫁也敢隐瞒！”缪百寻说：“既然马老先生也这样说，百寻只好替师父愧领了！”

缪百寻没在大药房多待。“今日来不及了，我明早就赶往兜螺圩。”马长溪送他到门口说，“缪先生可千万别忘了要从中斡旋的话。”缪百寻回头说“大头家放心吧”，便快步往上肆溪口赶去。

12

赶了圩镇，缪百寻没少购买。回到砬山崖，从包袱里掏出一堆日常零碎物件。不消说，贵重的要数那棵老参王，其来历让凌子罟开怀大笑：“看来咱家百寻的三寸不烂之舌行情看涨了！”师娘说：“人家不是说给缨花的婚嫁补上薄礼吗，偏你笑得没心没肺的。”凌子罟说：“补什么薄礼，分明是马长溪参观了刚落成的‘奚记豆油庄’深受刺激，心急火燎的，却不知道拿自己如何是好，恰巧遇见百寻，几句话救了他的疑难。他心生感激，却在年轻人面前下不了台面，便拉扯老夫当借口，那棵老参王实是给百寻做酬谢的。”

“百寻的几句话居然这么值钱！”凌缨花怀孕五六个月，移动着有点笨拙的身形，笑意甜蜜而小心。缪百寻说：“话要放在关口上说才管用，也得看对谁而言，人不对是对牛弹琴；人对了就会石破天惊。”“日后嘎山奚家、畲厝马家要发扬光大，靠的就是奚园、马长溪这两个人了。”凌子罟说，“百寻说得对。一个人成不成事，要看决断之时有没有长远的目光，有没有规矩准绳，能否明辨是非。”

13

过了两日，奚园又差壮汉扛大包礼物爬上“千八坎”。礼物丰厚用心，件件都是砬山崖所需，惊得母女俩张大了嘴。“大方送礼，定是豆油庄开张的势头看好。”凌子罟说，“可正在千头万绪的奚园，却急着邀约会面，心中定有什么犹疑急需开解。”

隔天日昼前，在嘎山阪陀岭路口出现的大头家奚园，到窑口接过窑工的大碗茶喝了，说：“缪先生请方便几步说话，我有要事讨教！”这一日丫叉口风和日丽，雾松葱茏，几十步来到嘎山崖石埕上，只觉天空旷阒，视野晴朗一片。

奚园说：“马长溪找我去了，说他在襄摇圩街尾有一间闲置店面，要与我兜螺圩的豆油庄旧址互换，各开分店。他说得有理有据，不由我不动心，大早赶往襄摇他那间店面细加打探，虽比不上我那旧址，但马长溪所说不虚，店面就在圩场地段，也的确水陆两便。可我担心奚家刚开张豆油庄，已抢了风头，若在襄摇再开分庄，岂不是太过招摇了？”缪百寻说：“襄摇圩那间店面我也注意过，后靠嘎山，前有秫婆溪的活水来财，店面风水可算理想之选。依我看，豆油庄旧址并不比这间店面强，圩市的便利你也看到了，重要的是奚家在襄摇开分庄，只需将旧有设施搬迁过来，匀三两人手便可占有邻近数十个村寨的豆制品生理。豆制品和医药不同，若供货方便，多个雇工即可在上肆溪口增开一家小店。马家在兜螺圩开分药房，马长溪也一样占有近百村寨的医药生理。马家的短处是不能随意增设小店，药房要有声誉的坐堂医师，要有懂得炮制的配药行家。但短处也是长处，人才难得，就不容易被同行挤占。另外做生理要能镇住地头，若奚马两家通好，有强邻照应，可免去当地的诸多麻烦，外销推广也各有好处。比如马家雇船到县城、府地购药，去时就可顺带奚家豆制品沿途发放，节省的人力物力，长年累月便不可胜数。依我看来大风头都抢了，大头家还怕一个小小的张扬？倒是坐失良机十分可惜，到时候即使花几倍力气，也比不上眼下就能达到的效果。”

“钦佩之至，缪先生年纪轻轻便如此理智周详！奚某今日拿定主意了！”奚园一听大为叹服，“这前后两次听了缪先生替我奚园的筹谋，我确信奚家将大获裨益，已非一般酬金能表达我的谢意了。我想说的是，不管眼下还是日后，缪先生但凡有什么急需、什么心愿要达成，只要我奚某力所能及，便尽可开口！”“若非大头家明辨视听，福力所至推动机缘，百寻的话就不过是嘴皮功夫罢了。”缪百寻说，“大头家若能把持局面，精心打理，不出三年五载，生理定将如日中天。到那时候，大概丫叉口的瓦窑也停烧了，我建议大头家买下整座嘎山山地，给废弃的瓦窑安一扇门，借给百寻和师父过往时歇脚居住，则心愿足矣！”奚园说：“为缪先生修整一口废弃的瓦窑，安一扇门，是花点银两就能做的事，哪用得着买下整座嘎山那样费劲！”缪百寻说：“大头家有所不知，百寻这个心愿，并非全为私利。你想想看，瓦窑之所以废弃，就是因为山头干枯留不住雨露——山涧水量变小之故。奚家能发富乡里，皆因前望元宝峰峦，身后远有大莽山、响廓山、鹧山崖大三山，近有塔尖山、嘎山、翠屏山小三山的推拥发力，地气汇集奚家‘承安楼’之故。凭此地理形胜，奚家富甲三山指日可待，日后还有五品高官的显贵。可如今若不全力保护嘎山，任由烧窑一样的外力破坏山头草木，非但瓦窑要废弃，山体陡峭的嘎山一旦失水严重，山下奚家只能舍弃这风水宝地，被迫 搬迁别处了。”

话说至此，大头家奚园含泪哽咽说：“缪先生恩泽嘎山奚家，日后歇脚居住丫叉口瓦窑一应日常花费，尽都包在奚某身上！”缪百寻说：“承蒙大头家的美意，能借住瓦窑居住已十分感激，日常用度但能自食其力最好。”“缪先生用心并不在财物上面，我奚某岂能袖手旁观，日后一切自有安排！”奚园取下包袱，递给缪百寻说，“十多个馒头、几斤卤牛肉，委屈缪先生自个应付午顿。缪先生别见笑，我忙豆油庄开张一个多月了，今日是务必与缪先生会上一面，心里却也一刻不肯消停，就想能下山回一趟家。”“人间难得真性情，岂有可笑之理。”缪百寻说，“大头家放心下山回家，午顿我和窑工们一起吃。”

最后砬山崖

14

“缨花，腹肚里的细团当真没有踢你？”半个月来师娘的口气变得有点焦虑，有时一日会追问几次。“没有啊，感觉不到。”可气的凌缨花一直都是美滋滋的好心情。感到师娘变得焦虑的口气，眼里闪过的惊惧，这才引起师徒俩的警觉：缨花自有六个月的身孕，时间又过几个月，腹肚居然不再往大里长。一旦意识到时间和预期竟没有携手并行，那样的情形就有点古怪了。到了预产期，凌家将畲厝凛婆子的徒弟阿祥请上砬山崖。阿祥碍面子蹲守，摸了几次孕妇的腹肚，最后她说：“产期还远着哩！”认定是凌家人记错了日子，三两下收拾包袱就下山去了。师徒俩不放心，几日后又将凛婆子请上崖，凛婆子瞄一眼孕妇的腹肚，当即破口大骂：“才怀孕六七个月就想生团，这是想做阿爹阿妈的想呆了，想做阿公阿嬷的想傻了！害我这七老八十的老太婆流了一身臭汗，千辛万苦来爬你家这‘千八坎’！”凌子罟只好派一个后生子护送凛婆子下山。

经凛婆子这样一嚷，师娘到底兜不住心劲，赶快准备钱盒、香纸烛，拜了灶君，又去崖角拜了土地爷，许愿保庇。这日暗暝，在已改造成觌房的客房里，缪百寻说："缨花你好像什么感觉都没有。""有啊，感觉挺好的。"缨花竟一点也觉察不到有什么不对劲。缪百寻说："按说十月怀胎，该临盆才对，可你一点动静都没有！"凌缨花说："这有什么可奇怪的，就像你睡醒了还想赖床一样，细囝还想赖在我的腹肚里，那我就容宠着他，让他待着。就算他不想出来，我也觉得这样挺好的！"怀孕后的缨花，就那样变得不在情理之中。个个心都悬着，唯有孕妇自得其乐，天知道是谁给她那样自在的胆量！

师徒俩褡裢、包袱上肩，爬大莽山走村串户去了。缪百寻心里清楚，这一日其实就是逃避。结果也克制不住，当师徒俩返程登上"千八坎"，迈着的两条腿，便在无形中加快节奏。猴急回到砬山崖，见厝内宁静如许，这才放下心来。可在披间的后门，缪百寻分明见师娘正在汰衣裳，那颗心便一时又要跳脱。师娘说："百寻你当爹了，快去客房看看吧！"

躺着的缨花，是累极了的样子。在大床边的摇篮里，睡着她出生才几个时辰的查某婴。有些事看起来是不可能的，偏在他缪百寻离开仅几个时辰就发生了。他蹭着查某婴的脸颊说："缨花你太争气、太了不起了！""百寻你回来了。"产妇睁开眼睛说，"你和阿爹走后不久，我的腹肚就揪绞大痛，正急得不知如何是好，查某婴如同是自己做主的，没多少为难我就顺当生出来了。阿妈只好学着接生，将铰剪放在火上烧烤后剪断脐带，扎了个结，就完事了。""谢天谢地，师娘也能接生！"缪百寻连续亲了查某的额头、嘴唇，"缨花你省下力气别说话，我先仔细看看查某婴！"

师娘给摇篮筑了小窝，幡幔做底，给查某婴裹了襁衣，裆下自是垫上师娘特制的尿苴子。新生儿柔弱白净，在小窝里恬静睡着，想必十分舒适。缪百寻趴在摇篮上看得忘乎所以，感到自己涌起的是醉了心的那种疼爱。看得久了，熟睡的查某婴竟蓦地为他睁开了眼睛，目光柔和淡远，朝他露出一丝似有似无的笑意。缪百寻欣喜若狂，转身对缨花说："缨花你信吗，她朝我睁开眼睛了，还笑了一下！"缨花说："你别胡说，查某婴从出生到现在，还不曾开口哭一声哩！""那就是专门冲着我的，这有多神奇啊！”缪百寻因此更感幸福，说，“缨花你知道吗，我是真想把她抱在怀里，可我没敢伸手，她生得太柔弱、太小了！”

在觇客房站好片刻的师父师娘，见小两口陶醉在初为爸母的情景里，目光满是慈爱，悄悄退出客房，忙他俩该忙的去了。

15

几日后缪百寻就心有灵犀了，每当他回想坐在嘎山崖由崖礴撑出半亩的石埕上，身后雾松葱茏，山顶白云幽幽苍穹旷远的情景；回想攀登响廓山杈口坪，他倒吸了一口气，但见山高崖石硷硐，底下峡谷浸漫云烟，四野莽莽苍苍时；回想他初到砬山崖，睡在这间窗挂上弦月的客房，湛蓝的天际白云悠悠，崖礴凌空托举，其时星寒意远，恍惚间他不知寄身何处时，似乎在宁静睡梦中的查某婴就会蓦地为他睁开眼睛，目光柔和淡远，朝他露出一丝似有似无的笑意。

当阿公的凌子罟给查某婴取名缪寄奴。缪寄奴性情不温不火，与砬山崖所有的细囝不同，她自然而然地应对，让人觉得她即使离谱也离谱得恰到好处。此前不曾带过细囝的小两口，日复一日沉醉在啧啧称奇之中，完全没有察觉到有时候某种颖异也会带给人莫名的隐忧。凌子罟说：“这查某婴，生下来竟不哭一声，也不像缨花当年刚出生时那样一团粉红，看上去极其柔弱，可她却不生病，活得比谁都稳妥。”师娘说：“这查某婴生得如此单薄，反倒不用你操什么心。当时我就在旁边紧紧盯着，却不知道她如何离开娘胎，好像没容我多想，她就滑到我手上了。一开始她就用不着依赖谁一样，她该吃时吃，该拉时拉；她什么时候会爬，什么时候会走，什么时候会说话，根本就用不着学，你正担心着，她倒好，在你的不经意间动了动手脚、张了张嘴，你还来不及牵挂，她就全都学会了。”老两口担惊受怕的，三年光阴过去了。老两口小两口开始让小小的缪寄奴读书识字，教而不求理解与记忆，过后以为忘了个精光，不想她冷不丁的应答总让全家人大出意外。老两口惊异之时，那颗心又不免要怦怦地一通乱跳。

16

这一年开春后连续几月大旱，三山地区时时处处闷热死沉，似乎火气就焐在棉絮中，谁不小心擦出火星，山地就会是一片火海。过了仲夏，又不断大涝，暴雨过处，山洪瞬间灌满沟涧，接而汹涌奔突，大地如同在水里浸泡着。滑坡走山、泥石滚流随处可见，已有几个小村寨被掩埋于睡梦之中。田地作物在大旱枯焦或经大涝浸泡，所收不及三成。缪百寻从未见过这种旷日持久的旱涝，心里极是瞀乱烦焦。“罕见的旱涝必然威胁各种生灵，为生存有的会从深渊暗藏蹿出地面，休眠不醒的会受刺激活转过来，有的吃了不该吃的而后疯狂变异……如此一来，物性就将失控，遍地是生与死的触碰交接，从古至今都无法避免。”凌子罡说，“气候特异之年，往往也意味着人祸将至。”

“畲厝大药房”的大头家马长溪修书一封，派人送上砬山崖。称“襄摇、兜螺两地药房，接诊疾患均数倍于往年，药材短缺已左右支拙，定于后日雇船前往府地香城批量进药，因要快去快回，沿途不作他想，凌老先生、缪先生若有兴趣可随行游玩，顺便也为三山一带民生，勘察一番山内外的民情异动，供长溪行医参考，将不胜感激！”凌子罡说：“这个马长溪，已非昔日的大头家了！”缪百寻说：“近年来马长溪思虑缜密，图谋不亏世道，的确难得！”

这是缪寄奴出生后师徒俩第一次要出远门。走下“千八坎”时，小小缪寄奴也在身后跟着，凌缨花快步将她抱在怀里。多了个天真无邪的细囝牵挂，师徒俩不由地频频回首。站在崖上的三代女辈，望着师徒俩走下“千八坎”，身影越走越小，直到消失在涌动溟蒙雾息的谷底。小小缪寄奴冷不丁说：“没办法，看不见阿公、阿爹了。”

身患痧暑、风寒、痢疾、咳嗽的求诊者，一日四时挤满“畲厝大药房”，马长溪没时间接待师徒俩，只得由族侄马执时作陪去小炒店吃暗顿。当夜住在襄摇圩客舍，次日寅时梳洗餐毕，便赶往埠头。这次乌篷船比几年前大，船家是两个壮健的中年查埔囝。估计是“畲厝大药房”抽不出人手，雇主只有马执时一个。

因水量大水流浮荡快速，船家手上的竹篙似乎一篙比一篙费力。在兜螺圩外的水域，师徒俩看见对面逆水行驶的船上，坐着砬山崖经理买卖的凌长庚。凌子罟喊道：“长庚，你不是带槟榔芋头到蒲头溪换白米吗，不该是这时辰赶回的呀！”凌长庚说：“外头不安宁，沿路船家不接生理，行程快了不少！”两船很快擦肩而过，这时船篷又噼啪响着，下了一阵过云雨。怕在危险地段遭遇山洪，行程一直紧凑，在嗥头墩吃了午顿，随后过觋山，到丰浦县城天色还敞亮着，本可再赶一段路，听说下游有几个地头流行鼠疫，便打消了念头。两个船家留船上守夜，拳头师甄子围上岸找熟人投宿去了。县城的街道，行人稀稀拉拉的，显得脏乱，到处可见天灾波及的迹象。到了哨唇口的一家客店，小伙计竟将师徒俩和马执时拦在店外，听说客人来自三山，便见另一伙计端出火炉，朝客人身上熏了艾蒿，又要客人浪跳脚拍打衫裤抖落跳蚤，这才准许入内。店头家赔不是说：“近日多地流行鼠疫，不得已才这样做，三位头家切莫见怪。”结伴三人内心打鼓，加上马执时怀抱银两，整个暗暝都没能睡好。天未见亮离开客店，在街边糜摊匆促吃了早顿，当即赶往埠头。船家见人已到齐，乌篷船便在灰沉的天色中启程了。船经蒲头溪时，船家朝舱里喊道：“挂篷上的是一包煎饼，三位将就应付一顿吧。——除了路过的，埠头都不留船只，看来蒲头溪也发生鼠疫了！”

17

船到香城埠头的航运处领了看护牌签，船家也起水踅府地去了。师徒俩与马执时做伴，护送他到门面看似古旧、反倒耐看气派的“敦仁大药房”，约了明日几时在埠头会合才分开。

港口香城是闽地一大都会，虽屡遭重创，其市肆风情却流传有序，不减繁荣。此刻虽是暗暝，因家家店铺内外均挂大灯，似乎比白日更见富丽堂皇。师徒俩被锣鼓管弦吸引，来到府衙西南向的文庙前，远远便望见戏棚上挂着番货汽灯，一盏即照亮大片场地。其时文庙前上演的是唱官腔的正音大戏，生旦戏服华丽，老生高亢，花旦缠绵，一招一式有板有眼，其戏文师徒俩听得懂的却三不及一。棚角贴有红纸“倡议”，下方放“义捐”的木箱。原来近期香城府所辖多地鼠疫，当地的歌仔阵、车鼓弄、潮腔、北腔正音戏种轮夜义演，募捐钱物为瘟疫区域延医派药。师徒俩一则因旅途劳累心头悸势；一则鼠疫流行势难幸免，胸口堵得慌，再无心踅街，便原路返回埠头附近的客店住下。可躺床上也无法安生，似睡非睡中凌子罟梦见一队缁衣夜叉，蹈空闪忽疾走，收罗山地上的死尸。死者生前多是旧相识，被夜叉捕获时面目狰狞，情状恶酷。惊吓中梦醒坐起，见客房一团黑暗，好久才凭借窗口的漏夜弱光，看清躺在邻铺的爱徒缪百寻。谁想缪百寻也正好于此时发出压抑已久的惨厉呻吟，凌子罟料想他是被梦魇锁住了。夜深更残，一阵阵的不祥无法排解，慌乱间摸出两枚铜钱，临黑在草席上占了卦，凭手感摸到的竟是大凶之象！凌子罟一下心如死灰，枯坐着待到天色微明，才将缪百寻摇醒。徒弟醒了，他反倒躺回床铺，垂下眼皮小睡片刻。见过师父心神恍惚如此，想起自己梦见被恶鬼捉拿时难以挣脱的恐惧，缪百寻也一下浑身发软，天似乎要坍塌下来了。

吃罢早顿，师徒俩先到“敦仁大药房”看进药是否顺当。马执时说：“幸好二位赶来。大药房的郇先生说，眼下鼠疫流行，想必三山地区也将波及，他特许赊欠，建议多进些防治的药材回去。我正不知如何是好，请凌老先生帮忙拿个主意。”凌子罟说：“郇先生医者仁心，说的正是济世救急的话，你赶紧照办就是！”马执时说：“这样一来，怕要到晡时才能配齐药材。”“既然来了，也不急在半日。”凌子罟说，“你只管认真办理，该延缓几个时辰，船家那边由我和百寻前去通知。”马执时听后释怀忙去了。

这一日，师徒俩先是搭船过渡去城南游览了南山寺，返程经文庙走进“百里弦歌”一条街。这条街左右两层建筑，在此间嘈杂着青楼、烟舍、卜算等形色，耳目所及最是迷离所在。凌子罟说：“这条街在百姓眼里是下九流、销金窟，寻常人家不敢涉足。”说罢带缪百寻朝一家叫“金吊桶”的命馆走去。命馆楼梯口那道门是上了铜锁的，一楼对门的墙壁写“金吊桶八字论命不议价，一命三十钱”，固定位置放两张靠背椅，便空荡荡别无长物。师徒俩面窗在靠背椅上坐定，一只金漆木桶便徐徐从二楼缒下，桶里放笔墨纸。凌子罟执笔蘸墨，在纸上写了性别、生辰，压上三十钱，木桶随之徐徐吊回二楼。一刻钟不到，再次缒下的木桶里，是三十钱压住一张字条。“阁下精通命理，心已自知，又何故相烦动问？身边随行若为至亲晚辈，祸与君同，几日后即验。同行不必拘礼，命金奉还。切记节哀顺应天时。”真可谓山外有山，缪百寻看了从师父手里传过来的字条，再也管不住自己的觳觫。奄然颓丧的凌子罟朝楼上行了礼，当即与缪百寻离开，往埠头赶去。

18

到埠头告知船家延迟归程，师徒俩在岸上找了家炒面店，破例吃了一瓯浓烈的米酒，慢腾腾地用餐歇晌。到了申时三刻，马执时方与药房伙计赶马车将十几麻袋药材送上船。草药分量较轻，但船还要承载五个成年人，逆水行驶难免吃力。到了沙河坝，已是暝昏时节，却见岸上有人扛棺材出葬。马执时说：“冒黑出葬，我是头回见到！”“零星几个送葬亲属，扛棺材的还是披麻的孝男，”缪百寻说，“看来沙河坝这地方也起瘟疫了，为防传染，一旦死人不管何时都要快速深埋，当地杠房要么缺人手要么怕传染推脱了。”沙河坝停不得，船又走到一个叫不出地名的河湾上停泊，野炊过夜。幸好船家有所准备，翌日早顿是每人一个大饼。几个时辰后船过蒲头溪，到白濑口吃了午顿，夜宿丰浦县城，过砚山后收桨换篙，又随时抛索拉纤，应了“归心似箭”的话，逆水行船算是十分顺当的了。水路的最后一个暗暝停在嗥头墩，师徒俩在老相识袁绞阵的安排下吃了可口饭菜，在客房舒适睡了一觉，直到隔日用过早顿登上船，人似乎还在睡梦中。

接着坐了一日船，入夜时到达襄摇圩。十几麻袋药材已有人接应，师徒俩终于按捺不住焦急，当下赶往“畲厝大药房”，马长溪捧上两碗香菇肉丝糜、两碗药汤，敦促师徒俩吃了，这才开口说：“凌老先生，这次我马长溪是犯下不可饶恕的大错了！”看来连日来的预感成了现实，肯定是出大事了。凌子罟的胸口狠狠地堵了一下，说：“临川先生有什么话但说无妨。”马长溪说：“凌老先生走后第三日，碰山崖上便有四五个人同时发了急症，短短一日时间，先是皮肤长了血斑，高热寒战，继而是谵妄、昏迷，等全身血斑变紫变黑，病人就无力回天了。根据症状我查阅了医案，果然是最为凶险的一类鼠疫。只得草草准备了药物和行头，连夜赶上[illegible]山崖，眼睁睁看着又有十几个人被传染，病情根本无法控制……从来没有见过的症状吓得我手忙脚乱，能做的就是煮了浓稠的一大锅药汤，让没染上病的手脚、头部涂抹药汤，衫裤也经药汤浸泡煏干后再穿。接着把逝者集中在石埕中央，壳灰垫底，再用大量的草灰覆盖……”师徒俩一听跌坐在椅上，半晌不能言语。至后凌子罢说：“百寻，咱爷俩回去吧。”缪百寻应了个回字，便见泪水瞬间糊整张脸。“先生急切是人之常情，但事已至此，也不急在一时。旅途劳累，又惊闻噩耗，哪还有冒夜攀爬砬山崖的力气？”马长溪说，“你俩刚才喝的，是我预备的镇静安神药汤——这个暗暝务必好好休息，明日打大早就让先生回砬山崖，到时我自有安排。”说罢招呼伙计搀扶师徒俩去客房安歇。

这个暗暝，困顿不堪的师徒俩分不清是梦境还是醒着，但见天地间浑噩灰沉，砬山崖没入云端，陡似天梯的“千八坎”似乎没有尽头，师徒俩拼尽全力，却无论如何也爬不完它……

19

时至寅末卯初就有人送来糯米桂圆糜，马长溪与一个背着大包的精壮后生子也出现在客房里。“求二位能吃饱早顿，砬山崖上有一大堆后事等着你俩回去处理。途中空腹瘫软，要上崖可就难了。”马长溪说，“我侄子马援身强力壮，护送二位回去。我特地准备了染药的套服、床单，套服用丝质洋布缝制，从脚到腰部的套裤，从手掌到肩胛的臂套，只留双眼视物的头套，前后多次煨药汤曝干，穿在身上，蠓虫、跳蚤、蟑螂、蚂蚁各种毒物便不敢近前……时至今日我还有非说不可的话，那就是三山周遭几十里，虽说少不得马长溪，更少不得的是凌老先生和缪先生，万望珍重爱惜！”师徒俩含泪吃了早顿，马援又将师徒俩的包袱、褡裢收入他的双肩背包，当下往砬山崖出发。

师徒俩如同虚脱，两条腿根本不听使唤，却也只能不管不顾用力攀爬。到了丫叉口，三个窑工捧茶站在路边，饶大说：“几位慢走，再喝一碗烧窑的茶吧。过了今日，窑工几个就到别处谋生了。大头家奚园已买下整座嘎山，交代要留下这口瓦窑，安上门，供二位先生日后路过歇脚，为此还特地打赏每个窑工一百钱哩！”师徒俩与马援喝了窑工的大碗茶，接着赶路。杜四眼望着师徒的背影喊道：“凌老先生、缪先生，这世间大着哩，可千万别想不开啊！”又走两个多时辰，在郧头沟引颈张望的郧瘸子哽咽说：“凌先生，你怎么到这个时候才回来呀！”说罢将三人拦进土墼厝，差不多是强行要各位喝水、吃了番薯糜才让走。

噩梦中的“千八坎”，此刻就在脚下。凌子罟脸色发灰，几次坐在石磴上走不动，缪百寻正要上前搀扶，却见他又吃力站了起来。走到石磴尽头的山门，凌子罟说：“马援你就到此为止吧，崖上已是危险所在，你放下包就回头下山。”马援几步上崖，取出套服穿上说：“前几日我随同大伯上崖，知道怎样防护自己。再说天色已晚，我也走不得了。我大伯派我上山，用意也是能帮先生做些事。”“那你自个千万小心！”凌子罟心想也是，便不再强调。在“磡头厝子”旁，马援要师徒俩也穿上套服：“我大伯郑重交代过的，不穿可不行！”

见师徒俩回来，宗亲在无法可想的恐惧中再次恸哭。听从马长溪的劝导，崖上四处已摒扫干净，宗亲涂抹了药汤的手脚、头面呈棕褐色，浸泡药汤熇干后穿上的衫裤再没脱下过，但仍然有两个染病身亡。至此崖上病故已达十九个。因师徒俩不在家，此刻还在石埕中央那堆草灰下躺着的，是缪百寻的师娘束青环、查某凌缨花和查某团缪寄奴，其他均已草草埋葬。缪百寻一听顿时天旋地转，昏厥倒地。马援抱起缪百寻放在靠背椅上，掐他的人中、合谷，捏他的脚后筋，又往他嘴里灌几口水。渐渐缓过神来的缪百寻，听见师父正在向宗亲们询问瘟疫发生的经过。

宗亲们七嘴八舌的，几乎不与外界接触的砬山崖，话题渐渐归拢。师徒俩离开砬山崖的第二日，也就是凌长庚带槟榔芋到蒲头溪换白米回崖时，他敨开米袋时，竟发现覕园着三只老鼠，闷死的一只被他扔下崖去，两只活的蹿出袋口哧溜跑了。隔日大早笪姆子到半山摘菜，意外逮到两只禾鼠，回家就动手宰杀，炖汤当了午顿的菜配。第三日五个人同时发病，当中就有凌长庚和笪姆子。第四日又有十二个被传染。幸好大头家马长溪连夜赶到，快速采取了措施，可还是有两个接着染病身亡……

天黑透不久，襄摇圩杠房的两个土工举着火把来到砬山崖。土工自带饮食，光着膀子在“磡头厝子”啉酒吃肉。用心良苦的马长溪，想得可真周到！凌子罟对马援说：“劳烦你把楼上的书籍打扎成三副箩筐担子。”接着请族里的木匠制作神主牌，上写“束氏凌妈青环、妻缨花、女寄奴神主，阳世百寻立”字样，放在草灰堆前，这才烧香点灯。在石埕支上小桌，供师徒俩泡茶守夜。

这个暗暝晴空杳渺，挂的是这年立秋后第一轮圆月。宗亲们架不住煎熬，回家歇息去了。凌子罟说：“百几十年前有个老货携全家十余口，为躲避战乱，一路往深山走，最后看中砬山崖。当时崖上已住有一家三口，与大户结仇隐居于此。这家人自觉受到排挤，搬走了，后代就是眼下郧头沟的郧瘸子。虽说郧头沟一旦有什么急难，独占砬山崖的凌姓族人都会前去救援，可在内心深处却总觉得是一种亏欠。”缪百寻听后，蹲下给草灰堆前的神主添油续香。这时从崖下谷底传来睐鸮咯咕咯咕的几声啼叫，整座砬山崖也跟着在恍惚间摇摆开来。

时至四更，深陷困厄的师徒俩歪在椅上睡了。恬寂寂的砬山崖，石埕上亮着一枚油灯，香头上的那一点红也时不时地亮闪一下，延绵不绝的一缕青烟，经周遭墨黛山峦的映衬，在清凉的月光中，飘出砬山崖，飘向了九霄云外。一只白鹤驮着身穿白衣的凌缨花、缪寄奴母女，驾风展翅飞出砬山崖，沐浴清光渐远渐小，只见几重山外的嘎山临空擎起，迎接白鹤的歇落。看不见白鹤及白衣母女，嘎山也隐没了，站在石埕上惜别的师娘束青环也化作一缕青烟，被一阵山风轻轻一刮，也远远地向天边飘去……

同时从梦境中醒来的师徒俩，不由地为刚刚在梦境中看到的一切惘然四顾。凌子罟说：“缨花和寄奴骑白鹤走了。”“白鹤歇落在嘎山上，看不见了。”缪百寻说，“师娘也化作一缕青烟被风刮走了。”没想到师徒俩做的是同一个梦。凌子罟说：“百寻你要好好活着，为师觉得，总有一天你还会见到缨花和寄奴。”缪百寻说：“师父也一样，你也要好好活着。”凌子罟说：“师父遭报应了，即便活着怕也是行尸走肉了……”

20

次日天一见亮，师徒俩便与宗亲、土工还有马援到半山挖圹窟。被凌子罟看中的墓地，挥锄扒开草皮，搬掉几颗石头，露出的竟是三长一短的四道石槽。众人啧啧讶异。却见缪百寻脸色大变，已被熬得虚薄的身材差点踣倒。师徒俩心中最爱的三个人，出葬时没有任何仪式，只裹上洁净被单，安放在三道石槽里。开始弇土时，坟堆未起，凌子罟便叫歇手收工:“就先这样吧。各位要趁早才赶得及下山。”众人疑惑不解，缪百寻看着那道放空的石槽，心情一下坠入谷底。回崖吃了饭，凌子罟付了杠房两个土工的工钱，后加上马援，又分别给四十钱:“劳烦三位将六箩筐书籍挑到丫叉口的瓦窑。”马援不接，凌子罟说:“你别推辞，这不是你大伯交代的分内工课，收受这工钱理所应当的。”

马援、土工挑箩筐担子下山去了，宗亲们也散了，空荡荡的家就剩下师徒俩。缪百寻说:“要是任凭师父用意安排，那我也不想活了！”凌子罟说:“三十年前半山那四道石槽是露天的，当时看时就觉得它是归宿之地了。为了占有它，我特意弇土填石，未曾想会是今日这样的结局。”凌子罟接着说:“百寻你明天下山，安顿好丫叉口的瓦窑，到襄摇圩把汤奓接回，让他住那间石墙草厝，与你做个伴。为师在崖上多待些时日，等哪天下山才有个住处。——砬山崖这伤心之地，日后是住不得了。”

缪百寻晓得自己无法在师父身上用心思，便直白说:“知道往后活着是什么滋味，可我反倒没了死的勇气。”“因为百寻你只有失去和想念，不用别的承受、负担。”凌子罟说，“为师年轻时气盛任凭自己，为达到目的不计后果，可说是耗尽了自我。在这一点上，为师和响廓山上的青皮匪类并没有太大的区别。”缪百寻说:“师父时时善念，响廓山上的土匪岂可相比？”“百寻你看到的只是现时的师父。”凌子罟说，“善恶可有形无形，外人看不见，不等于自己的内心也能放得下。”“百寻有两个不解，请师父明示。”缪百寻说，“一个是四五日前‘百里弦歌’的‘金吊桶’，为何会做到那样的铁嘴神断？另一个是，师父凭什么认定百寻是可造之才？”凌子罟说：“在‘百里弦歌’那日，先是为师疏漏了，在纸上写的性别是‘乾造’，生辰是四柱干支八字，外行极少会有这样的习惯；再者为师八字偏神多又带华盖。据此断为师精通命理便十不失一。精通命理者前来问命，情形不外两种。若为探究命师深浅，则应有挑衅的意气，只是那日‘金吊桶’窥见楼下师徒俩面目灰沉、印堂晦暗，也就明白是心存困惑前来索解一件了，‘金吊桶’如此批复，又见来者意诚不收命金，可说是机巧高明之处。”凌子罟接着说：“兜螺圩缪家老宅灾难不断，百寻你心地仁厚，小小年纪深陷恐惧之中，内心渴求摆脱，却不曾颓废绝望。这就是可造之才必具的资质。”

缪百寻说：“师父是不是早就预知会有今日？”“凡人做事总是灯下黑，为师也不例外。天灾人祸之年，本就惶惶不可终日，谁能预知砬山崖会罹此劫难？”凌子罟说，“天意如此，无可转圜矣。”

凌子罟叹道：“昨暝四更奇异的托梦，那样的情景，一下就让我超脱了……可百寻你因缘未了，一定要好好活着……”

21

翌日缪百寻起了大早，晡时即赶到襄摇圩“旋风拳头馆”。拳头馆竟人去馆空，闭门上锁。汤奓除了“奚记豆油庄”的伙计叫他去吃两顿饭，就那样呆呆坐在拳头馆的门碇上，度过他无家可归的第一个暗暝。见缪百寻出现在眼前，汤奓又是哭又是笑。缪百寻说：“汤奓走吧，回丫叉口，我和师父住瓦窑，你住那间石墙草厝。”汤奓说：“烧窑的几个人呢？”缪百寻说：“瓦窑不烧了，他们散伙了。”奚园恰巧在“奚记豆油庄”巡查，见是缪百寻，赶快把他俩迎进豆油庄：“发生在砬山崖上的事我听说了，正为凌老先生和缪先生放心不下哩！”“劳烦大头家记挂。”缪百寻说，“大头家金口玉言，修整了丫叉口的瓦窑和那间草厝，百寻感激不尽。”“应该的，应该的，缪先生用不着客气！”奚园招呼伙计伺候茶水及米糕，当下打点了白米、黄豆、盐、豆油、腐乳各项的一副担子，由汤奓挑上丫叉口暂时支应时日。

眼见日头就快落山，缪百寻有意绕开“畲厝大药房”。还好近百斤担子，压在汤奎身上竟没碍多少事，不怎么费力就挑上阪陀岭。“缪先生你终于来了。”别的窑工早已离散，留守在丫叉口要与缪百寻当面交付的杜四眼说。缪百寻深表歉意接过两把钥匙，杜四眼这才带了随身物件回家去了。瓦窑果然安了一道门，门上还扣了铜锁。窑外的制坯棚不见了，拆下的茅草扎成窑顶上的草盖。被掏空的土窟蓄了一池水，窑前场地整出一面土埕。就近几丘菜园也都还汪着绿。缪百寻给汤奎一把钥匙，打开那间石墙草厝，草厝里的床铺、锅灶厨具原封不动留着。回头打开瓦窑的门，六筐书籍就在角落摞着，窑工们利用拆下制坯棚的粗壮木料打了架子床，还为他留下一铺草席棉被。让缪百寻时时处处都能感到窑工们的好意。在拳头馆三年，零杂工课汤奎一件也没少做，烧火煮饭自然也不在话下。“先生吃暗顿了。”就连大头家奚园也称呼缪百寻为先生——三年后再次见面，缪百寻自然成了汤奎理所当然的先生。这个暝昏，缪百寻只吃小半碗饭，大部分饭菜被汤奎一扫而光。饭后缪百寻转到嘎山崖石埕上，一坐几个时辰，任由呼呼山风刮着，直到残月升上夜空。

离开缪家老宅六七年了，到了栖息窑洞的这个暗暝，缪百寻所经历的山水世态，回忆起来居然就像在梦中。孤苦无助的父子俩相顾茫然的一日，算命先生凌子罟出现在缪家老宅，他的命运这才得以转变。师父言传身教，带他盘桓于三山地区，走水路游历丰浦县城和府地香城，几年之间为他掀开了风土人情的各个角落。在师父心目中，他缪百寻大概兼有多重身份，徒弟、囝婿、后生，还有可以说话的忘年交。那个温良贤淑的束青环成了他的师娘、丈姆甚至是阿妈；那个清纯聪慧的查某囝凌缨花，成了他的小妹，成了他的查某，又成了那个小小缪寄奴的阿妈。记得第一眼见到查某婴缪寄奴时，他感到自己是醉了心的那种喜欢，然后蓦地为他睁开眼睛，目光柔和淡远，朝他露出一丝似有似无的笑意——那是与他有着无尽默契的笑意，是专门为他展现的难以捕捉的一种表露……这个暗暝，缪百寻恍惚间进入的，依旧是那个四更天的梦境，师娘束青环化作一缕青烟，被轻轻一阵山风刮走了。那只白鹤驮着身穿白衣的凌缨花、缪寄奴母女俩，驾风展翅飞出碰山崖，沐浴清光渐远渐小，歇落在嘎山上……不同之处在于，此刻的嘎山变得高可擎天，驮着母女俩的白鹤在嘎山上停了片刻，便又往深不见底的山下飞去，越往下越小，很快就什么也见不到了……

缪百寻放心不下师父，天现醭色他就被惊醒，起身去敲了石墙草厝的门，要汤奆起床煮糜。吃了早顿，又要汤奆带一小袋米和几升黄豆，随他赶路。经过郧头沟时，缪百寻只喝几口水，郧瘸子塞给汤奆三块藕粉煎饼，让他边走边吃，午后未时便回到硿山崖。缪百寻见师父一应如常，这才松了一口气。凌子罟说："百寻你离开硿山崖才一个日暝，何苦又费力爬'千八坎'！"汤奆放下白米黄豆，凑近前说："凌老先生，我是汤奆。"凌子罟说："我知道是百寻把你接回丫叉口了。"缪百寻向师父讲述了丫叉口现有的情形："幸亏奚园妥当安排，已暂可居住，百寻也就上崖接师父来了。""锅里有你和汤奆吃的饭，吃饱饭就快步下山，还来得及赶回丫叉口。"凌子罟说，"你五日后回来，等为师把《子罟杂记》整理好，到那时一并带走。"

硿山崖的床铺早就请宗亲帮忙清空了。缪百寻与汤奆只能下山住丫叉口。可缪百寻等不到五日就坐不住了，带汤奆又往硿山崖赶，上崖时天已黑透。师父没有点灯，厝前厝后、楼上楼下都找不到师父了。黑暗中，缪百寻和汤奆坐在门口的石埕上，他明白在意料之中也在意料之外的事发生了。凌姓宗亲前来为他俩点上灯，又为他俩送来汤水吃食，告诉他师父已然作古，于昨日出殡了。油灯下，缪百寻读了师父留给他的遗言，即使有血气方刚的汤奆伴随左右，读的时候也感到师父就站在他身边。

"百寻：其实你心底清楚，只是不肯承认罢了。为师生意全无，没有活的理由了。为师去填那道放空的石槽了，只想与你师娘、缨花和寄奴在一起。等你读此遗言时，我委托宗亲处理的后事大概早已办妥，你就到半山的坟堆给添把土吧。除了三担书籍，为师生前整理的《子罟杂记》五十七册，你也带回丫叉口瓦窑存放。这些'杂记'无所拘束，但岁次、月令、节气、时序对应精准，记录言行牵涉及所见所闻的风土世情，为师一生的经历与作为从中也略可窥见。唯望百寻得闲翻阅，或有所参照，为师则于愿足矣。"

缪百寻颓然跌坐在硿山崖的石埕上，过这个惨淡浑噩之夜。

隔日一早，缪百寻便到半山捧土把坟额添满，随后趴在坟堆上痛哭失声。

逝者已矣，生者的哀号在呼啸的过山风中飘散。

奓山霍兰的老伯

1

午后余玉时被几手转托，搭上朋友熟人的顺风车，离开郤市。车没有上高速，走市际国道。车主小潘似乎憋着什么心事，越野车开得飞快，窒郁着的一股气却不顺畅。路走了三分之二，车驶离主干道，拐进一道叫“奓山”的路口，走二里地后在路边单家独户的一座简易农舍前停下。小潘说:“我去奓山接我那个可怜的姨妈，再进去路就不好走了，您老人家还不如下车，暂时在这家‘路边小店’等我，也好省得去回两个钟头的颠簸——老余你说这样可好？”

余玉时在心里闪过要留下小潘的电话号码，见小潘躲在征求意见后面那种图省事的不耐烦，便迟疑一下没有开口。他转而想，小潘这是在体谅他年事已高，让他在“路边小店”歇息，不用说也比颠簸几个钟头的崎岖路途来得好对付对不对？余玉时的手头并不缺路费这点钱，但他郤市那个朋友是好意，暗自费力为他找了顺风车，他没好意思去拒绝。余玉时显年轻，实际上他已退休几年。他总在为自己活得舒适而感恩，宁肯把一应际遇看作是一种缘分，多数时候他都心甘情愿去服从他人的意志而珍惜自己的每一天，同时也时时处处为自己能退一步着想而获得心境的宽余感到庆幸。

孤零零的“路边小店”为棚寮式农舍。小店背靠竹林山冈，路外是对面坡岭下的一条溪流。屋角挂一块从废弃包装裁取下来的厚纸板，写着水笔加粗笔画的几行字——“路边小店”滚水大瓶 1 元、小瓶 5 角，泡工夫茶 5 元。另有一行写着预订农家菜饭的电话号码。“路边小店”看得见的只有一个矮胖的妇人在走动，按说不到四十岁，却显得苍老。

很单纯也很无奈，看模样只是为了活着。谁活着都不容易，但只要勉力维持就能把日子过下去。在心里有了这样那样的看法，余玉时感到属于自己的温蔼时光就又冒出来了。他递给那妇人5元钱，要了泡茶。见他坐下，妇人在门口小桌上摆了茶具、热水瓶，同时也试探着问他晚饭的着落，顺带说明她今天要煮的是芥菜咸肉烩饭。余玉时想到两个钟头后已是晚饭时间，便点头要了三个人吃的饭量，并当下付上24元的饭钱以示诚意。

那妇人就在农舍外粗糙的炉灶生火煮饭。余玉时喝着茶，看见一个女孩回到农舍，她背的书包和骑的单车随便往屋檐下的杂柴堆上一扔。那妇人说："霍兰你又逃学了，是不是觉得你花的不是钱呀！"霍兰说："最后一节是体育课，老师说骑车也是锻炼，我就骑回来了。"那妇人说："客人要吃烩饭，你快过来搭把手。"霍兰说："不，我要写作业。"说罢霍兰抓来杌子坐在小桌旁，替余玉时斟了两杯茶，说："老伯你请喝茶。"余玉时端茶时，另一杯茶已被这个叫霍兰的女孩一口喝下。霍兰说："我妈她文盲，不懂初中之前是义务教育，我都懒得跟她费口舌。"余玉时说："话可不能这么说，父母养大你，除了供你读书，撇开各种花费不说，还有没完没了的担惊受怕。"霍兰掏出手机刷了刷屏说："像我这等小屁孩，风里来雨里长，能有什么各种各样的花费？见天要不是骂就是指责，算得上担惊受怕吗？"

这个叫霍兰的女孩胖墩墩的，长得应该就是那妇人年少时的模样。只是她的性情多出了些许的叛逆。

"你爸呢？"听了母女俩的话，余玉时认定充当家中顶梁柱的那个男性定然一般。霍兰说："我爸打工打到出国了，反正我也是道听途说，都中断联系多少年了，我估摸着他是把自己给玩没了。"余玉时说："敢在这荒山野地里开店，你和你妈真够胆大的。"霍兰说："盗贼长眼睛的，惦记谁也不至于惦记上我家吧？"

余玉时看得出，那妇人是无可奈何的，而她女儿霍兰却有点不管不顾的意思。打小顽劣的霍兰，在她那张嘴里的词汇大概与她在学校的班集体和微信圈有关，相信她的口头功夫一定比她的学业好得多。

余玉时说："霍兰你蒙你妈说写作业，可你却在刷手机。"霍兰说："老师随口指派的作业，不批改不讲评的，我傻呀要费那劲？我再辛苦挨他一年半载，初中毕业便打工去。——反正混的就是那张纸，谁在乎我之前有没有写作业，把书读得怎么样了？”

余玉时发现自己无论切入什么话题，都会被霍兰一句话顶回来。

芥菜咸肉烩饭熟了，那妇人招呼客人用餐。余玉时表示要等小潘和他姨妈。

“不用等你同伴，先吃一样的。”那妇人说，“你放心吧，烩饭就放在炉灶里焐着。”说罢盛了一小盆饭，搁把调羹端过来递给他。霍兰也去盛小盆，顺带跑屋里取出一瓶自制辣酱说：“拌点辣酱保证你胃口大张。”她揭了盖子，瓶口已现一层醭白。余玉时见了，说：“辣酱发霉了，吃不得。”

“就你们城里人娇气！”霍兰把那层醭白刮掉，自个儿舀一坨拌在烩饭里，吃得她龇牙咧嘴直吸凉气。用烧柴炉灶的铁锅煮出来的芥菜咸肉烩饭，让余玉时吃到了小时候的饭香。他学霍兰的样子，也舀一坨辣酱拌了饭，吃得他直吸凉气的同时，还让他泪花四溅鼻涕横流，只好抽纸巾不停地抹擦。

“老伯你给我手机号码，瞧你被辣的娇气，准你加我的微信了。”霍兰擦拨着她的嘴角得意地说。余玉时念了一串数字，打开手机微信给新朋友点了添加，很快便收到他吃辣时的一幅狼狈相。余玉时说：“霍兰你出手可真够快的。”霍兰说：“老伯你可记住了，城里我一个熟人没有，到时候进城玩要找的可就是老伯你了。”

眼前的这个霍兰，她似乎是无所畏惧的，是个不防间就会让你中招的女孩。

平时讲究晚餐节食，不想在霍兰的怂恿下辣了嘴，一小盆饭就那样被余玉时狼吞虎咽了。说不定是那个姨妈执意要款待小潘一顿好吃的，这才有所拖延吧，可千万别出什么事才好！余玉时撑着肚子，已等够三个小时，仍不见小潘回头，别说诸多疑问，连不安的揣测都有了。只是余玉时并不了解再往前走的路况和山里的情形，便为自己没有要小潘的电话号码深感遗憾。他跟霍兰打听车走홍山所需要的时间，霍兰肯定地说：“要是车开得够快，去回用不着一小时。”说罢给盖杯换了小袋

装茶叶。余玉时说："你妈不曾支使你，客人也没有要第二泡茶，你这样自作主张的，喝了你怎么收费呀？"霍兰说："我能像她那样全身心都掉进钱眼里吗？我泡茶是待客之道，岂可同日而语。"余玉时说："那我可是小瞧你爹山霍兰了。"

眼见山地已现暮色，余玉时打郤市朋友的电话要小潘的手机号码，因是转手委托，十几二十分钟后朋友才发来短信。余玉时当即摁号码打小潘的手机，谁料他居然关机。按常理是不至于的，就怕小潘出状况了。霍兰说："老伯你就住下吧，路过班车的时间过了，爹山地头拢共才二三百人口，就算白天能让你蹭上便车回城里的可能也很小。"余玉时看了一眼霍兰，直到这时他才意识到这个自来熟的女孩，放学回家后就一直陪伴在他身边。

"燕燕，下班后到爹山的'路边小店'来接你老爸。"余玉时给女儿余燕燕打电话。余燕燕说："老爸你这可就为难我了，打死我也不知道有爹山这个地方呀。"余玉时说："国道朝郤市方向差不多开三十里地，再拐进爹山的路口二里地就到'路边小店'了。"霍兰夺过他的手机说："我觉得吧，姐姐你还是走香郤高速，到濑坝口下，车掉头开几百米，就看见进爹山的路口了。"

接近入夜八时，女儿余燕燕才找到余玉时。远远躲在农舍角落的妇人慢吞吞忙着，并没有要过来搭理的意思。余燕燕说："这是什么破地方，让我一阵好找？"霍兰说："这位姐姐一定是下班后又干啥去了，玩一阵才记起要找老爸的吧？"

"没你的事，我知道你就是那个抢手机说话的女孩！"余燕燕并不想去理会霍兰。

"燕燕再往前开到爹山行不行，去找找看我搭便车的那个小潘到底出什么事了？"余玉时说："我打他的电话，他居然关机了，到底叫人放心不下。"

余燕燕说："你老还是上车回香城吧，人生地不熟的，我可没有那个胆量也没有那个义务！"余玉时只好说："霍兰，你若见到回头来找我的小潘，就说我先回香城去了，同时也发个微信知会我一声。"霍兰说："放心吧老伯，这忙我爹山霍兰自然是要帮的！"

嗬嗬，都冠上地头了，还奓山霍兰？余燕燕对那个自作聪明的初中生颇不以为然。

车离开“路边小店”后余玉时说：“燕燕你是不是去见刘赶了？”余燕燕说：“算了，本姑娘拼死命谈了回恋爱，瞧这人困马乏的，兴趣早没了，不想见他了。”

“婚姻往往意味着责任，本来就是要忍耐各种不如意的。”余玉时说：“你什么时候能收起你这副电视剧的破腔调，说不定婚事就成了。”余燕燕说：“老爸你别有事没事又要叽叽歪歪的，虽说我妈老早没了，可我忍耐你也够久的了。”

余玉时适时闭嘴了。回程的车在公路上直奔香城，七八十分钟就回到“圆通小区”的家里了。

2

余玉时在心里惦记着那个小潘，直到隔日晌午他到府埕香烛店找寇家英泡茶，郤市的朋友这才打来电话说，小潘把车开进溪里了，幸好水浅，他跳车跌伤膝盖，手机也泡水里了，等小潘的姨妈和表弟找到，才将他送到邻近医院。与此同时，那个自称奓山霍兰的女孩也发微信告知他小潘的遭遇。一件事至此总算有了着落。

寇家英就是他女儿谈对象那个刘赶的母亲。

余玉时说：“我看得出，燕燕和你儿子刘赶的事你都不上心了，这可怎么得了。”寇家英说：“你家余燕燕倔强不说，还要什么小姐脾气，我家刘赶可高攀不起！”余玉时说：“你家这头放凉了，倒也没见余燕燕有什么纠结的，瞧我这女儿！”寇家英说：“我说话也是恨铁不成钢，看老余你着急的，不好意思了。”余玉时叹息说：“小的吊儿郎当，老的不当回事，只好晾在那儿了。”

话既已说开，也就等于摆上台面了。可无论如何余玉时也不想过分去强调自家的女儿，她可是自小没了娘的。

3

回城四五天，余玉时的生活多了查看夋山霍兰微信这项内容。内容有圈里的，也有专门发给他的。有一条发在圈子里的微信让余玉时吃惊不小：在不知不觉中，老妈的身体一天比一天沉重，动作一天比一天拖拉，心情一天比一天压抑……这可怎么办才好啊，我真担心她有一天连话也说不出来了，呜呜……

女儿燕燕四五岁的时候，她妈就闭眼走了，自此后父女俩相依为命。小燕燕搞不懂死是怎么回事，却时时刻刻可见她幼小心灵里的那种恐惧。每天清早醒来她第一件事就是揣摩他这个当爸的是否还活着，用小指头试探他鼻口的气息，感到不牢靠时，干脆直接把他给摇醒，直到见他睁开眼睛才如释重负。面对那个时刻，余玉时暗下决心不再结婚，无论如何，他一定要好好陪伴女儿长大成人。

“老伯，我带我妈到香城医院看病来了。医院太大，人太多了，我真搞不懂怎么办才好——老伯你能不能来帮帮我？”这一天上午余玉时接到霍兰的电话后，便急巴巴地打的前往香城医院，果然看见母女俩站在门诊大楼下不知所措的样子。

余玉时当即带母女俩去挂号缴费、就诊，做完尿常规、血常规，到附近快餐店草草吃了午餐，回头才去取报告单，正好赶得上同一个医生延迟下班的门诊。结果是大病还谈不上，小病却全身都是，不是劳损就是虚亏，外加神经衰弱。就那样差不多整一个白天，余玉时带着母女俩在医院里连找带跑的到处转悠。等到药房取了药，已是午后四时，余玉时绷紧的神经才算放开。

“忙老伯一整天了，我和我妈还赶得上班车回夋山。”霍兰递给他几张大票说：“包括午饭，老伯你一共垫支了六百七十元钱。”

差不多一整个白天，霍兰陪她妈被动就诊，最惦记的就是花了多少钱。余玉时显然有点吃惊。

“老伯我可能是好心瞎帮忙了。本来你妈就没什么病，却由我带着一路折腾才花了这么多钱。既然这样，那就让老伯真正帮你一次忙好不好？”余玉时把几张大票塞回霍兰的挎包。

一时间，母女俩便一起愣在那儿。

“天色不早了，霍兰你快带妈妈赶车回夌山吧。”余玉时说：“以后我会隔三岔五到夌山‘路边小店’吃一次你妈煮的芥菜烩饭、香芋烩饭，还有四季豆烩饭什么的。——你要相信我，你妈的厨艺挺对我胃口的，不想吃都不行。”

母女俩将信将疑赶车去了。余玉时这才匆匆赶回家泡了茶，开始做晚饭。

“妈对我说，你那个老伯还真叫好。可我妈又担心，你老伯的好是不是有某种居心？我妈文盲，智商有点低，老伯你原谅她的妄加揣度好不好？”霍兰回夌山后给余玉时发来这样的微信。余玉时回复说：“霍兰你帮过老伯，老伯也想能帮你。这就是我的居心所在。”夌山霍兰说：“可老伯你是‘路边小店’的顾客，理当享有服务的，再说了，我也谈不上帮什么忙啊。”余玉时说：“在我看来，你那天就是诚心诚意的不停地在帮老伯的忙。”夌山霍兰说：“那也算帮忙呀，小得都可以忽略不计了。”余玉时说：“忙不管大小，帮就是帮了。”夌山霍兰说：“原来是这样的啊。”余玉时说：“知道吧，你那天带妈妈到医院看病，在老伯的眼里就是一种担当。”夌山霍兰说：“这算什么担当啊，我还是搞不太懂。余玉时只好说，等你老了就懂了。”

4

每天清早余玉时都熬好了粥，敲几次房门，余燕燕这才永远睡不醒似的拖拖拉拉起床、洗漱。吃早顿时余燕燕还打哈欠，迷瞪着眼说：“老爸你最近好像有点不对劲。”余玉时说：“是啊，我也在担心，总有一天你老爸会老不中用的，到时候你怎么办？”余燕燕说：“真到那一天，我就哭鼻子给你看信不信？”

信与不信无所谓了，反正这女儿是赖上他这个当老爸的了。余玉时和上班的女儿相反方向，步行七八里去新浦东路的“特惠家私”店找刘赶。刘赶有近千平米的大铺面，眼花缭乱摆满了木质、金属、塑料等家用器具。刘赶早年的经营赚了不少钱。只是看也看得出来，他眼下却不怎么景气。但刘赶还是一副成功者的胸臆，他屁股没有挪窝，坐在一张根雕茶桌边泡茶，言语挺散淡的，面对余玉时就像对待寻常邻居，已没有准丈人那种感觉。余玉时说："刘赶你和燕燕是不是断交了？"

"断交不至于，关系倒是放凉了。当然我和余燕燕还是好朋友。"刘赶说："不瞒老伯你说，这恋爱谈久了，原本是考虑结婚的，可结完婚有了小家，不容回避的问题就全跑出来了，谁来做饭、洗刷？谁带小孩？谁管两头老人的孝敬？是你家余燕燕还是我刘赶？"余玉时说："人不能光图舒服，就像当初我一双手带大燕燕一样，只要结婚了，摊上事了，凡事就都能克服。"刘赶说："你老人家那代人一去不返了，我可是闭上眼睛也能想象得出，空谈要多少都没有问题，可我和你家余燕燕一定会在鸡毛蒜皮上败下阵来的你信不信？要不老伯你说说看，我和你家余燕燕谁有照顾好家庭的担当？"

想到燕燕在家里对自己的依赖，余玉时哑口无言。

等回过神，余玉时说："刘赶不是这样的，一旦结婚有了小孩，女人就会婆婆妈妈地做事，男人就会有担当耐得了烦的，想当初谁不是这样挣扎过来的？"刘赶叹息说："明知那样的场景十分无奈，又何必自个儿挖坑往里跳？"

话已至此，余玉时就不想再饶舌了。刘赶把婚姻看破了，他得劝劝自己的女儿到了该撒手的时候了。

5

余玉时想着反正也没有别的事，便又要步行回家。就在这时候奓山那个霍兰给他打来电话说："老伯，我来医院取药了，顺便带六百七十元钱还你。"余玉时说："那你取完药就回去吧，钱等我哪天去奓山再跟你要。"霍兰说："那不行，我妈就因为钱没还你睡不着觉的，她的神经衰弱更厉害了。还有，我把药盒子带全了，医院也无法卖给我药，我还是搞不懂怎么办好，要不老伯你可不可以再帮一次我？"

时隔五天余玉时再次打的往香城医院赶。见面时余玉时说："买药要凭门诊处方的，图省事把人吃坏了怎么办？”霍兰往他口袋塞了钱，说：“我妈说她哪来的娇贵，药吃了有效果，多买些回去吃就是了。”余玉时只好凭药盒子到街上的几家药店把药买齐，担心霍兰又惦记上钱，便一起到菜市场买了肉菜，回“圆通小区”的家为霍兰做午饭。霍兰大概是头次坐电梯，被轿厢快速吊上了二十七层，表情满是刺激与惊奇。进了门，先跑阳台说：“哇，这么高，我都站不稳了！”在客厅喝完水，到厨房给余玉时打下手时说：“老伯你家干净得我都迈不开腿了。”余玉时说：“不至于吧，你都连蹦带跑了，还迈不开腿？”霍兰说：“嗨，就说嘛，我一兴奋就把自己搞忘形了。”

“老伯你爱人呢？还有你那个宝贝女儿——燕燕姐呢？”吃饭时，霍兰还是禁不住好奇。“燕燕四五岁时她妈就去世了。”余玉时说：“燕燕午饭在单位吃，我这把老骨头只伺候她早晚两餐。”霍兰说：“家里被老伯你摆弄得这么高雅，还有煮了这么多好吃的，可你连眼皮也不带眨一下，我敢说老伯你的退休金一定很高吧？”余玉时说：“我出生在乡下，小时候在大山里割草放牛，缺衣少食的，可不是一般的苦。还好时代在往前走，只要肯努力肯付出，到了我这把年纪，相信谁的日子都可以比我过得好。”

“好吧，我心领了。”霍兰叹了口气说：“老伯你这是现身说教，是励志鸡汤，是在给我远大理想哩！”余玉时说：“老伯看得出你这回说的不是真心话。”霍兰说：“我白天背书包上学虚度光阴，回到‘路边小店’永远都不会有什么改变，眼见我妈一天比一天不像个样，除了无望我还能有什么？”余玉时说：“霍兰你这可急不得，等你读完初中或高中，找一份工作，就能带着你妈把日子过下去。”霍兰说：“好吧，我也只能这样想了。”

余玉时说：“谢谢霍兰你能这样与老伯说话交流。”霍兰说：“老伯这样说，我可是又搞不懂你了。”余玉时说：“很好懂呀，老辈小辈间说话，别有事没事故意顶撞就行了。”

6

晚下班回家吃饭时，听了余玉时的唠叨，余燕燕说：“这是什么时代，坑蒙拐骗的事多了，老爸你可别对奓山母女俩上心过头了。”余玉时说：“什么话，我是被霍兰这女孩的担当感动的。”余燕燕说：“我务必要警告老爸你了，霍兰可还是未成年人！”余玉时生气了，“难怪你和刘赶的现状，满肚子纠缠的都是让人窝气的歪理！”余燕燕说：“生什么气，好好当你的老保姆就是了，像老爸这档年纪，还摆弄出什么勾当，搞砸了你可要有能力兜底才行！”

余玉时挺吃惊的，多年未曾让自己嘴唇抽筋的那种生气，这一天出现的同时，还似有似无地伴随一声从地狱里透出的一种叹息。把女儿养大了，实际上也就无法真正关心她了。真正关心她的应该是她的男友、丈夫，她的儿女，可她只要不谈对象、不结婚，无疑也就是空想的了。只有年轻才会觉得一辈子漫长，才会随意去挥霍时光。余玉时挺感慨的，本来退休了无所事事，只因牵挂在女儿身上，反而时刻意识到日月如梭那种光阴易逝的无情。

7

最近家里发生的几件事让我挺心慌的。几次见老妈扒饭，动作是虚的，没把饭团扒进嘴里她的时空就凝固了，傻在那儿搞不懂自己了。一次老妈要生火，可她就在扣下打火机那一刻忘记自己了，直到烫着手她才醒过神来。前天我放学回家，见正在做饭的老妈愣怔着，天晓得在发什么呆，饭烧煳了，也没觉察灶膛里的火已延烧到柴堆上，差点就发生了火灾了……我不想再念什么劳什子书了，趁老妈还能勉强维持自己，我就出门打工吧。否则的话等老妈真垮了，我还趴在书桌上学那些跟我没半毛钱关系的课本，等那时我就是哭也来不及了……

看了奓山霍兰发在朋友圈的微信，余玉时也好几天跟着发慌。觉得他和霍兰是同病相怜，霍兰在忧心她老妈，他在忧心自己的女儿，一个向上一个向下，情形着实可怜。

慌就慌吧，有什么办法呢，再慌日子还不是一天接一天过？

每个白天的空当，余玉时要么找旧好闲聊，要么到公园或老人活动中心找同伴玩耍度日。这一天他到了公园，才发觉把手机落家里了。不回家取吧，心里又不踏实。要是年轻三十岁就不用这样纠结了，早风风火火回家取了又回到公园了。可人活到一把年纪怕的就是折腾，说不定回到家里就不想再出来了。余玉时的心悬着，与同伴演唱歌仔戏，年轻时他没有什么业余爱好，只得由他敲打磬子。节拍敲得准不准，同伴也不十分计较他。只是一旦加入，一时半会儿就不好退场了。其中一个同伴，他儿子创办的公司在“创业板”上市了，他理应庆祝一下的，便打电话要了外卖，请同伴们吃加料的卤面午餐。这样一来，余玉时就觉得更不能拂了人家的好意离开了。

8

尽管如此，余玉时也不可能耽误给女儿做晚饭的时间。等他午后近五时回家，让他吃一惊的是，那个从夌山来的霍兰竟坐在他家门口，大概是太累了，她背靠门框，头歪一边瞌睡过去了。被摇醒的霍兰，揉了揉眼睛说：“老伯你怎么一整天都不接电话啊！”余玉时歉意说：“我把手机忘家里了。”

余玉时动手做晚饭。霍兰进城的缘由，余玉时不是看过微信吗，心里是有数的，当然他也不觉得自己多说能解决什么问题。霍兰说：“我不上学了，我必须打工挣钱照顾我妈了。”余玉时说：“你还在读书的法定年纪，说打工是不是早了点？”

“老伯你这是站着说话不腰疼。”霍兰说，“我人生地不熟的，原本还指望老伯你帮我找工打哩。”余玉时说：“我知道霍兰你不容易，有心要帮衬你妈，可你这是在给老伯作难哩！”听了这话，霍兰的心思便沉重下来，不作声。余玉时接着说：“不过你也别怕，老伯一直都相信，人没有迈过不去的坎。”

余燕燕下班回家，本来神色是拖沓的，一见霍兰脸就拉长了：“怎么又是你？瞄上我家那个爱滥发同情心的老爸了？”

“燕燕你说话要留口德。”余玉时说，“不懂得体贴世事人情，日后要吃大亏的。”霍兰说：“燕燕姐有老伯你全身心疼着，不会吃什么亏的。”余燕燕说：“哟嗬，鸠占鹊巢怎么的，都敢联合编排不是来挤对我了？！”

女儿一直生长在自我独占的环境里，口无遮拦惯了。余玉时打开奓山霍兰那则忧心忡忡的微信，把手机递给燕燕。余燕燕草率看一眼说：“蒙谁呀，不就是打心理战术博同情吗？瞧她小小年纪，心可够坏的！”余玉时只好说：“吃饭吧，别光顾着说话误了吃饭。”余燕燕说：“你俩吃吧，我有被遗弃的感觉了，没心思吃了！”余燕燕说罢去房间，啪的关上门，使性子不吃晚饭了。

余玉时摇头叹息，内心黯然。霍兰跑去敲房间的门说：“燕燕姐吃饭吧，我中午没吃，肚子都饿得不行了。”余燕燕说：“专门为你做的饭，饿了你就吃呀，找我干什么？”余玉时说：“霍兰你吃你的饭，不用管她。”话虽如此，这顿饭菜还是让霍兰吃得提心吊胆。

9

夜里安排霍兰睡书房里的小床。余燕燕不吃不喝，不用洗澡，不用上卫生间，居然可以反锁在房间里一点动静也没有。余玉时其实是时时揪着心的，不怎么入睡。还好翌日七时不到，房门开了，余燕燕不梳洗不吃早餐，拎小包摔了门，就上班去了。

霍兰几次抬头望向余玉时，小心翼翼喝现榨豆浆，吃馒头、油条，说：“看来是我冲撞燕燕姐了，我看得出，燕燕姐是不喜欢我出现在她家里的。”余玉时说：“不管她，上午我就带你去碰运气。”余玉时想了半日，放在脑子里搜索的，发现自己的路子其实是极窄的，就霍兰的事，能攀上说话由头的，竟只有刘赶一个。

幸亏事情还算好，带霍兰到新浦东路的“特惠家私”店，说明来意后，刘赶笑道：“老伯你这是要我刘赶犯法雇用童工了。”霍兰说：“这不怪老伯，是我软磨硬泡要他帮忙的。”余玉时说：“霍兰家里的情况确实特殊，我也说不好今天这样帮她到底对不对。”刘赶说：“眼下生意难做，员工见工资不随物价涨，差不多跑光了。”霍兰说：“我年纪小又刚入门，工资低应该的。”刘赶说：“我还供不起吃供不起住的，你怎么办？”霍兰说：“吃这一条，我可以兼顾着为老板做饭，不用加工资的；还有夜里我打地铺住店里就可以了，顺便每天整理货架和负责店里的安全，也是不加工资的。”刘赶说：“听起来小姑娘打的是三份工，拿的却只有一份报酬，便宜让我占大了对不对？”霍兰说：“不过我有一个条件，每周要准我半天的探亲假。”刘赶说：“不错啊，不是双休而是半天假，看得出小姑娘为自己怎样打工设计很长时间了。”余玉时说：“霍兰年纪还小，刘赶你要多担待她。”刘赶说：“老伯怎么回事，比起你家余燕燕的事来，你似乎要更上心些？”

燕燕打小被宠坏了，扭不过来人了。刘赶的一句话说得余玉时讪讪的。他余玉时的确在这个节骨眼上为霍兰冒充了监护人的角色，便一时不好再说什么，把霍兰丢给刘赶，借口老协组织唱歌仔戏，提脚就想走人了。霍兰送他到“特惠家私”店门口说：“我知道燕燕姐是不容我的，等哪天我打拼出名堂，我就回头认老伯做干爹，孝敬你！”余玉时五味杂陈，想哭没哭出来，说：“霍兰你用不着顾虑太多，要是你在刘赶这儿干得惯，过几天我再请你吃牛排，庆祝你就业。”

10

余燕燕晚下班回家，没见到霍兰的身影，便不再说什么，默默坐下吃饭。日子似乎又回到原样了。可在余玉时心里，日子到底变了，已不是原来的样了。

在半个月时间内，余玉时去过两次新浦东路的“特惠家私”店。霍兰一边跟他亲热问候，一边忙上忙下，手脚不见停过。店里至少从视觉上变得合理规整，原先的凌乱不见了。刘赶泡茶待客，除了对霍兰做事偶尔会粗线条有点看法外，零零星星说的差不多都是认可的话。余玉时回到家里，静下心来细细梳理，原来刘赶的“特惠家私”店自从来了霍兰，除了留下送货的司机，其余的就放任其辞职走人了。霍兰起大早到街上吃油条、馒头，买回中晚的肉菜，她利用五六天的间隙，还有从晚饭到睡觉前那段时间，抹擦打扫、清理归位店里的货品，店里的业务她很快就烂熟于胸了。每天霍兰抽空做的两顿饭，不是特别好吃，却实在可口。或早或晚的，她还把老板和司机的衣服洗了。一副小身子，就那样在店里连轴转着，也没见她说过累。过不了多久，她每周一个下午回家看妈妈，便由店里的司机趁便接送她来回。

一个月后，霍兰把她妈也接进城来，专门负责“特惠家私”店的保洁、洗衣服和买菜做饭。有了着落后的一个夜里，霍兰带她妈妈来“圆通小区”，手里拎两样水果来感谢他这个老伯。话都由霍兰说，那妇人照样是迟疑着吭不了声。当余玉时问及奓山路口的“路边小店”时，霍兰说给她的一个堂兄经营了，每月收他二百元租金。临走时，她妈妈突然作势要下跪的样子，不知道是她看到余玉时阻止的目光，还是霍兰下意识拉了她，竟一屁股坐地上去了。这地砖光图好看，就是不防滑！余玉时见状边解围边与霍兰合力把那妇人搀了起来。

余玉时得闲又去了一趟“特惠家私”店。看情形，生意也没好多少。但刘赶说，家私店兼营了“电商”，没想到霍兰玩电脑一样，业务很快就熟悉了。看来刘赶不但看霍兰是正式员工，还特别地受用她。

11

余燕燕每天下班回家，与老爸余玉时在餐桌上吃晚饭，其余时间她基本都躲在房间里上网或刷手机微信。对于女儿而言，带霍兰去打刘赶的工，想起来与“引狼入室”无异。这一天余玉时试探了这方面的口风，不料女儿余燕燕说，刘赶不就是个土包子吗，看来是回归了本性了，都当霍兰那个丫头片子是宝贝了！见女儿不受多大的影响，余玉时庆幸的同时又大为伤感。

余玉时百无聊赖的，便去府埕香烛店找寇家英泡茶。寇家英意外显得很热情，她感谢余玉时为她家刘赶推荐了看店的好帮手，说本来她都觉得儿子刘赶没救了，谁想那个小姑娘霍兰来了，她儿子竟生生变了一副面孔。寇家英挺感慨的，她说要是可以的话，等霍兰长到成年，她就让刘赶和霍兰结婚。

这婆子得意忘形了，竟忘了她儿子刘赶和他家燕燕谈过六七年的恋爱。只是明摆着，人家连霍兰她妈都接来了，看来也不是刘赶不想担当……

若不是他家燕燕对刘赶已提不起兴趣，这一回可就要天塌地陷的了。

纠缠

1

周同是落户香城较早的那批记者之一。后来入驻的正式的非正式的记者站、网站多达十几二十家，鱼龙混杂的，以为本事大着，他也就闹着玩似的在这些记者站、网站之间频繁跳槽。跳槽多了，感到自己像浮萍一样没了根底，就又给自己开了一家文化策划公司，给哪个单位形象包装、给哪家企业策划广告宣传之类。这时候，与需要铺天盖地讯息的报纸多数已由当初四个扩充到十几甚至几十个版面，成了永远也填不满的无所不包，也就没人去计较从业人员是编内还是编外的了。记者上可以是大牌，下也可以是普普通通的通讯员。周同的记者身份虽变成兼职，业务非但没有落下，反而干得更出色。他明面上是记者，私底下才是策划。在面对同一个机关事业单位或同一家企业，他就可能在记者和策划两个身份之间游刃有余地频繁切换。尽管如此他也照样觉得，这些年来他唯一干的正确的事，就是在 20 世纪末香城的房子还是白菜价的时候，他在新安小区购置了一百六十平方米的一套单元房。那时候的周同明里暗里为开发商搞促销跑龙套，那时还不太规范的公摊也给了弹性，仅百分之六多点，在底层配套的车库更是廉价到只有二三折。现如今往大的看，香城、竞州、博凉三市已形成大商圈；往小的看，新安小区与市委市政府、市医院、市一中、市实小比邻，是市中心加学区房。周同的房子和车库，已从当初的二十几万涨到现如今近五百万。周同混迹香城二十多年，觉得他有资格放任自己优游的，竟是因为拥有这套房子。也因为这套房子，四十岁前的周同一直没有结婚。他觉得一言不合就可以离婚的时代，到时要么赔给对方钱，要么切割房子，太划不来了。

新婚姻法出台后，周同开始留意结婚对象。只是，强盗当官看谁都是贼，周同耍伎俩耍惯了，觉得找女朋友容易，找结婚对象太难了。

这天傍晚，周同饭后百无聊赖的，便穿上T恤半裤、人字拖出去溜达，走进旧城区府前街一家叫“新体验”的发廊，看见前台坐着的姑娘整个是绷紧的状态，便与她开玩笑说：“我猜姑娘是内地的，昨天才到的对吧？”姑娘说：“大哥你是怎么知道的？”周同说：“你脸上不是写着吗？”姑娘一听跑去照镜子，这时趴柜台小睡的另一个姑娘抬起头说：“原来是周大记者啊。”周同说：“邝美香你啥时跑这家发廊当店长来了？”邝美香说：“我这次是店长，也是老板之一，与赤佬股份的。”周同说：“好呀邝美香，原来你隐藏我家那段时间，就是为了筹备投资创业这一桶金的；还有那个赤佬，打地盘也不请我策划，连吱一声都没有！”反应向来慢半拍的邝美香听了一时反驳不了，还好照完镜子的内地姑娘又回到前台，挺生气的，说：“你这个人怎么这样，净欺负老实人！”邝美香说：“阮小丽你别胡闹，周大记者怎么会欺负你！”阮小丽说：“诓我脸上写着字，还不算胡说？”周同说：“要不胡说我能赚到稿费吗？”邝美香翻出一张都市报，指着一篇报道对阮小丽说：“这篇文章就是周大记者写的，当记者能胡说吗？”阮小丽说：“怎么不能，瞧他满嘴跑火车的样子。”邝美香说：“周大记者可别跟阮小丽认死理，她到香城找朋友落空才流落至此的，脑筋还没转过弯来，站前台适应几天，是白吃饭的，还没上过工哩。”周同说：“谁想得到你阮小丽一张嘴就这么厉害，还是个刚出道的。——这样吧，你先吃住我家，然后在邝老板这里上班。”阮小丽说：“不，你这个人靠不住。”邝美香说：“阮小丽你傻呀，别脑子尽歪理！周大记者只是一个人住大房子孤单，你以为啊？他家是四房二厅的大房子，给你一个房间，睡觉时觉得不安全，反锁门不就得了？我刚到香城也是借住他家的，省房租还能吃上免费早餐，哪找呀！你省去了租房环节，等混出个样子，直接就买房了，多划算啊！”周同说：“你要是担心，带上同伴试住一段时间也是可以的嘛。”阮小丽觉得天上不可能掉馅饼，可她又犹豫着。“新体验”发廊里几个妖精级别的同事，明里暗里都挤对她，她也就咬咬牙表示同意，给自己壮胆说：“你要敢乱来，我就跑公安局去报案！”周同说：“开玩笑呢，带你个愣头青在家里杵着，我何苦来着，我找抽啊我？”阮小丽说：“这可不行，明明说好的，不许你反悔！”

阮小丽到发廊才过一夜，睡的是按摩床，起床后又将属于她的零碎收包。她的行李也就是个拉杆箱，拉了便屁颠屁颠地跟在周同后面，来到新安小区的5幢504室。房子当真好大，周同指着一个小房间说：“你就住那，都是现成的。记得每天都要打扫这房子里里外外的卫生，大早记得去买早餐。”看得出居住环境挺合阮小丽的意，她得嘞一声，就进房间安置自己去了。安置完了又去看了另三个房间，还有书房、厨房、饭厅、前后阳台，这才回到客厅。阮小丽说：“叫老周吧，叫老了；叫周同不礼貌，不是小辈该叫的；学邝老板叫你周大记者吧，又显得见外了。——请问我该如何称呼你？”周同说：“你就叫我周记吧，走中间路线。”阮小丽说：“叫这个好，我喜欢。”周同说：“好不好不是你定的，别叫我干爹就行了。”周同就那样让阮小丽站着，他斜躺在皮沙发上，在身边那只茶几上泡工夫茶，一边打电话跟谁神聊，说的差不多全是废话。等有了个间隙，阮小丽说：“我有点不太明白，周记你挺‘高富帅’的，为啥不娶个老婆看家？”周同说：“没有合适的呀，看到女的，要么像你阮小丽一样傻掰，要么像邝美香一样奸猾，本爷哪受得了。”阮小丽说：“周记去冲澡吧，我替你洗换下来的衣服。”等喝完茶，周同慢腾腾去冲澡。随后阮小丽也去冲澡。阮小丽一起把换下来的衣服泡湿，抹肥皂搓了衣领和袖口，再放进洗衣机滚搅。周同看见她还在池子里搓小件，便说：“不是交给洗衣机了吗，还多此一举干吗？”阮小丽说：“我们女的贴身小件放洗衣机一起洗不卫生，也会让你们男的觉得脏、觉得晦气。”他说完阮小丽又自觉把裤衩儿晾在衣架下方不显眼的角落。周同说：“阮小丽你之前是干啥的？”阮小丽说：“高中毕业后，我在兖州当过两年小保姆。”周同说：“难怪这么奸猾。”阮小丽说：“不是才傻掰吗，怎么又奸猾了？”周同：“差不多吧，反正差不多。”阮小丽说：“你这个人不讲理。”

次日七点起早见不到动静，周同便去敲房门，问：“阮小丽，早餐呢？”阮小丽穿着睡衣裤，双眼迷瞪，被睡乱的马尾辫鸡窝似的，没打理就奔出门去了，不多时油条、馒头、豆浆就提了回来。阮小丽说：“周记不好意思哦，瞧我这几天积攒下来的累，都把我给睡糊了。”周同说:“看样子是真的当过小保姆的，小保姆转行发廊妹，跨界干活你行吗？”阮小丽说:“这有什么，离开竞州前那个雇主，男的色眯眯的，老往我身上打主意，女的是个黄脸婆，盯死我。表面上黄脸婆给我开的是竞州最低的保姆工资，可谁知道色眯男会暗中悄悄给我补差额？我是看准了，很潇洒的，干不了就走人，谁怕谁呀！”周同说:“你这哪是当小保姆的，整个一害人精！”阮小丽不理睬他的话，她的梳洗快得让人惊讶，但总算面目清楚一点出现在餐桌上。阮小丽说:“我不想当发廊妹了，周记你能不帮我找个正经点的工作？”周同说:“让我挖邝美香的墙角啊？”阮小丽说:“瞧那个邝美香，整一个没睡醒的样子，我不信‘新体验’发廊会把我当回事。”周同说:“不是信不信，是原则问题。”阮小丽说:“那你能不能给一把门钥匙？也好你出差了，或不在一个时间点上，我出入能方便些？”周同说:“不行，暂时我还看不懂你，至少也得给五六天的试住期吧？”阮小丽说:“你怀疑我的人品？”周同说:“我不看你来路出处，也不看你美丑，人品总要看的吧？”阮小丽说:“你不是周大记者吗，不是说见面三分情吗？我是说话算话的，实实在在的，这年头哪找呀？再说了，我虽不漂亮，可也不难看呀，我还这么年轻，你还能吃什么亏！”周同说:“说得就像要跟我处对象似的，你这是挑明在勾引我吗？”阮小丽一手油条，一手馒头，还时不时往纸杯上的吸管吸一口豆浆，嘟嘟囔囔说:“说勾引就浅薄了，谁看上谁还说不准呢。”周同说:“赶快吃饱喝足的，当你的发廊妹去吧！”

2

阮小丽里里外外整理打扫完，十点多才往发廊赶。周同敲键盘往电脑里码文字，接收平时“资源共享”的几个记者朋友发来的采访资料，略加编写，几则报道和通讯当下发往四五家报社。晌午休息个把钟头，到街上吃了大碗拉面，便直接找企业去了。晚餐是那家企业请的，因喝了点酒，侃大山讲荤段子，也就常常会把晚餐搞成夜生活。周同在某个时刻激灵一下，说家里有人找，便提前撤退了。回到家，果然看见阮小丽坐在门外。开门进屋后，周同说:“发廊不是要上夜班的吗，你请病假了？”阮小丽说：“才不是呢，头一天上班就安排我学按摩，那个龟孙子伸手就想摸我！我一生气就撒丫子跑了。——周记我问你，这事你管还是不管？”周同说：“管不管这事，你打电话征求你父母的意见啊，干吗问我？”阮小丽说：“邝美香不是你的好友吗？”周同说：“邝美香是我的好友不假，可我认识你才一天，谁轻谁重不是明摆着吗？”阮小丽耷拉着情绪去阳台收衣服，叠整齐后交由周同放衣橱。以前就算是新衣服，穿几次便会有洗不掉灰沉的感觉，不想昨夜经阮小丽一洗，手感干爽而不黏腻，居然明朗了不少。周同说：“一样是洗衣机洗的，今天怎么会感觉好了许多？”阮不丽说：“先将脏衣服浸湿，几分钟，再放洗衣机里‘二清二甩’，然后用手在清水里洗一遍再甩干，就会晾出这样的效果了”。周同说：“看来你这两年小保姆还真不是白当的。”

次夜阮小丽没有催周同，而是去房间先将自己脱成三点式，然后如同一只兔子似的刷一道白影跑向澡间，洗完就又穿上睡衣清清爽爽出来了。周同说：“阮小丽，难怪你到哪里都是惨遭性侵的对象——你这是故意炫耀自己的皮肉呢，还是不当我是你的大哥了？”阮小丽说：“人不该这样防范的，我也相信周记你是有定力的。没有定力的话，我就算穿上铁甲也没有用。”周同说：“再说了，主人还没有冲澡，你着什么急？”阮小丽说：“等你冲完澡顺带也清理一下澡间，穿插干活省时间呀！”周同骂她一声全身上下长满小心思，就冲澡去了。

除了有事耽搁，周同是习惯起大早的。大早起床喝了杯白开水，就在电脑上码文字，快速将报道稿发出去。一般情况下他也会奔赴现场采访，所谓共享，也意味着谁都必须有所付出，不可能全共享他人的。有个单位给下设一家小企业揭牌，邀请函发到他的邮箱。本来是不具备什么新闻价值的。周同却不这样看，没有新闻价值有“策划”价值也不错啊，何况在对方弱小时更容易建立密切的人际关系？见他要出门，阮小丽说：“周记我想跟你一道走。”周同说：“我这是皮包公司，说难听点连家庭作坊都不如，用得着雇佣像你一样的助理吗？”阮小丽说：“我不是刚到香城吗，跟你到处熟悉一下环境，顺带当回助理。”周同用免提给邝美香打电话说：“美香你好，阮小丽连班都不想上了，是不是造你的反了？”在那头的邝美香说：“周大记者你就接了阮小丽吧，瞧她金枝玉叶的样子，小小发廊哪容得下她！”通话后周同找了根水笔和笔记本塞进阮小丽的包说：“等我和人家谈正事的时候，你就在旁边做记录。”阮小丽说：“我没读多少书，你就饶了我吧。”周同说：“装样子会不会？当然也不能像小学生一样傻记，那就太失水准了。”阮小丽说：“非得这样吗？”周同说：“不冒充一下助理，你凭什么身份出场？”阮小丽说：“瞧你神气的，你这种态度若是在我老家是要招雷劈的。”周同说：“我还车祸呢！”阮小丽急了，你这个人不可理喻的，我不就开个玩笑吗，偏你这样招惹晦气！

3

若不是邝美香活得太慵懒，活得太随便，以她的脑子和漂亮，何至于落到今天的地步？周同总算有一天活明白了，他的社会姿态是中层的，而他生活范围所触及的，更多的却是底层。几年前借住周同一个房间时，邝美香都把她的慵懒发挥到了极致。最典型一次，是那年入冬一个气温骤降之夜，邝美香居然连铺褥子都懒得带，眼皮也懒得睁开，抱上棉被就到另一个房间挤他的大床来了。那个冬天，邝美香简直就是个睡美人，懒洋洋的粉绵柔软，活像一团水母。当然懒也有懒的好处，不管任何时候充当任何角色，邝美香都会无条件地配合，一向是没有预设动机的随意，甚至去做人流，只要周同伺候着，只要让她多睡点时间她也一样没有任何怨言。那阵子让周同活得轻松，可另一头似乎也在积重难返。日常买菜、做饭、打扫，两个人里里外外的共同空间，自始至终由周同全包。房租免了，饭钱也免了，也不知道邝美香在外头上班挣的钱是存进银行还是寄回老家，似乎她的懒成了一切都可以顺其自然，成了一切都可以不闻不问的理由。一次周同外出八九天，家里不但没有清扫整理过，纸篓里、餐桌上堆放着泡过方便面的纸杯和一大堆脏衣服，交叉释放出来的气味，进门时周同差点呕吐，只好跑阳台去调整呼吸。最后一次是周同得了重感冒，浑浑噩噩躺在床上，邝美香除了在他床头放一杯水，问他要不要看医生外，就跑到街上吃小店，衣袖一挥上她的班去了。感冒过后周同对邝美香说：“你我这样的状态，你耗了青春，我耗了精力和财力，就怕把双方耗尽了也不会有结果。”邝美香打着哈欠说：“周同你嫌弃我了，我想我是该卷铺盖走人了。”最后一个夜晚，邝美香小妹般窝在周同怀里说：“我在心里看你，你就像大哥那样能让人放松，若不是你嫌弃，我是不愿离开大哥你的。”

当真是新鲜得很。周同在邝美香心里，居然是放松而非放心。周同说：“邝美香你一直都是容忍我为所欲为的，你是有意让我一辈子都忘不掉你，可我却知道你我这样是修不成正果的。”邝美香走了，要不是拉着一个大拉杆箱，她波澜不惊的，跟去上班没有两样。周同望着她的背影，眼睛有点潮，也不知道邝美香会落脚何处，又要去慵懒给哪一个人。与邝美香分开后，偶尔记起会打个电话，邝美香还是没睡醒的样子，甚至打着哈欠，多余的话她也懒得说。直到那天在“新体验”发廊见到她。看得出离开他周同的住处，邝美香活得还算好，但她好像也只是撑着，并没有多大起色。

可恨的是，周同还明目张胆的，从邝美香那儿带回像小妖一样的阮小丽。

4

周同带上阮小丽，开车去参加挂靠在某单位的“红木典藏有限公司”揭牌仪式。这家公司名誉上由某单位主管，其实就是一家红木家具厂开在市区一家拥有大铺面的红木家具店。店前两侧摆了祝贺花篮，堆列出一条红地毯甬道，空中垂悬气球红布条。现场放了热闹喜气的音乐，主管单位领导和红木厂长一起执剪，把店门口由礼仪小姐扯着的红绸彩带铰了，几十个人鼓完掌，便有序进入红木家具店参观。纸媒记者果然只有周同一个。扛摄像机的电视台记者拍了几个有代表性画面后，拎了小礼品袋就又赶别的场去了。随着单位领导和红木厂长的离开，前来凑场面的各色人等也都拎了小礼品袋走人了。周同和阮小丽留下来，由“红木典藏有限公司”的穆总陪着，在一张气派的红木茶桌上泡工夫茶。周同看了阮小丽一眼，对穆总说：“她是我的助理小阮。”穆总和她握一下手说欢迎欢迎。阮小丽落座后，连忙掏出笔记本和水笔。周同说：“今天香城大活动大项目不少，记者分身乏术，我是代表他们来的，穆总你的公司今天开业，我将以《时代的趋势：红木典藏走进寻常人家》为题，明天就会有几家报纸和网站分头报道出来。”穆总显得激动万分，说：“请得动周大记者，我这小公司的经营就有指望了！”周同说；“但这也只是借开业的‘小东风’给吹一下，刚才我细细参观，觉得贵公司对树立品牌意识，以及经营宣传策划方面还是有所欠缺的。穆总以为呢？”穆总说：“我正愁着呢，周大记者是否有高人给推荐一个？”周同递上名片说：“看得上的话，在下就有一家文化策划公司呀。”周同接着简单列举了市区几家经他“策划”过的公司眼下的经营状况。穆总说：“没想高手就在眼前，这可是我求之不得的好事！待会我和董事长汇报一下，这事就算敲定了。周大记者今天既然来了，不妨再看看店里这些红木制品的种类和品相，也好对敝公司多提建议。在穆总的盛情之下，周同和阮小丽装模作样又参观一遍，目光最终落在一件微型的多宝槅上。周同说，这件多宝槅古拙高雅，挺不错的，销路应该会好。”说完就跟穆总握手，穆总塞给阮小丽两只小礼品袋，便离开了红木家具店。路上阮小丽说：“我还以为那个穆总会请我们吃午饭哩。”周同说：“回家吧，那个穆总不请吃饭有不请吃饭的道理。”

刚回到家，便有电话联系，“万家快送”已将那件微型多宝槅送上门来。阮小丽吓了一跳说：“天哪，这件多宝槅少说也九百上千的，原来周大记者你是这么当的！”周同说：“不就一件多宝槅吗，还是微型的，至于你这么惊讶吗？”阮小丽说：“不是还有礼品吗？”她打开礼品袋，分别为男女式牛仔马甲各一件。阮小丽照样惊叫，说：“两件下来也要大几百块啊！”周同说：“关键是，我为穆总发在纸媒和网站的报道，无形价值却是他付出的几十倍。”阮小丽说：“难怪我们这些打工的，打死了也还是打工的！从今天开始，我就跟周记你混了！”周同递给阮小丽一把小钥匙说：“废话少说，你先到小区信报箱一面墙那儿，把今天的报刊给抱回来。”阮小丽下楼，在小区里找到5幢504室信报箱，打开将一叠报刊抱上楼。周同说：“把署我名字的报道找出来。”除了供系统或行业内部交流的几本通讯类杂志、五六张稿费通知单外，报纸有早报、日报、晚报、都市报、导报几种，阮小丽从这叠报刊翻到四篇署名周同的文章。那篇题为《请关注讨活在夹层里小保姆的艰险处境》一文，引起阮小丽的注意。其中一节写的居然就是她说过的事：“……以在竞州当保姆的姑娘小阮为例，户主是个老色男，盯着小保姆身上打主意；女户主是个黄脸婆，要小阮干不完活，同时又把她视作情敌，开的竞州最低的保姆工资。虽说男户主私下给小阮补足差额，却暗藏不轨动机，使得小阮时刻处在艰险之中……”

阮小丽读后说：“原来周记就是这样当记者的，连道听途说的也算。”周同说：“什么道听途说，如你这般情形，随便抓都是一大把，这就意味着你所反映的是事实，具有普遍性。”阮小丽的心思转移到稿费单上。稿费单大多为三五十元，但累积下来也有三百元。阮小丽说：“周记你这是抢钱哩！”周同说：“这就是脑力和体力的区别。”周同说着从阮小丽的包里掏出笔记本翻开，读道：“我要是认真听了，就记不来；要想认真记，又听不清他俩在说什么，一心不能二用的，简直是愁死人了！”

周同说：“阮小丽，你就是这样当助理的？你就是这样想跟我混的？我这就跟邝美香打个求情的电话，你趁早滚回发廊还来得及。”阮小丽说：“不是你要我装样子吗，别一不高兴就拿腔拿调的。”周同说：“你难道看不出你我不是一路人吗？”阮小丽说：“要不留我当你的小保姆，我不计较工资的，让我多少学点就行了。”见周同不置可否，架子好大，阮小丽便噘着嘴赶市场去买肉菜，回来又快手快脚地做起了晚餐。

5

隔日起早，周同对阮小丽说：“买早餐时，顺带买一盒蛋糕、几斤猪腿肉。”吃罢早餐，周同说：“我回乡下给老爸做生日，你想一起去吗？”阮小丽说：“去呀，干吗不去？蹭一顿生日宴不说，顺便也看一下你的家底。”路上周同说：“我老爸是个鳏居的倔老头，今天就看你能不能撬开他的嘴，把他的这个生日过好。”阮小丽说：“有什么好倔的，最多有其父必有其子。”周同说：“前年我让邝美香冒充我女朋友，到乡下她连我家的门都不想进，好歹进了，找椅子坐下就开始打哈欠，自始至终没跟我老爸说上一句话。”阮小丽说：“瞧我好了，我有事没事都会废话连篇。”

说乡下，其实也就市郊再往外走一点，一个叫泗亭的村庄。村里已是连片的小洋楼，车却在一座破旧的瓦房前停下，门里见一个老头的身影在移动。阮小丽敢肯定他不是聋子，但他却装着不理睬。跟在周同身后的阮小丽，把一盒蛋糕和猪腿肉放在桌上，不由分说将倔老头拉近前说：“老伯，周同带我回家给您老做生日，中午要做一桌寿宴，您虽然是老寿星，可也不能闲着，要搭手帮忙。”说罢一手猪腿肉一手拉着老头去灶间。周同又到车上取了烟酒、可乐及几样卤料干货。一个钟头后饭菜上桌，又斟了酒，阮小丽替老头吹生日蜡烛，把着老头的手切蛋糕说：“你儿子和我恭祝老伯你生日快乐，寿与天齐！”还算好，这一天三个人顺当各吃了一小块蛋糕。周同给寿星和阮小丽斟了酒，他举起手中的大杯可乐说：“祝老爸生日快乐，干一杯！”阮小丽连哄带劝地让老头喝了一小杯红酒，就开始夹菜吃饭。吃罢饭，周同为老爸点上一支烟，把另几包香烟悄悄放在桌上，也不让阮小丽收拾餐桌，就开车带她离开了。回来的路上周同说：“在灶间，我老爸有没有跟你说过话？”阮小丽说：“回想起来，你老爸除了点头，用动作表示同意，居然全是肢体语言，真是一个倔到家的老头！”周同说：“我妈死后，我和老爸说话，他基本不予回应，十多年了我全凭揣摩脸色去理解他。”阮小丽说：“奇怪的是，我几乎能看懂你老爸所要表达的意思。”周同说：这有什么好奇怪的，我老爸心里固守的就那一点点，没有态度就是他的全部态度。“阮小丽说：我爸比你爸年纪小点，话也是越来越少，差不多成了木头人了，很难相信我妈居然受得了。”周同说：“生活中许多话原本是不用说的，或者该说的话都说过了，活过的近四十年，连我都觉得话在日益变少，觉得多数在白费口舌。”阮小丽说：“那是因为你们男人总以为自己是对的，后来发觉不太对，甚至大错特错，可回过头来又不愿承认，干脆就用沉默寡言来闷死对方。”

事情显然没那么简单，但周同却无话可说。

回到新安小区的居室，周同说：“阮小丽你收拾一下包，回发廊去吧。”阮小丽问为什么，说：“周记你知不知道，我最讨厌就是你这种自以为是的态度？”周同说：“第一我配不起助理，给不了你工资；第二有你在身边，就会让我感到生活乱成一团。”阮小丽说：“不会是你老爸的遗传在作祟吧，否则的话用得着这样找借口欺负我？”

问题显然不在于此，可阮小丽的话他又一时反驳不了。周同只好再次无语。

6

阮小丽躲进房间赌气了许久。别说当助理，当保姆也行。阮小丽只希望能得到周同的认可，踏实住进这个家，当然也希望周同能给她开点工资。思前想后便到客厅茶几边蹭周同泡的茶喝。周同说：“没喝过就别喝了，省得夜里失眠影响到我。”阮小丽不管，像给自己壮胆似的，接着恶狠狠喝下六七杯才牛头不对马嘴地说：“比如说得了重病，像失心疯、脑中风、绞肠痧、心梗这样的；比如说遭遇横祸，像失足摔断腿、车祸、溺水、被高空坠物砸中那样的，难说周记你就能幸免。一旦出现意外，就得有个贴心人陪在你身边对不对？凭我阮小丽的了解，陪你的最好人选便是我阮小丽了！”周同说：“就你充满恶毒诅咒的黑心肝，能是我最好的人选？”阮小丽说：“怎么不能，只要你周记出了意外，你的高姿态掉地上了，就会和我平起平坐地说话，就会觉得我哪儿都好，不像现在你总是狗眼看人低的。”周同说：“阮小丽你知不知道，你说的话就是我的噩梦？我可是第一次听说，为了拉近你我之间的距离，居然不是你的努力上进，而是诅咒我遭遇不测！”阮小丽说：“我只不过强调人人都可能有个万一，周记你那么紧张干吗？”

周同感到胸口憋着一股恶气。他闭上眼睛，懒得再说话。也许是年龄的关系，周同觉得自己对阮小丽的态度一直都是模棱两可的，这才惹来她如此之多的胡搅蛮缠。这个女孩，还没有相应的社会能力和情感能力，但她却一直在企图占有周同内心的某一处高地。

阮小丽悻悻然出门去了。以前周同与邝美香相处，若彼此有所龃龉，她一定是一言不发便躲进被窝睡觉，一觉过后就像什么事情也没有发生过。邝美香除了捂紧自己的钱袋子，其实挺难得的，她是个彻头彻尾的自由主义者，现实对她似乎没有形成多少挂碍。从邝美香住进来甚至离开后的这段时间，眼下又“插足”一个阮小丽，实际上填满周同内心的，不折不扣的还是邝美香。这一天的周同清晰地审视着这样的自己，奇怪的是他对邝美香的热度从来就没有提升过。就在这时候，邝美香在没有招呼的情况下，寻回这个家的门。周同给她泡上一大杯茶说：“我估摸着，阮小丽是找你去了。”邝美香喝了茶，大概是环境太熟悉了，一团困意便又浓浓地涌了上来。她当即把一大杯茶喝光说：“阮小丽在你这儿住得惯吗？”周同说：“我几次赶她回你的‘新体验’，她就是赖着不走。”邝美香说：“本来我打发阮小丽到你这里来，是想让你过个活色生香的日子，哪想我今天后悔了。我与赤佬合伙开发廊，可能是投资错了。思前想后，感觉还是住在你这儿的那段日子活得舒心，我寻思着过些天就搬回来，到时候周同你肯收留我吗？”周同晓得自己心里是想着邝美香的，但她要搬回来，却让他一下子有点招架不住。周同说：“别这壶不开提那壶的，阮小丽的到来，我才发现这个家无论谁的进入，我都会心绪不宁的。”邝美香说：“心绪不宁没必要吧？不是有婚姻法解释三吗，谁住进来也要不走你这套房产的一砖一瓦啊。”周同说：“根本就不像你说的，我可能是得抑郁症了，任何想法都挺灰沉的。我大概是清静惯了，就想过好自己的日子，不愿惹上任何麻烦。”

7

这些天，阮小丽每晚必定有一个相同的仪式，那就是去房间先将自己脱成三点式，再如一只兔子似的刷一道白影跑向澡间，冲洗完穿上睡衣再清清爽爽来到客厅。这段时间周同一般坐在电脑前码字编写新闻稿。阮小丽说：“我去‘新体验’找邝美香，没找着，所以我暂时还不能离开这个家。”周同说：“明天我陪你，把你交还邝美香。”阮小丽说：“谁要你这样假惺惺地不安好心？！”周同说：“阮小丽你也不想想，我亏欠你了吗？为何要由我来保障周全你？”阮小丽说：“我真想招一道旱雷劈了你，把你劈成一手一脚的，那样你就不至于要赶我走了。”周同说：“知道我为何不留你阮小丽吗？你吃我住我，不懂得感恩也就罢了，还心理极度阴暗地没完没了地诅咒我，我这个人命薄，我还想多活些年头，可只要你在我身边，我就会时时刻刻都感到前方有个悲惨的境遇在等着我。”阮小丽说:“还好意思说，谁叫你缺的就是那一点点的怜悯之心？居然从阮小丽你的嘴里说我周同缺怜悯之心！”周同说:“什么叫秀才遇到兵，今天我周同遇到你阮小丽就算是了！”

在周同面前，阮小丽是讨好他的。但在下意识，阮小丽时刻都想把他扒拉下来，扒拉到和她同一个档位。阮小丽内心的钟摆，就在讨好他和扒拉下他之间纠结个不停。这就是阮小丽的现状。周同明白，阮小丽的小心思一旦达成，就会滋长没完没了的侵入式的意识管控。这就是处于那个认知层面的阮小丽的可恶之处。

这一天吃毕早餐，临出门时周同说:“收拾好你的包，走你的人，走时别忘了随手锁上门。”周同说完便到“红木典藏有限公司”洽谈他的策划去了。两个钟头后，周同打电话回来，没等他开口，阮小丽抢先说:“我为你做了那么多事，你却轻易就想把我扫地出门，心竟比木炭还要黑！”周同说:“你的诅咒应验了——到香城医院骨伤科病房伺候我老爸去吧，他被车撞伤了。——记得稳住肇事者，别让她走了！我随后赶到！”

阮小丽找到病房，果然见周同的老爸躺在病床上，一条腿缠着纱布。见她到来，病床边站着一个挺秀气的姑娘说:“你就是老伯的亲属吗？”阮小丽说:“老伯的亲属人称周大记者，不是我，但你有什么话跟我说也差不多可以。”姑娘说:“我是刚拿驾照的，刹车不踩踩油门了，幸好老伯只是被刮了一下，摔伤了小腿……我今天开的是我爸的好车，我不想让他知道了生气，只要你们不报警，我愿意押一万五千元在你手里……”阮小丽伸手说:“可以呀，给钱。”看来姑娘是真有钱的，打开挎包就取出一叠大币塞给阮小丽。周同的老爸似乎是被车撞醒了，开口说:“姑娘你走吧，放心吧我没多大事；另一个是你给小丽留下电话号码，钱花剩下的会还你的。”姑娘听了，没留电话就急匆匆走人了。看来那姑娘是个富家小姐，只要能把事摆平，钱她根本就不在乎。只是转念一想，阮小丽便咋呼了，完了，放了肇事者，万一老伯的腿真有事可就糟了！老伯说:“姑娘掏钱了，就别为难人家了；我这小腿壮着哩，养几天就好了。”不多时周同赶到，不见肇事者的身影便要生气，他老爸说:“不怪小丽，人是我放走的。”阮小丽把一叠大币递给周同说:“那姑娘可留下不少钱。”周同生气了，说：“钱顶屁用，先要搞清楚我老爸受伤的程度！”阮小丽说：“可我觉得给足钱就行了，瞧人家娇贵的，你难道还想留下她伺候你老爸不成？”

显然不是这个问题，但要深究，就是他周同得理不饶人了。

一直以自由职业者示人的周同，遇上事才发现自己并非拥有真正的自由。不管他的记者还是策划身份，实际上是时刻都要保持一种在场感的，常常是短暂缺席就会给人造成离场的错觉。即便是资源共享也弥补不了。周同有一个供职网站的记者朋友，旅行结婚个把月回来，发现以前的“雇主”基本上把他排斥在外。因为他不在就找别的了。找别的就是别的了，那可不是临时替补——这便是人际关系的现实。周同给了阮小丽门钥匙。在他老爸住院的六七天里，周同夜间、阮小丽白天轮流陪护。打理杂七杂八的事，基本上由阮小丽搞定。阮小丽当小保姆当出本事来了，干起来随心顺手，省了周同的各种烦扰，特别是阮小丽在老爸眼中，比起他周同来要贴心多了。

8

周同警告阮小丽说：“从我老爸住进来这一天起，就严禁发生你脱光了再往澡间跑的现象。”阮小丽说：“放心吧周记，我不会乱了伦常的。”

这是什么乱七八糟的混账话！周同搞不懂为何偏偏是外人阮小丽待在身边，他老爸的心态就会变得柔软了许多？十五六年来，老爸第一次住进儿子在城里的房子。若不是出院时由阮小丽接引，这个倔老头就怕永远也迈不出这一步。阮小丽的做派，似乎里里外外都是拿得了主意的，百分之百把这个家当家了。她如同生来就有引人入彀的本能，并以她的认知水平，给自己腾挪出享受其中的空间。阮小丽说：“老伯，午餐咱们吃牛筋肉炖萝卜汤。”他老爸就会附和说：“牛肉炖萝卜的汤头好，我爱喝。”阮小丽说：“可老伯你也不能白吃白喝呀，等我肉菜买回来，你得泡杯热茶给我解渴！”凭他老爸的牙口，哪咬得动牛筋肉？但阮小丽就看准他老爸是个老小孩，时时处处都拿倔老头当理由、当盾牌，对他边哄边吆五喝六的，倔老头居然能被动配合着。周同十分无奈，领受那种似乎是一家之主实则被角色淡化的滋味。

邝美香离开后，周同难得一次来到“新体验”发廊找她闲聊。前前后后让邝美香听得心烦。邝美香说：“别折腾了，不管是你周记、我邝美香，还是那个阮小丽，家庭出身都是不周全的，别指望相处时能给你多高的满意度了。”晚餐周同请邝美香吃自助烧烤，周同说：“你看看，我就算不回家，也不会有谁记得吭一声的。”邝美香说：“你这是在找存在感，而阮小丽偏偏认定你又吃了谁的请。”周同说：“我可能把自己的价码标高了，实际上还散发着被阮小丽认同的底层气味。”邝美香说：“可我敢肯定的是，你是哪一道软肋被阮小丽那个黄毛丫头揪住不放了。”周同说：“邝美香你今天兴致蛮高的，谈半天了，也没见你打一次呵欠。”邝美香说：“还不是紧张给搞的，这几天我特别想回到你的身边。”周同说：“说这话是不符合你邝美香自然生态的，给点时间让我想想。”

周同回到家，阮小丽故作惊讶道：“我就说吗，瞧周记的嘴角还滋着油哩，你不吃大餐谁信！”周同不搭理阮小丽，取出两千元递给她说：“这是你这些天的工资和补贴，试用期过了，明天你就走人吧。”阮小丽接也不是不接也不是，失望至极地说：“没听过周记你有试用期这一说呀！再说了，也才半个月多点就付工资，你这是什么意思？”周同有点强制性地塞给她钱，为了不让自己生气，他开始鼓捣茶具，做出沉醉其中的品茗状。阮小丽发出没能控制住的抽泣声，去房间把衣饰和其他零碎收进她的拉杆箱。拖着拉杆箱要走时，周同的老爸居然不作声在她身后跟着。周同说：“黑灯瞎火的，你老人家就别跟着添乱了？”他老爸照例对他视而不见，对阮小丽说：“小丽走吧，你就到泗亭的破房子暂住几天，等你找到落脚的地方再说。”说罢，当真就一前一后走了。

这也太可怕了，都统一战线了，用不着只言片语就达成联盟了。望着一老一少离去的瞬间，周同吃惊地看到，就像阮小丽仰他的鼻息一样，在情感上，他老爸是仰阮小丽鼻息的。

9

对外来女子岂可如此盲从，这是什么智商？父子间反而形同陌路，这是什么世道？周同母亲在世时，他老爸挺无能的，全方位表现出对自己女人的百般依赖。他母亲生病在床时，他老爸手足无措，竟无法应对一个贫弱小家庭的困窘，眼睁睁把他母亲从患病拖向死亡。周同无法不把这一笔账记在他老爸头上。母亲去世了，他老爸活得更为孤独，干脆进入类似休眠的自闭状态，父子间的对峙更是无法和解。周同外出谋生后，他老爸趁机活回自己，大有听任枯老的意思。直到不经意间招来一个阮小丽，他老爸的那门小心思才活转了些，却那样不着调地跟着阮小丽走了。

对了，他老爸还着重强调了“破房子”三个字。让人哭笑不得的是，不争气如他老爸的男人，居然有脸把至今还住破房子的怨气撒在他这个当儿子的头上——这难道也是他周同的责任？周同赌气地想，走吧走吧，走了就清静了。只是他又不能不接着想，一个是外乡小姑娘，另一个是大门不出二门不迈的主，黑灯瞎火的回得了泗亭的破房子吗？思前想后，周同感觉自己如同坠入一团糨糊之中，扑腾半天都探不出头来，他只好驾车往泗亭赶。只是破房子并没有亮灯，也不像有人回来过。他给阮小丽打电话，意料之中被告知对方已经关机。

这个阮小丽，竟敢干黑社会的勾当，劫持他周大记者的老爸。周同无奈驾车回到新安小区的家，打开电脑，上网搜索了类似案例进行编写糅合，敲键盘码了《当保姆对智障老人实施不正当手段时，家人该如何面对》一篇文章，等他把该文投向报社的社会生活副刊时，已是深邃的夜，可周同还是毫无睡意。阮小丽拐走他老爸，能搞出什么花样？不外乎就是想要挟他。一个外乡小姑娘，带他老爸在身边，更多时候是累赘而不具备要挟的价值。周同这样想的时候，他感到自己正在可笑地和阮小丽摆开拔河较量的阵势，看谁更有蛮力，更能持久。

10

周大记者的老爸居然被拐了，周同对此没作声张。他照样波澜不惊地置换自己的几种身份，穿插干着采写与共享，做好他的投稿报道和他的设计策划。说不担心其实也挺焦虑的，阮小丽无知无畏，不按常规出牌，怕只怕把他老爸拐到陌生之地再弃之不顾，那他的麻烦可就大了。担惊受怕的第三天入夜，周同吃完饭回到新安小区的家，便见阮小丽坐在客厅等他。他看不出阮小丽有什么虚怯，她示意周同先别乱来，走近前轻声对他说："周记你懂得的，你必须给老伯一个台阶下，否则的话他就会痛下决心，跟定我远走他乡你信不信？周记你必须掂量掂量我说这话的厉害，后悔药可没你吃的！"

看来阮小丽这次回头是处心积虑的，她为此强调了两个必须。周同发现自己就像正规军和游击队打仗，后者貌似弱小，却比他刁钻许多。更要命的是，明明看得穿她的小伎俩，却拿她毫无办法。周同说："阮小丽你认为你达到目的了吗？"阮小丽说："距离目标还很远，但我有这个信心。"周同说："能让我也明确你的目标吗？"阮小丽说："我下决心要让周记你这样认同我：要么娶了我，要么收我当徒弟。摆你面前的也就二选一，有这么难选吗？"周同说："不难，我选明早太阳从西边出来。"阮小丽说："别得意，我看天气预报了，明天是阴天。"

周同无话可说了。他在厨房显眼位置的一个盒子里放了日常费用，就出门去了。周同不由自主去的还是旧城区，走进府前街"新体验"发廊的时候，他居然连招呼都不打，上三楼找邝美香的房间躺下，情形就像回家。他愣怔着眼，脑海模糊一片。追上来的邝美香说："我们的周大记者，你一定是被阮小丽那小蹄子玩得摸不着北了吧？"见不到回应，邝美香接着说："你这鸠占鹊巢到底是什么意思？"周同说："没什么意思，我就是觉得所有人都想欺负我。"邝美香说："让我想想，你指的所有人，不就是你老爸、阮小丽，还有我吗？"周同说："要是阮小丽有你聪明就好了。"邝美香说："可惜的是，阮小丽的做法比我行之有效。"

周同不想在这个节骨眼上讨论这个问题。他连夜驾车回到市郊外的泗亭。在周同离开的十五六年间，他隔三岔五回一趟老家，却从不在泗亭过夜。他拉亮了厅堂的一盏灯，灯光反衬出一屋子的昏暗，让他更为真确地感到，这座瓦房除了日益破败外再没有别的变化。周同坐在那里让自己成了一个倔老头，四下里暗淡无望，想象得到的日子马上变得孤冷而僵硬。如果一辈子都浸染在这里头，人生无非就像他老爸放任枯老的一个形态。十几分钟后，周同让那座破瓦房复又掉进黑暗之中，缓缓驾车回到新安小区。

11

除了去采访，去所谓的“策划”，并因此去吃请应酬，周同似乎没有更多的地方可去，没有更多的人可以面对。此前他回泗亭，看看老爸是否还活着，给点钱供点粮，相互间除了冷漠用不着多少面对。可这下好了，招惹上一个阮小丽，她与本来听任枯老的老头联手，摆开叫板他周大记者的阵势。周同觉得自己应与邝美香形成某种同盟，奈何她一点兴趣没有，还冷眼旁观。周同的态度游离了几天，阮小丽除了还为他准备早餐，中晚餐若没有预订就没有他吃的份。周同岂能不明白那是披挂上阵的，为的就是时刻让他感到那老少俩攻守联盟的故意。周同悲观地看到，为了避开，他是反主为客了。这一天中午周同踩了饭点，把刚上桌的饭菜边吃边糟蹋了十之七八，还剔着牙赖在餐桌上不走。阮小丽望了他老爸一眼说：“看到了没，说我做的饭菜对人家的胃口，你老还不信！”说罢志得意地满煮方便面去了。周同第一次在午休的床上烙起饼来。晚餐他去吃请，回家看见餐桌上放着一大海碗芋头焖饭和一小碗蛋花紫菜汤。隔了个夜紫菜汤倒掉了，芋头焖饭回锅炒热，成了周同的早餐。周同没有动碗筷，气呼呼甩手而去。

中午周同生闷气回家，看见那碗再次回锅的芋头焖饭一分为二，一老一少正在那儿扒着，旁边各放一杯白开水，难以吞咽时便喝一口水润一润喉。不用说家里的午餐他周同又被排除在外。周同给自己做饭，把冰箱里的花蛤、一鸡腿、一坨肉、一尾鱿鱼干一锅炖了。等他将一泡茶品茗了，便上餐桌吃了他一顿的撒泼。目光一直紧张相随的阮小丽说：“在我老家这样糟蹋粮食，是要招雷劈的！”周同说：“阮小丽你有什么权力把这里当你家了？”阮小丽抹着泪说：“有什么好神气的，糟蹋谁不会！”

这样下去，非把他周大记者逼疯不可。他很清楚的，在城里住了一回医院，住了新安小区一段时间，泗亭的破房子他老爸回不去了。摆在周同面前的，其实也就是二选一的问题：他要么和阮小丽妥协，要么他和老爸做一次彻底的沟通。

12

隔天吃过早餐，周同说："阮小丽你看家，我和老爸回泗亭把还能用的东西带出来。"在泗亭的破房子里，周同说："你老搬到城里住吧，房子太破太旧住不得了。阮小丽内心阴暗，来历不明，背景也说不清，她必须离开我们家。你再糊里糊涂跟着她走，哪天被她拐到外地去当苦力，能不能找到你难说，就算找到了能不能保住你一条命更难说。"周同知道这样评价阮小丽不地道，但他不把话说狠一点就很难收到效果。他宁愿相信社会更具复杂性、现实更具欺骗性。他老爸始终一言不发，照样摆着不负任何责任的姿态被动配合他。看来他也明白这破房子住不得了，最终只能依靠他这个当儿子的了。

回到新安小区的家里，周同当着老爸的面对阮小丽说："时间还早，收拾行李吧，阮小丽你该离开这个家了。感谢你这些天对这个家、对我老爸的照顾，这是你该得的两千块工资。还有这一次我老爸不至于会跟你走的，他老了，要依靠的是他的亲儿子而不是你。"看得出阮小丽四肢僵硬，但她同样利落地把东西收入拉杆箱。她走的时候，老头躲进房间。到了一楼，阮小丽按响门铃说："我忘了还门钥匙了。"周同说："没关系的，我已经约锁匠上门换锁了。"

阮小丽走后，周同便开始犯难。他老爸几乎在阮小丽走的同时，开始在房间里静坐闭关。在泗亭老家，他老爸即使一句话不说，到四邻五舍随便走走也是相应的交流。到了城里，周围完全陌生，只要不跟儿子说话，可说他老爸只有萎缩到面壁的逼仄环境了。周同做饭，他老爸也会按时就餐，但已经吃得很少，就那样可有可无扒几口。不管冷热，他老爸三四天换洗一次衣服，永远的灰旧，奇怪的是却不让人觉得脏。有时白天在外面忙，等周同入夜回家一看，他老爸干脆把午餐免了。周同说："你这样可不行，本来就吃得少，低血糖了怎么办？！"老头说："我没事，这样挺好的。"

看得出老头正在努力适应他这个儿子、这个家。正因为如此，无法周全的局面让周同更是焦虑不堪。

13

相比之下，其实周同面对的已经足够单纯，但也同时感到他这个当儿子的不易。周同明白，人的心态和熟悉环境往往与眼界息息相关。他有意带老爸光顾一次饭店，不知道是场面太过光鲜，还是餐具太过精致，老头手足无措，不是掉了筷子就是把汤给洒了，一顿饭把老头吃得时时处处都是憋屈，回到家基本算是傻掉了。不让阮小丽再进这个家的门，但请她陪老爸吃一顿饭是可以的。几次周同给她发了短信，不见她回复；给她打电话，发觉他已经被拉黑了。

傍晚周同饭后走进旧城区府前街的“新体验”发廊，对邝美香说：“你我结婚吧，但你必须和我老爸有着相应的沟通。”邝美香说：“周大记者终于下大决心了。”过后的几个夜晚，邝美香都不声不响伴在周同身边。这天四更，周同将邝美香摇醒说：“邝美香你嘴上答应，可你这些天跟我老爸说过一句话没有？”

“我努力了几次，才明白自己是做不到的。”邝美香懒洋洋地说，“你老爸是一个活在过去出不来的人。而且他那个‘过去’，促狭幼稚还恶狠狠的，感觉就像从上辈子跟过来要债似的。真的，我是一点办法都没有。”